このたび不本意ながら、神様の花嫁になりました

涙鳴

STARTS
スターツ出版株式会社

瀬《せ》を早み　岩にせかるる　滝川《たきがは》の
われても末に　逢《あ》はむとぞ思ふ――。

目次

このたび不本意ながら、神様の花嫁になりました

序章　遠い日の記憶

いつからだったのか、きっと物心つく前から、私には人ならざる者が見えていた。

そう、あれは確か小学四年生の頃、暑い夏の日の放課後のこと――。

『おい、お前！　うまそうな匂いがするな！』

足元から声が聞こえて視線を落とすと、ひとつ目で尻尾が四本もある猫が私を見上げていた。これは〝あやかし〟だ。前に本人が名乗っていたので知っている。

『肉どころか骨も残らないくらい、貪《むさぼ》り食ってやる！　どうだ、怖いだろ～』

あやかしは四本の尻尾をゆらゆらと揺らし、まるで私の反応を楽しむようにニタニタと笑って、恐ろしいことを次々と口走っている。なのに、私は目の前のあやかしが全然怖くなかった。人間と違って、あやかしは思っていることや企んでいることをはっきり言葉にしてくれるから。

『私を食べるの？』

しゃがみ込んであやかしに尋ねれば、『当然だろう！』と返ってくる。

どうしよう、痛いのは嫌だな。

うーん、とうなりながら悩んでいると、ふと下駄箱の中に嫌がらせで大量に詰め込まれていた棒状のスナック菓子の存在を思い出す。

そうだ、あれだ！

私はランドセルを下ろして蓋を開けると、中から大量にある【さんま納豆ミックス】味のスナック菓子を取り出した。

『あの、これじゃダメかな？』

さんま納豆ミックスなんて、味を想像しただけで「うげっ」と吐き気を催しそうだけれど、あやかしの口には合うかも。

ダメ元で提案してみると、あやかしは食いついた。

『うむ？　なんだそれは』

『さんまと納豆が混ざった味？がするお菓子みたい。おいしいかどうかはわからないけど、これで私のことは諦めてくれる？』

『う――……いいだろう。今回だけだぞ！』

あやかしはそうは言いながらも、口元が緩んでいる。結構、嬉しかったらしい。

これまでも、私を『食べたい』と言うあやかしはたくさんいた。

けれど、ちゃんと向き合って話せばわかってくれた。本当に恐ろしいのは、腹の内が見えない人間のほうだと私は思う。

『ありがとう』

あやかしに笑顔を返しながら、お菓子の袋を開けていると、どこからかひそひそ話が聞こえてきた。

『あの子、またひとりで喋ってるわよ』

『ああ、気持ち悪い。病気なんじゃない？』

あ……近所のおばさんたちだ。

昔からあやかしや神様が見えた私は、友人や学校の先生、両親からも気味悪がられていた。

『……ごめんね、あやかしさん。私、そろそろ帰るね』

胸の痛みが大きくなる前にと思い、立ち上がる。そして、あやかしの返事を待たずに、近所のおばさんたちの視線から逃げるようにしてその場から立ち去った。

とはいえ、家に帰ってきても居心地の悪さは拭えないのだけれど。

『ただいま』

ためらいがちに声をかけると、洗濯物のカゴを抱えたお母さんが玄関の前を通る。

『……帰ってきたのね』

私の存在に気づいたお母さんは、足を止めて怯えるように表情を凍りつかせた。

私の頭の中で、お母さんの『帰ってきたのね』という言葉がぐるぐる回っている。

自分の家に帰ってくるのは当たり前なのに、まるで帰ってきてほしくないみたいな言い方。私は知ってる。お母さんは気味の悪い私に、消えてほしいと思ってるんだ。

ここは私にとっても、帰りたいと思える場所ではない。でも、戻る場所はここにしかない。子供の私には、行きたいと思う場所に行ける力はなかった。

胸が重くなるほどの沈黙が降りて、私はふとお母さんが抱えている洗濯カゴを見る。すると、手がハサミのようになっている老婆のあやかしがお父さんのワイシャツをチョキンッと切っているのが見えた。

『あっ、ダメ！』

思わず大声を出すと、お母さんがひいっと小さな悲鳴をあげて持っていた洗濯カゴを落とした。

『今度はなんなのよ！』

小刻みに足を震わせながら、お母さんは私から距離をとるように後ずさる。

『お父さんの服、あやかしが切ろうとしてたの。だから、止めようと思って……』

『またなの？　なんで、あなたの周りではおかしなことばっかり起こるのよ！　あやかし？　あなたのほうがよっぽど……化け物よ』

『化け物』のひとことが胸に鋭く突き刺さり、息もできないほどの痛みに襲われる。

私は泣きそうになって、俯きながらお母さんの横を通り自分の部屋に入った。勉強机にランドセルを置くと、すぐに玄関に戻って靴に履き替える。

『行ってきます』

すでにお母さんの姿はなかったし、誰も聞いてはいないと思うけれど、一声かけてから家を出る。

私、どうしてここにいるんだろう。

自分だけが生まれてくる世界を間違えたみたいに、どこにいても居場所がないような気がして苦しかった。

沈んだ気持ちのまま住宅街をあてもなく歩いていると、急に話しかけられる。

『そこな人間、我を捕まえられるなら捕まえてみよ！』

『わっ』

驚いて肩をびくっと震わせた私は恐る恐る周囲を見回す。すると、人の家の門の隙間から茶碗の頭をした着物姿の子供が顔を出していた。

これは付喪神《つくもがみ》だ。長年使った道具に宿る神様で、人をたぶらかすのが好きなのだと、別の付喪神が話していた。どうやらこの付喪神は、茶碗に宿っているらしい。

『ほらほら、ついてこい！』

『待って！』

いきなり駆け出した付喪神を反射的に追いかける。半ば強引に誘われて鬼ごっこをすることになったけれど、走っていると嫌なことを忘れられた。

『人間、遅いぞ！　もっと我を楽しませてみよ！』

『ふふっ、うん！』

自然と笑みがこぼれる。この頃の私は、人よりもあやかしや神様と一緒にいるほうが自然体でいられるから楽だった。誰にも必要とされなかった私の唯一の友達になってくれた彼らのことが人間よりも大好きだった。

だって見えているものを見えないふりしなくてもいいし、普通でなくてもありのままの私を嫌な顔ひとつせず受け入れてくれるから。

私も神様やあやかしだったらよかったのに。

そんなふうに思っていると、ふと目の前から茶碗の付喪神がいなくなっているのに気づいた。

『あれ、どこに行っちゃったんだろう？』

ついさっきまで、付喪神は私の数歩前を走っていたはずだった。けれど、なんせすばしっこい。とうとう見失ってしまった私は、いつの間にか住宅街の裏にある森の中に迷い込んでいた。

『おーい、神様ー？』

声をかけてみても、返事がない。

これじゃあ、鬼ごっこじゃなくてかくれんぼだよ。

後ろを振り返ってみても生い茂る木々が広がっているだけ。無我夢中で付喪神を追いかけていたから、いつ森に入ったのかも帰り道も当然わからない。

『なにか目印、目印……』

その場でくるくると回りながら見覚えがあるものを探してみるけれど見つからず、ついにはたった今来た方角さえ見失ってしまい、一気に不安が込み上げてくる。

『どうしよう』

私はその場に立ち尽くして途方に暮れた。

お父さん、お母さん……は、来てくれるわけないか。

むしろ、私なんかいなくなればいいって思ってるのに。

胸に期待と落胆が同時に浮かんでは消えていく。私が湿った土の上に座り込んで膝を抱えたとき——視界をよぎる薄い桃色。顔を上げると、桜の花びらがどこかへ流れるように風に吹かれて運ばれている。

夏なのに、桜？

その光景を見て、沈んでいた心が浮き上がる。私は好奇心に胸を膨らませて立ち上がり、今度は桜の花びらを追いかけて走った。花びらは寂れた小さな神社の中に吸い込まれるように消えていき、私も迷わず灰色の鳥居を潜った。その瞬間——。

『わあ……っ』

視界を占領する満開の桜。目の前にあったはずの寂れた神社とは打って変わって、朱色の大きな神宮が現れる。気づけば、私は広い境内に立っていた。

口を半開きにしたまま急に変わった景色に目を奪われていると、桜吹雪の中で佇む人が自分の他にもうひとりいることに気づく。

『あ……』

すごく、綺麗な人……。

その男の人からは高貴な雰囲気が醸し出されていて、近寄りがたさを感じた。けれど、はっと息を呑んでしまうほど綺麗な顔をしている。このときの私は目が離せないくらい、その人に釘付けになっていたはずだった。でも、記憶が曖昧で顔はぼんやりとしか思い出せない。

『なんだ。人間の小娘が迷い込んできたか』

私の方は見ずに、低く威厳のある声で彼は言った。

私に話しかけてるんだよね？　そばにいってもいいのかな？

恐る恐る、私は神様に歩み寄る。隣に立って初めて、神様の背がものすごく高いことに気づいた。

『あなたは誰？』

人ともあやかしとも違うような気がする。この人の周りだけ空気が澄んでいて、なんというか……。

『人の祈りを叶える神だ』

そうだ、神様だ。それを聞いて、しっくりきた。それも今まで出会った神様たちとは、纏《まと》う空気の綺麗さがうんと違う気がする。付喪神みたいに変わった姿をしている神様には会ったことがあったけれど、人の姿をした神様には初めて会った。

『神様はどうして、こんなところにひとりでいるの？』

『俺は、この神社の神だからだ。とはいえ、長い間この社にいるが、人間に会うのは数百年ぶりになる』

『数百年⁉　そうなんだ……私もね、あなたみたいな綺麗な神様に会ったのは初めてなの！　ねえ、神様は願いを叶える神様なんでしょう？　なら、あなたのお願いも叶えられるの？』

願いを叶える神様の願い。それを知りたかったのは、単なる好奇心だった。

人間みたいにお金持ちになりたいとか、好きな人と結ばれたいとか、そういうことを願うのかな？

首が痛くなるほど、背の高い神様を見上げる。わくわくしながら答えを待っていると、ようやく金色の瞳が私を捉えた。

『俺の？』

『うん、神様はどんなことを願うのかなって気になって』

『自分の願いなど考えたことはない』

わずかに目を見張った神様は、不思議なものでも見つめるかのように私の方へ向き直る。

『その魂を持つだけあって、器はやはり変わっているな』

『うん？』

神様の言っていることがよくわからなくて首を傾げる。そんな私の頭に神様の大きな手が優しく乗った。

『今はわからずとも、いずれわかる日が来よう。話は変わるが、人間の身であやかしや神と近づきすぎるのは感心しない』

『でも……私、あやかしさんと神様といるほうがいい』

『なぜだ』

『それは……私が変な子だから。他の人には見えないものが見えちゃう……から』

そんな私のことをあやかしや神様は気味悪がったり、怖がったりしないから。

俯きながらそう答えると、頭上から柔らかな声が降ってくる。

『お前は……あやかしや神が見えるその力がなくなればいいと思うか？』

この力をなくすことができたら、なんて考えたこともなかった。確かにこの力のせいで人は離れていくし、学校や家ではいつもひとりぼっちだったけど……。

『私が寂しいとき、そばに寄り添ってくれたのも遊んでくれたのも神様だった。私が学校でいじめられると、いじめた子を懲らしめてくれたのもあやかしだったんだ』

懲らしめたなんて言うと恐ろしいけれど、黒板消しを頭の上に落とすとか、汲んできた掃除用のバケツの水をこぼすとか、小さな仕返しだ。

『お前の魂はあやかしも神も惹きつける。だから皆、お前の言葉に耳を貸すんだろう。好かれやすさに関しては、お前自身の人柄にもあると思うがな』

神様やあやかしに本当に好かれてるなら、うれしい。それが私の人柄に惹かれてなら、なおさら。私自身を認めてもらえたような気がするから。

……私、やっぱりあやかしや神様が見えてよかったたって思う。

初めは『食べてやる』って言ってたのに、私が泣いてると慌て出して『仕方ないな』って助けてくれる。あやかしは乱暴で見た目も怖い場合が多いけれど、心に寄り添ってくれる優しい生き物でもある。それは神様も同様にだ。

『だから、この力がなくなればいいなんて思えないよ』

『……そうか。特別な力が人を幸せにするとは限らん。現にお前はその力で傷ついている。だが、それでも生まれ持ったものを受け入れている。物事の悪い面だけでなく、いい面にも目を向けられる健気な強さには感服する』

それって、ポジティブってこと？

神様の言ってることは難しいけれど、褒めてくれているのはなんとなくわかった。私は神様の着物の袖を軽く引っ張って、『それだけじゃないよ』と付け加える。

『この力があったから、神様と会えたんだよ！　だからやっぱり、この力があってよかったって思う』

笑顔で言い切れば、神様が息を呑んだ。そのまま神妙な面持ちで黙り込んでいた神様は、やがて静かに口を開く。

『先ほどは自分の願いなど考えたことはなかったと言ったが……今、できた』

『えっ、どんなお願い？　聞かせて聞かせて！』

私がうきうきしながらせがむと、神様は目を細めて柔らかな笑みを浮かべた。

『お前とまた会いたい。自分がこんなにも欲深いとは思わなかった。とはいえ、神は自分の願いを叶えてはならんがな』

『ええっ、そんなの願わなくたって叶うよ！』

神様って、欲がないんだな。

それに驚いていると、私の言った意味がわからなかったのか、神様は怪訝そうに片眉を持ち上げる。

『なんだ、お前には神の願いを叶える特別な力でもあるのか？』

『そうじゃなくって、会おうと思ったらいつでも会えるでしょ？　私もまた神様に会いたいもん。だから、ふたりが同じ気持ちなら会えない理由なんてないんだよ』

『なるほど、会いたいなら会う努力をしろというわけか。うむ、それが俺の願いを叶えるための試練なのかもしれん』

神様は顎に手を当てて、難しい顔をしながらよくわからないことを呟いていた。

けれど、妙に納得している様子だったので口を挟まないことにする。

『やはり、お前は面白いな。苦境の中でもひたむきに生きるお前をいじらしく思う。その清らかな魂を他の連中に穢《けが》されるのは我慢ならん』

神様の白く長い指先が私の顎を持ち上げる。蜂蜜を溶いたみたいに甘く澄んだ金色の瞳の中には、驚いている私が映っていた。そこで初めて、神様の顔が間近にあったことに気づく。

『お前、大人になったら——俺の嫁になれ』

嫁という言葉の意味を知らなかったわけじゃない。でも、『結婚かあ、好きな人と家族になれるのっていいなあー』、くらいにしか理解できていなかった小学生の私は単純にこう思った。

『ずっと一緒にいてってこと?』

『そうだ』

神様は即答する。

寂しいのかな、神様も。だったら……。

私は神様に満面の笑みを向けた。

『じゃあ、私がそばにいてあげる！　神様が寂しいとき、悲しいとき、誰かに一緒にいてほしいって、そう思ったときに、そのお願いを私が叶えてあげる！』

深い意味なんてなかった。ただ、『また会いたい』という願いすら欲深いと言う彼の目が寂しそうだったから、なんとかしてあげたい一心だったのだ。

『瀬を早み、岩にせかるる滝川の……われても末に逢はむとぞ思ふ。今は道が分かれても、必ずお前を迎えに行く。そのときまで――』

神様はふっと笑って優雅に腰を落とすと、片膝を立てた状態で私の左手をすくうように取る。そのまま私の手の甲に唇を寄せていき、そっと口づけた。

『さらばだ、俺の番《つが》い』

一の巻　神様に嫁入り

「おい、見てみろよ。また芦屋さんの頭の上の電気、点滅してるぞ」

そんな男性社員のひそひそ話が聞こえて、私はため息をつく。

不動産会社の事務で働く私——芦屋雅は度重なる怪奇現象に悩まされていた。

今まさに頭上で起こっていることのように、取り替えたばかりの電球がチカチカし出したり、給湯室の前を通れば勝手に水道の水が流れたり、パソコンの画面が血のように真っ赤に染まったり。ただ、悪いことばかりが起きているわけでもない。階段から落ちそうになったときに風が下から吹き荒れて転倒を免れたり、私の噂話をする同僚の髪が数本引っこ抜かれたり。けれど、結局それらを目撃した社員からは気味悪がられた。


これもすべて、あやかしや神様の仕業だ。助けられてもいるが、"見えない" 人たちからすれば得体の知れない怪奇現象だ。


こんなだから歴代の彼氏全員からは『もう、耐えられない〈怪奇現象に〉』のセリフでフラれている。おかげさまで二十五になってもまともに彼氏ができやしない。私は肩身の狭い思いで席を立ち、化粧室に逃げると手洗い場に手をついて項垂れた。

「子供の頃からあやかしと神様にいたずらされることはあったけど、歳を重ねるごとにどんどん被害が大きくなってる気がする……」

なんというか、規模と頻度が格段に違う。昔は『食いたい』と言って私に近づいてきたあやかしも、話せば考え直してくれた。

でも、ここのところ私の迷惑なんてお構いなしだ。たとえばレストランでの食事中、ウィンドウショッピング中、ガラスを割って私に襲いかかってきたりと凶暴になっている。

神様に関しても助けてくれるのはありがたいのだが、それにかこつけてさりげなくどこかへ攫《さら》おうとしたり、神隠しに遭いかける回数が増えていた。

「死活問題だ……」

このままじゃ結婚どころか仕事も平常心でできないし、命だって危ない。

「はあっ」

本日二度目のため息をこぼすと、ふと自分の左手の甲が視界に入る。

「この痣《あざ》……」

うろ覚えだけど小学生のとき、私はひとりの神様に出会った。その神様に口づけられた左手の甲には、うっすらと桃色の桜のような痣が浮かび上がっている。しかも、この痣は私以外の人間には見えていない。

どうしてこの痣をつけられたのか、その神様となにを話したのか、なにせ何十年も前のことなのではっきりとは思い出せない。確かに覚えているのは、神様に口づけられたということだけ。

この痣にどんな意味があるのかは知らないけれど、大人になるにつれてあやかしや神様に目をつけられることが多くなったのを考えると……。これが私を不幸にしている気がしてならなかった。

「やっぱり、あやかしと神様がやたらちょっかいかけてくるようになったのは……全部、この痣のせい？」

だとしても、私になにができるというんだろう。できることがあるとすれば、忌み嫌われようと、畏怖の目に晒《さら》されようと、生きていくためにここで働くことだけだ。怪奇現象を引き起こす私が転職したところで、うまくいくとは思えないし。

少しでも気分が変わればいいなと願いつつ、顔を洗う。それから総務課《そうむか》の自分のデスクに戻った。

その瞬間、またもや点滅し出す頭上の電気。

「お前を食わせろ、でないといたずらするぞ！」

そこにはコップサイズの子鬼たちが群がっていて、困っている私を見てケタケタと笑っていた。

そんな、『お菓子くれないと、いたずらするぞ！』みたいに言われても。ハロウィンか。というか……いたずら、もうしてるけど。でもまあ、いきなり襲ってこないだけマシだ。彼らはあやかしの中でも温厚なほうだと思う。とはいえ、あやかしが見えない人たちからすれば、私が怪奇現象を起こしてるように見えるわけで、つまり迷惑なことには変わりないわけで……。

「……はあ」

――私の人生、お先真っ暗だ。


午後七時、仕事を終えた私は職場から徒歩二十分の距離にあるワンルームマンションに向かって帰っていた。

両親とは私の周りで起こる怪奇現象のせいで昔からうまくいっておらず、高校卒業とともに実家を出た。連絡もほとんどとっていない。そういう事情があって社員寮のある今の会社に就職したのだけれど、結局どこに行っても同じ。職場でもあやかしや神様がちょっかいをかけてきて、社員に『芦屋さんの近くにいると呪われる』とまで噂されるようになってからは寮にいられなくなり、自分でマンションを探して移った。

「よお、今帰りカ？　よかったら、ちょっとだけ血を吸わせてくれヨ」

街灯の少ない薄暗い小学校沿いの道を歩いていると、甲高い男の声がマイクのエコーのように辺りに響く。この声に心当たりがあった私は、うんざりしながら電柱を見上げた。

そこには案の定、コアラのように電柱にしがみついているコウモリ男――あやかしが牙を見せてニヤッと笑っている。

「絶対に嫌！　っていうか毎度毎度、私の帰宅時間に合わせて出没するのやめてよね。そういうの、人間の世界ではストーカーっていうれっきとした犯罪だから！」

何度したかわからない注意をしたとき、フェンスの向こうにある小学校の校庭から
「やめてっ」という子供の声が聞こえてきた。

「こんな時間に、子供の声？」

声も切羽詰まってる様子だったし、きっとただごとじゃない。

迷うことなく小学校の校門から中に入ろうとすると、先ほどのコウモリ男がパタパタと羽を動かして私の周りを飛ぶ。

「やめとケ、やめとケ。関わるとろくなことないゾ」

「でも、子供が事件に巻き込まれてるかもしれないし、ほっとけないでしょ」

私はコウモリ男の忠告も無視して、中に足を踏み入れた。

「アーア、どうなっても知らないヨ」

背中越しに声が聞こえたけれど、気になってしまうのだから仕方ない。危険なのは百も承知だ。

校庭にやってくると、ランドセルを背負った男の子たちを発見する。

嘘、小学生だけ？　近くに親は……いないみたいだけど、こんな時間までなにして

るんだろう。

目を凝らせば、ひとりの男の子に寄ってたかって小学生たちが石を投げつけている。それに居ても立っても居られなくなって、私は駆け寄った。

「あなたたち、こんな遅くになにしてるの！」

石を投げた子たちを咎めると、地面に蹲《うずくま》っていた男の子が涙目で私を見上げる。

「僕が……普通じゃないから、みんながいじめるんだ」

「普通じゃ、ない……？」

胸がざわりとする。普通じゃない、おかしい、気味が悪い。そういった人格を否定するような単語には、敏感になっていた。

「あやかしとか、神様が見えるから。だから、みんなが僕を気味悪がる。やっぱり僕、おかしいのかな」

そっか、この子にも見えるんだ。他の人には見えないものが見えてしまうだけなのに、『お前はおかしい』と欠陥品みたいに扱われる。私と同じだ。

「こういうとき……」

世界から突き放されたような気がして、自分という存在がひどく無価値に思えたとき、私は周りになんて言ってほしかったんだろう。

「……おかしくなんて、ないよ」

ああ、そうだ。きっとこう言ってほしかったんだ。普通と違っても、それでもいいんだよって、ありのままの私を愛してほしかったんだ。

でも、現実はそんなに甘くなくて、私はずっと孤独だった。それでも私を支えてくれた存在がいる。

私は地べたに座り込んでいる男の子に自分を重ねながら、ゆっくりと歩み寄った。

「その特別な力が運んできてくれる出会いもあるはずだよ」

あやかしや神様たちには振り回されてばっかりだけれど、孤独を埋めてくれたのもまた彼らだった。

「少なくとも私はそう信じてる。だから……」

私は石を投げられていた男の子を抱きしめた。

「そんな風に自分を否定しないで」

「お姉ちゃん……ありがとう……っ」

腕の中で男の子は息を詰まらせる。肩を震わせていたので、泣いているのかもしれない。その背中をトントンとあやすように叩いていると――。

「ありがと……ハハハハハハッ」

狂ったように笑い出した男の子が、ぐにゃりと仰《の》け反《ぞ》る。

「な、なに……？」

あまりの豹変ぶりに頭が真っ白になっていると、男の子は勢いよく身体を起こした。

「ちょっとお前の記憶を覗いて情を揺さぶってみれば簡単に信じて、これだから人間はバカなんだヨ」

ニタリと不気味な笑みを浮かべた男の子は、私の頭を飲み込むほど大きく口を開けた。周りにいた小学生たちもケタケタと笑い出し、こちらに手を伸ばしてくる。

「ぐっ……」

ゴムみたいにありえないほど伸びた小学生たちの手が私の手足を掴んだ。そこでようやく、彼らがあやかしであることに気づく。

身動きがとれないっ。さっきのコウモリ男、校庭にいるのがあやかしだって気づいてたからやめとけって言ったんだ。もう、もっとはっきり忠告してよね！

とにもかくにも、本当に男の子が事件に巻き込まれたわけじゃなくてよかった。

胸を撫で下ろして、改めて「怖がれ、泣き叫べ」と私を脅しているあやかしたちを睨みつける。

「全部、私を揺さぶるための嘘？　なにそれ、だからなんだっていうの！」

声を張り上げた私に、人間のふりをしていたあやかしたちがぎょっとして、一瞬、怯んだ様子を見せた。その隙に、私は勢いに任せて今まで溜め込んでいた気持ちを吐き出す。

「毎日職場ではあやかしに絡まれてるし、子供のときなんか神様の気まぐれで何回神隠しに遭ったかわからないし、今さら怖がったりしないから。むしろ、人間のほうが怖いから！　……って、話は逸れたけど、人をおちょくるのもいい加減にして！　信じた人を裏切る人のほうがずっとずっとバカよ！」

ぜーはーっと呼吸を乱しながら言い切ったら、なんだかスッキリした。

でも、あやかしは基本的に人間を困らせて怯えさせるのが好きな生き物だ。欲求に忠実で、人様の迷惑なんてなんのその。だから当然、反省するわけもなく……。

「うるせえっ、貴様を食らってヤル！」

あやかしたちの口が裂けるほど開かれて、一斉に私に襲いかかってくる。

──逃げられないっ。

そう思ったとき、突然視界をよぎる薄桃色の花びら。

これって、桜？

今は五月、もう散っているはずの桜の花びらがなぜここにあるのか。疑問に思ったとき、校庭の桜の木が一気に花をつける。

「あやかしに啖呵を切るとは、愚かではあるがお前らしい。その魂、変わらず清らかなだけでなく、輝きを増したか」

低く威厳のある声が響いたと思ったら、天からふわりと花びらが舞い降りるように男性が現れた。

「え……」

二十代後半くらいだろうか。背の高いその人は、あやかしから私を庇《かば》うようにして立ってくれた。

それから頭の高いところでまとめられた長い雪のような銀髪をなびかせ、私を振り向くと、月とも太陽ともとれる金色の瞳を向けてくる。

綺麗な人……。

夜空を連想させる紺色の着物には華やかな桜が描かれており、細くもがっしりとした腰には黄金の帯が留められていた。

纏う空気が澄んでいて、見る人を無条件で魅了してしまうような神々しさを放っている。この人は、きっと神様だ。これまで出会ってきた神様も大なり小なりあるけれど、誰もが人を惹きつけるカリスマ性のようなものを持っていたから。

「だが雅、猪突猛進もほどほどにしろ。これでは命がいくつあっても足らんからな」

腰に差している刀を鞘から抜いた神様は、教えたはずのない私の名を口にした。

「どうして、私のことを……」

「覚えているに決まっているだろう。俺とお前は夫婦になるのだからな」

信じられないことを口走った神様は、強く地面を蹴ってあやかしに斬りかかる。その目にも留まらぬ速さに、あやかしたちは成す術なく——。

「ギャアアーッ」

悲鳴をあげて、煙のように消えていった。

「し、死んじゃったの？」

「おかしなことを言う。あやかしや神に『死』という概念はない。あるとすれば『消滅』だけだ」

「それって結局、死ぬってことなんじゃ……」

「世界から消える、という意味では同じだな。案ずるな、俺はあやつらをあやかしの住まう常世《とこよ》に還《かえ》しただけだ」

「そ、そうなんだ。よかった……」

あやかしにはひどい目に遭わされているけれど、こんな私にも気兼ねなく話しかけてくれる存在だ。子供の頃もよく遊んでもらったし、守ってもらった。優しい一面も知っているから、消滅させられてしまうのはやっぱりかわいそうだと思う。

悪さばかりするのに、憎めないんだよね。

苦笑いしていると、神様は呆れた顔をする。

「殺されかけたというのに、愚かなほど甘いな。お人好しも大概《たいがい》にしろ」

「初対面の人……神様にそこまで言われる筋合いありません」

　大概にしろと言われましても。私があやかしや神様とどんな関係を築いてきたかも知らないのに、勝手なことを言わないでほしい。でも、助けてもらった手前、言い返すのはやめた。

　そんな私に、神様はため息をつく。

「あれから数十年しか経っていないというのに、お前の記憶力の乏しさには心底がっかりする」

「なっ……！」

　ひどい。身に覚えがないけれど、私は神様を失望させているらしい。

「……まあ、いい。雅、もう忘れるなよ。三度目はないと思え」

　人の記憶力が乏しいって貶しておいて、まあいいってなんだ、まあいいって。というか、三度目ってどういうこと？

　私の中で文句と疑問が同時にわきあがる。その間にも、神様は刀を腰の鞘にしまいながら、私の前まで歩いてきた。

「雅、俺は桜月《おうづき》神社の奉《まつ》り神――朔《さく》。このときを長らく待ちわびたぞ」

　神様――朔はなにかを噛みしめるように、じっと私を見つめてくる。それから、尊大な態度からは想像できないほど優しく、私の左手をすくうように取った。

　そのとき、ふいに胸をよぎる懐かしさ。

私、この手をどこかで……。

見たのか触れたのか、この光景に既視感《きしかん》を抱いていると、朔は私の手を引っ張って腰を抱いてくる。

「ちょっと!」

慌ててその胸を押し返せば、細身なのに思ったより筋肉質で驚いた。

胸板が厚い……。あと、なんか甘い香りがする。桜かな? 神様も身体は人間の男の人と変わらないんだな……って、私はなにを考えてるんだろう。

煩悩を振り払うように、ぶんぶんと頭を振る。朔は眉根を寄せて、奇妙なものでも見てしまったかのような顔をした。

「なにをしている」

「聞かないでください」

「……おかしなやつだな。それより、お前も適齢に達しただろう。だから迎えに来た。すでに式の準備も整っている」

式の……準備?

「いやいや、さっきからなんの話をしているのかさっぱりなんですけど……」

どちらかというと〝おかしなやつ〟は、神様のほうだ。

けれども朔は絶賛混乱中の私の顎を持ち上げて、不敵に微笑む。

「迎えに来たぞ、俺の花嫁」

はな、よめ……はなよめ……花嫁!?　なんで私が!?

『花嫁』の単語が頭の中でリフレインして、ついに脳の処理が追いつかなくなった私は間抜けな声をあげた。

「……はい？」


どうして、こんなことに……。

あれよあれよというちに攫われてきたのは、森の中に静かに佇む桜月神社だった。

桜月神社は実家があった住宅街の裏手にあり、参道から見ると寂れてこじんまりとした神社なのだが……。どういう仕掛けなのか、鳥居をくぐった瞬間、私は広い境内に立っていた。そして、社は水に浮かぶ朱色の大きな神宮に早変わり。そこで私は、犬の耳と尻尾が生えた六歳くらいの白髪の男の子と二十代半ばくらいの黒髪の男性に出迎えられた。彼らはこの神社の狛犬で、神様である朔の使いだという。

「ささっ、雅様。これに着替えてね！」

私はどこかの部屋に案内されるや否や、可愛らしい白髪のほうの狛犬さんに白無垢に着替えさせられたあと……。

「さっさと歩け。朔様を待たせるな」

目つきの悪いヤンキーのような黒髪の狛犬さんに、半ば連行されるような形で本殿へ向かい、そのまま結婚式を挙げさせられた。

狛犬さんたちの介添えによって、不本意にも奉り神の朔と大中小の三つの盃に注がれたお神酒《みき》を三口で交互に飲み、夫婦の契りを交わす。

わけがわからない……。

戸惑っている間に式は終わり、勝手に神様の妻にさせられた私は本殿から離れたところにあるだだっ広い和室に案内される。そこにはぴったりとつけられた二枚の布団が敷かれていた。朔が「座れ」と顎を動かし、私は言われるがまま布団の上に正座する。正直、途方に暮れていた。

開け放たれた障子窓の向こうには、月明かりに照らされた池。それを呑気に眺めている朔の横顔を見つめること数分。いよいよ限界だと声をかける。

「ちょっと、お話があるんですけど」

私と同じ寝間着――白い浴衣に身を包んでいる朔は、気怠げに「なんだ」と答えつつ流し目を向けてくる。

漏れ出る色気にあてられながらも、私はぐっと拳を握りしめた。

「これはどういうことですか！」

ずっと喉まで出かかっていた不満を吐き出す。

式の最中、泣きながら喜んでくれている白い狛犬さんと、有無を言わさない威圧感を放つ黒い狛犬さんに終始睨まれていた私は、『結婚しません』なんてこと、とてもじゃないが言えなかった。今はそれを心底後悔している。

「私の意思も関係なしに、ひどいじゃないですか！」

「結婚のことを言っているのなら、本当にひどいのはどちらか考えてほしいものだが。一度した約束をすぐに忘れてしまうのは人間の性質《たち》か？　それともお前の頭に問題があるのか、どちらだ」

「は？」

神様相手に失礼だという自覚はある。

でも、よくわからない言い分をぶつけてくるうえに数々の暴言。これを平常心でかわせるほど、今の私に余裕はない。

「私、帰ります」

「なに？」

朔の眉がぴくりと動いたが、気にせず寝室の襖まで歩いていく。

「あなたの嫁になるつもりはありませんし、明日も仕事があるのでお暇《いとま》します。朝、早いんですよ？　もう神隠しとか、本当にやめてくださいね？」

朔を振り返って念を押したあと、私は襖に手をかけた。そのとき――。

「ふたりとも一っ、ちゃんと仲良くしてるかなーっ」

勢いよく開いた襖から白い物体が飛び出してきて、私の顔面にぶつかる。

「ふがっ」

そのまま後ろに倒れた私は、お腹に重みを感じて下を向いた。

すると、額に桜の痣がある白くてふわふわの毛並みをした子犬がつぶらな青の瞳をキラキラさせて、私を見つめている。

「これはこれはっ、雅様！」

ぽんっと煙を立てて、子犬が浅葱色の袴に身を包んだ白髪の男の子に姿を変えた。

——え!?　この子、さっき結婚式で介添えをしながら号泣してた狛犬さんだ！

犬の姿にも人の姿にもなれることに驚いていると、狛犬さんは勢いよく私の首に抱き着いてきた。

「結婚、おめでとうーっ」

頬をすりすりと擦り合わせてくる狛犬さんに、私はされるがまま考える。

なにこれ、狛犬流のお祝い？　そもそも、私は結婚したつもりはないんだけど。

反応に困っていると、狛犬さんははっとした様子で私から少し身体を離した。

「そうだっ、雅様。ごめんね、ぶつかっちゃって！　痛いところはない？」

「ううん、それは大丈夫だよ。それより、あなたはさっき白無垢に着替えさせてくれた……」

「僕は白《しろ》だよ！　今日から雅様のお世話も精一杯頑張るから、なんでも頼んでね！」

狛犬さん――白さんの髪からちょこんと顔を出している、ふたつの犬耳と尻尾がぱたぱたと揺れている。

ふわふわで、もふもふ……可愛いなあ。

白さんのあどけない笑顔を見ていたら、毒気を抜かれてつい口元が緩む。

「よろしくね、白さん」

「もうっ、余所余所《よそよそ》しいのはなしだよ！　白とか、白くんって呼んでほしいな？」

小首を傾げながら、ふふんっと鼻歌を歌う白くん。おやつをもらうときの犬みたいに尻尾をぶんぶんと振っている。災難続きで疲れていたので、無邪気な白くんに癒された。

「朔様から許嫁《いいなずけ》はいるって聞いてたけど、どんな子なのかずっと教えてくれなかったんだ。でもまさか、こんなに可愛い女の子だったなんて！」

「あの、そのことなんだけど、たぶん人違いで……」

「ええっ、じゃあ帰っちゃうの？　いなくなっちゃうの……？」

うるうると瞳を濡らす白くんに、私はうっとうめく。

そんな悲しそうな顔をしないで！

良心がチクチクと痛んで返答に困っていると、私の上から白くんがいなくなる。正確に言えば、白くんは黒髪の男性に片腕で抱き上げられていた。

「白、そいつは仮にも朔様の嫁だ。迷惑をかけるな」

仮にも……どこか棘がある言い方だな。

私は苦笑いしながら、改めて白くんと同じ浅葱色の袴を身に着けた黒髪の狛犬さんを見上げる。黒い耳と尻尾を持つ彼の額にもあの桜の痣があり、褐色の肌によく映えていた。

瞳は白くんみたいにくりっとはしていないけれど、同じように澄んだ青色をしており、切れ長だ。そして、その目でヤンキーのごとく私にメンチを切っている。

怖い……そしてなぜ、こんなにも敵意を向けられているんだろう。

「そういう兄さんは愛嬌《あいきょう》が足りないと思うな」

頬を膨らませている白くんに、私は驚く。

「え、ふたりは兄弟なの？」

「俺は黒《くろ》、白の兄だ。俺たちが兄弟だと、なにか問題が？」

ギロッと睨んでくる黒さんに私は肩をすくめる。

ああそうか。黒さんは私のことを朔の嫁だって認めてないんだ、きっと。

でも、私は結婚を受け入れたわけじゃない。誤解なんだけど、否定したらしたで朔様を愚弄するな！って怒りそうだ。うん、火に油は注がないことにする。

「いいえ、なにも」

「だーかーら、兄さん怖いって！」

黒さんの腕から抜け出した白くんは私のそばにやってくると、ひしっと抱き着いてきた。

──ああ、この神宮で唯一の癒し。

「僕たちは年上なんだから、雅様を大事に守ってあげないと！」

「年上？　白くんっていったいいくつなの？」

私が幼い頃に会った神様やあやかしたちは、だいたいが今も変わらず若さを保っている。見た目は小学生でも、あやかしや神様は人間とは寿命も老いるスピードも違うのだ。

けれど白くんは見た目も話し方も子供みたいに愛らしいので、年上だなんてどうしても信じられなかった。

「うん？　僕と兄さんはだいたい五百歳くらいで、朔様は千歳を超えてるよ！」

「ごひゃっ……せっ、千歳ぃぃ!?」

私、朔たちが生きている間に何回生まれ変われるんだろう。

人間の寿命とは次元が違いすぎて、口が半開きになってしまう。そんな私を見た朔が「間抜けな顔だな」と鼻で笑った。

本当に、この人はなんで私を嫁にしたんだろう。

そう疑問に思うほど、朔の態度からは私への愛情なんて微塵も感じられない。ますます私を嫁に迎えた奉り神に不信感を抱いていると、黒さんが朔のそばまで歩いていって片膝をつく。

「朔様、雅様に例の件は説明されましたか？」

私のときと、ずいぶん態度が違うんだな。

恭しく頭を垂れる黒さんに、自分がいかに嫌われているのかを痛感した私は再び気分が沈みそうになる。

朔は黒さんをちらっと見て腕を組むと、顎で私をしゃくってみせた。

「まだだ。話そうとしたら、当の本人が帰ると言い出してな。機を逃した」

——私のせいかいっ。元はといえば、朔が私を無理やり攫って、無理やり結婚させたからでしょうに。

腹は立ったけれど、〝例の件〟というのが気になったのでこらえる。

でも、私の不満に気づいていたのだろう。ふんっとバカにしたように笑った朔が壁に背を預けたまま、私の方に身体を向けた。

「雅、お前は千年に一度現れる奇跡の魂の持ち主だ」

……はい？

今、『今日の晩ご飯はカレーだよ』とでも報告するようにサラッと、重大なことを言われた気がする。

「ごめんなさい、バカな私にもわかるように説明してください」

この件についてもいろいろ言ってやりたいことはあるけれど、自分に関わることなので下手に出た。……のだが、朔は『面倒だ』という顔をして、ため息をつく。

「奇跡の魂というのは、食らえば強大な力を、契《ちぎ》って生まれた子孫には繁栄をもたらすと言われている。ゆえに神もあやかしも、喉から手が出るほど欲しい存在。それがお前だ」

怠そうではあったが、朔は説明してくれた。けれども、あまりにも現実味のない話すぎて頭がフリーズしてしまう。

すると、私に抱き着いていた白くんが顔を覗き込んできた。

「よく、あやかしに襲われたり、神隠しに遭ったりしなかった？　それは雅様の特別な魂ゆえなんだよ」

〝奇跡の魂〟なんて言われても、いまいちピンとこない。ただ、確かに小さい頃から私の周りにはあやかしや神様がいた。

「そっか、神隠しにしょっちゅう遭ったり、あやかしに食べられそうになったり……。

全部、その魂のせいだったんだ。あやかしも神様も昔は話せばわかってくれたのに、最近は私の意思関係なしに襲いかかってくるし……。それも、その奇跡の魂がなにか関係してるの？」

なんでなのかはわからないけれど、話が通じるあやかしが格段に減った気がする。神様に傷つけられることはなかったが、私に恩を売って神隠しに遭わせようとするあたり同罪だ。

「そうだ。大人になるにつれて、お前の魂の力が強まったからだ。身体の成熟と同様に、魂も成熟する」

朔が私の思考に割り込むように補足する。窓際を見れば、自然と朔と目が合って少しだけ胸がトクンッと音を立てた。

顔がイケメンだからって結婚式を強行したこと、まだ許してないんだからね！

心の中でときめいてしまった自分を律している間にも、朔は話を続ける。

「その魂の力は酒のようにあやかしや神を酔わせる。傲慢で欲深い者ほど理性を失い、お前をなんとしても食らおうとするだろう。そうでなくとも、その魂の持ち主はあやかしや神に好かれやすい」

「なんとしても食らおうとするって……思い当たる節がありすぎて怖いんだけど……。それに私、てっきりこの痣があやかしと神様を呼び寄せてるんだって思ってた。でも、違ったんだ……」

左手の桜の痣を見つめて呟くと、朔のそばに控えていた黒さんがあからさまに顔を顰《しか》めた。

「お前の魂は同じ空間にいるだけで、俺たちにも力を与えている。あやかしにも神にも好かれるお前が野放しになっていると考えてもみろ」

「野放し……」

そんな、動物みたいな言い方しなくても。

げんなりしている私のことなんて関係なしに、黒さんは虫を見るような目でこちらを射竦《いすく》める。

「普通なら今頃とっくにあやかしに食われているか、神に幽閉されているかのどちらかだ。なら、今まで無事だったのはなぜだ？」

「確かに……本当、なんでだろう」

顎に手を当てて悩んでいると、朔がふうっとかすかに息を吐き出した。それから私の手の甲に視線を向けて、「ん」と顎でしゃくる。

「その痣は、俺がお前に贈った祝福の印だ。神には厄を退ける力があるからな。ただ、それを贈ったのは昔だ。今は効果が薄れている」

「それって、私と朔は前にどこかで会ったことがあるってこと？」

「さあな。とにもかくにも、俺の嫁になれば他の神もあやかしも簡単には手を出せまい。お前にとってはいいこと尽くめだろう」

さあなって……。

当の本人は興味なさげに、また障子窓の外を眺めている。

よくよく考えてみると、朔が私を強引に嫁にしようとしたのはこの奇跡の魂が目的だったからではないか。

「朔は……千年に一度現れる奇跡の魂が欲しいだけで、私が好きだから嫁にしたわけじゃないんでしょ。私、愛のない結婚はいたしません！」

きっぱりと宣言して立ち上がった私は「失礼しました」と部屋を出た。

来た道を思い出しながら、吊灯篭《つりとうろう》に照らされた黄金の鯉が泳ぐ池沿いの廊下を歩く。

夜空には流れ星がいくつも流れていて、思わず目を奪われた。なにより水上に浮かぶ神宮なんて幻想的だ。ここに連れてこられたときは景色を見る暇もなかったので、改めて浮世離れした世界を眺めた。

――ここが、神様の世界なんだ……。

「待って、雅様ーっ」

後ろからパタパタと足音が聞こえて振り返ると、白くんが目に涙を浮かべながら駆け寄ってくる。

「白くん？」

「まだいてくれたーっ、よかった！」

白くんはぎゅっと私の腕に抱き着くと、上目遣いで見上げてきた。その必死な表情は捨てられた子犬のようで、胸がしめつけられる。

「朔様は千年も生きてきて、花嫁を迎えるのは雅様が初めてなんだ。だから、愛がないなんて、そんなことないと思うよ！」

「でも……私にはどうしても、朔が私のことを好きだとは思えないの」

「僕もどうして雅様なのか、朔様に聞いても教えてくれないからわからないけど、絶対に理由があるはずだよ」

一生懸命に私たちの仲を取り持とうとする白くんは、朔のことが大好きなんだろう。

それを微笑ましく思う一方で、困っているのも事実だった。

「ごめんね、私はやっぱり神様のお嫁さんになんてなれないよ。だって私は人間だし、朔の気持ちもわからないし」

それだけ言って立ち去ろうとしたら、白くんは「大鳥居まで送るよ」と悲しげに笑ってついてきてくれた。

他愛のない話をしながら、私たちは大きな橋を渡って広い境内にやってくる。そのままま っすぐ歩いて、ようやく大鳥居に辿り着いた。

「雅様、雅様。朔様の心がわかれば桜月神社に嫁入りすること、考えてくれる？」

「どうして、そこまでするの？　朔、性格には問題ありそうだけど、黙ってたら結構カッコイイし、お嫁さんなんてすぐに来てくれるでしょ。私のことは諦めて、次のお嫁さん候補を探したほうが……」

「でも、朔様は雅様がいいんだと思う」

白くんは強い言葉で遮った。

「朔様がそばにいてほしいと思う人のこと、僕も大切にしたい。だから、お願いだよ、雅様。さっきの話、考えてくれないかな？」

さっきのって、朔の気持ちを知ってから嫁入りするかどうか考えてって話だよね。答えはもちろん『ごめんなさい』だけど、こんなに必死に頼まれちゃうと……。

「断言はできないけど、知らないうちは考えることすらできないから……そうだね、判断材料にはさせてもらうと思う」

別れ際、朔のために心を尽くしている白くんを前に強く否定できなかった私は、曖昧な答えを返してしまうのだった。

翌日、いつもと同じように出社した私はデスクに着いて頭上の電気を見上げる。するとと、なんということだろう。毎回いたずらを仕掛けてくる子鬼たちが私と目が合った瞬間に「強い神気《しんき》だっ」「あのいけ好かない奉り神の嫁になったのか？」と口々に言いながらどこかへ散っていく。

そういえば……。

私は朔の言葉を思い出す。

『俺の嫁になれば、他の神もあやかしも簡単には手を出せまい。お前にとってはいいこと尽くめだろう』

あれって、こういうことなのかな？

朔を怖がってあやかしたちが逃げていく……。あの人、どんだけ強い神様なの？というか、〝不本意だけど〟私が朔と結婚したってなんでわかったの？　まさか、さっきあやかしが言ってた神気ってやつ？　朔の匂いでもするのかな？

試しに腕に鼻を近づけて、匂いをかいでみる。

「無臭だ……って、私はなにをしてるんだろ！」

ひとりで突っ込んでいると、同僚たちから「芦屋さん、ひとりで喋ってるよ」「さっき俺、腕の匂い嗅いでるの見たんだけど」「えーっ、こわーい」というひそひそ話が聞こえてくる。

やってしまった……。と、とにかく！　神様の花嫁効果がこんな形で役立つなんてありがたいけど、やっぱり愛のない結婚は絶対に無理！

とはいえ、身の安全と天秤にかけると、ほんの少し嫁になってもいいかもしれない……なんて。そんな風に傾きかけた自分の心から目を逸らすべく、私はパソコン作業に没頭する。

それから数時間ほど経ったときだった。急に外が暗くなった気がして、私はキーボードを打つ手を止める。ちょうど太陽が雲で隠れたのかもしれない。そうは思いつつも嫌な予感がして窓の外を見た瞬間、私は言葉を失った。

「なに、あれ……」

頭蓋骨《ずがいこつ》から八本の足が生えた蜘蛛《くも》のようなあやかしがオフィスの広い窓を覆うように張りついていて、光を遮っていた。

でも、あの骸骨蜘蛛に気づいているのは私だけで、他の社員は一心不乱にパソコンにかじりついている。

骸骨蜘蛛から視線を逸らせないでいると、大きな赤い目玉がギョロッと動いて私の姿を捉えた。

「ああ、やっと見つケタ。お前を食らっテ、力を手に入れてヤル」

そう言ってあやかしが大きく口を開けた途端、キーンと耳鳴りがする。窓ガラスがガタガタと揺れ、ようやく社員たちがパソコンから顔を上げた。その瞬間、バリンッとオフィスの窓ガラスが割れる。激しく吹き込む風にカーテンがバタバタと音を立ててはためき、社員たちの悲鳴が響き渡った。

「いった……」

飛んできた破片が頬を掠って、私は思わず床に座り込んだ。社員たちは次々と席を立ちフロアの入り口まで避難すると、怯えた表情で部屋の様子を窺っている。

「奉り神だけに極上の魂を独り占めさせるわけには、いかんからナァ」

ゆっくりとあやかしは私の目の前に近づいてくる。朔の嫁になった効果が、このあやかしには発揮されていないみたいだ。

――ってことは、強いあやかしってこと?

私は恐々と骸骨蜘蛛を見上げる。

怖い……けど、ちょっと腹も立ってきた。もう、なんなの。みんなみんな、私の魂を食べるだとか、嫁にして力を手に入れるだとか、自分勝手にもほどがある。よし、ひとこと物申そう。

私は立ち上がると、震える膝に力を入れてあやかしに対峙する。

「あのねえ、私の命も魂も身体も私のものなの!　誰のものにもならない!　そうやって、なんでもかんでも自分の思い通りになると思わないで!」

「お前の意思ナド、知ったことではないワ」

なんですって……。こっちは仕事中だっていうのに、職を失ったらどうしてくれるの。生活がかかってるのに！　もう頭に来た！

私は腰に手を当てて、びしっとあやかしを指差す。

「そもそも、私を食べて簡単に強くなろうなんて、ずるすぎない？　そんな楽して力を手に入れようとするなんて、よっぽど自分に自信がないのね」

恐怖に蓋をして強気に振る舞えば、あやかしは痛いところ突かれた、みたいな顔をしてぐっと黙り込む。一応、私の言葉が効いているらしい。話せばわかってくれるかも、と期待をしつつ言葉を重ねる。

「ねえ、それ以上強くなってどうするの？」

「どうもしない、強さを求めるのはあやかしの本能ダ」

「でも、自分の目的のために誰かを傷つけるのは弱い人のすることだと私は思うよ」

そうは言ってみるけれど、人間の私の考えがあやかしに伝わるかどうかはわからない。そもそも価値観が違うのかもしれない。

案の定、あやかしは眉を寄せて困ったように唸った。しかも首を傾げた勢いで、くるくると頭を回転させている。

「お前の言っていることは難シイ」

……どうしたら、伝わるんだろう。あやかしには食べられそうになったり、いたずらされたり。それはもうひどい目に遭わされてきたけど、同じくらい助けられてきた。

本当は優しいんだって、私はちゃんとわかってる。でも……。

私はオフィスの入り口にいる社員たちを振り返った。あやかしの起こした怪異を目の当たりにして、怖がっているのが強張った表情から見て取れる。

こんなふうに、あやかしが怖がられてるのを見るのは……胸が苦しい。私もあの畏怖の目にさらされてきたからこそ、なおさらそう思う。

「私は……この奇跡の魂ってやつのせいで、周りで怪奇現象ばかり起こっちゃって。人間の友達がなかなかできなかった。それだけじゃない、家でも気味悪がられて居場所がなかった。いつも自分だけ生まれた世界を間違えたんじゃないかって、すごくすごく悲しかったの。でも、そんなときにあなたたちがそばにいてくれた。だから、寂しくなかった」

あやかしは黙って、私の話を聞いてくれているようだった。簡単に説得できるとは思っていなかったので、それだけでも好感触だ。

「あなたたちは、私の心を守ってくれた。だからお願い、怖がられるだけの存在にならないで。力を正しく使って、感謝されるようなあやかしになってほしい」

人間と同じだ。あやかしにも悪いところがあれば、いいところもある。なのに、ただ恐ろしい部分だけに目がいって、邪悪な存在みたいに勘違いされたままなのはもどかしい。

その気持ちが伝わったのかどうかはわからないけれど、骸骨蜘蛛のあやかしはくるりと後ろを向いた。

「食われそうになったというのに、あやかしに心を寄せるとはナ。お前は変わってイル。それは魂ゆえか……」

謎の呟きだけを残して、すっと空気に溶けるようにあやかしが消える。

た、助かった？

一難去ったのだとほっとしたら、全身の力が抜けた。私はその場に崩れ落ちるようにして座り込む。

「はあーっ、よかった」

引いてくれなかったら、私は今頃あのあやかしの腹の中だ。

やっぱり、あやかしは意地悪なだけじゃない。耳を傾けてくれたんだから。

小さく笑っていると、「芦屋さん、誰と喋ってたんだ？」という声が聞こえて振り返る。オフィスの入り口にいた社員たちが、ガラスの破片や飛び散った資料の上でひとり座り込んでいる私を奇異の目で見つめていた。

「やっぱり、あの人おかしいのよ」

「呪われてるんじゃないか？」

「気持ち悪っ、一緒の空間で仕事するなんて嫌だわ」

突き刺さる視線と心を容赦なく切り刻む言葉たちに、自嘲的《じちょうてき》な笑みがこぼれる。

私には神様やあやかしが見えます。さっきのも、あやかしの仕業です。でも、話をしたら帰ってくれたので、もう大丈夫です……なんて。

さっきのあやかしみたいに、自分の気持ちをそのままこの人たちにも伝えたとして、わかってもらえるのだろうか。

ううん、考えなくても答えは出てる。きっと、変な人だと思われるのがオチだ。だから現に、私は黙ったままなにも言い出せないでいる。

あやかしのこと、どうこう言えないな。理解されるために踏み出せない私のほうが、ずっとずっと弱い。

唇を噛んで俯いていると、ふわっと背中があたたかくなった気がした。私が振り返るより先にお腹に腕が回り、頭に大きな手が乗る。

「迎えに来るのが遅くなった」

耳元で低い囁きが聞こえた。私が目を見張ると同時に膝裏に腕を差し込まれて、そのまま横抱きにされる。

視界に映る銀色の髪と昨日より柔らかに見える金色の瞳、舞う桜の花びら。そのすべてが私を優しく包み込む。

「な……んで……」

この人がここにいるの?

私は朔を見上げながら、それ以上の言葉を紡げなかった。

どこか、夢を見ているような気分だった。私がつらいとき、差し伸べてくれる手や抱きしめてくれる温もりは今までなかったから。

「お前を嫌う人間の中に、無理やり居場所を作る意味はない」

「でも、私は人間だから。生きている以上は働かなきゃいけないし、嫌な人ともうまく付き合わなきゃいけな……」

「くだらんな」

朔は私の言葉を遮った。

「人間の命など、せいぜい九十、百が限度だろう。俺たち神やあやかしよりも早く散る命だというのに、嫌なものに縋りついて生きるなど時間の無駄だ」

「確かに朔たちからしたら、そうかもしれないけど……」

そう言いかけたとき、私を抱きしめる朔の腕に力がこもるのがわかった。

「俺はお前を必要としている」

「……っ」

思わず息を呑んだ。

真剣な面持ちで、まっすぐに注がれる深い愛情にも似た眼差し。その声音は『なぜわからない？』と切実に問いかけてくるようで、私の心は大きく揺さぶられる。

「誰かに求められ、自分自身も求める場所で生きることこそ、人間の幸せだと俺は思うがな」

そう言って、顔を近づけてきた朔は私の頬を舌先でなぞる。するとチリッとした痛みが走って、そこが先ほどガラスの破片で切ったところだと気づいた。

「ちょっと！　なにす――」

「傷を癒した。感謝こそすれ、怒鳴られる筋合いはないと思うが」

しれっと答える朔に、怒りを通り越して脱力する。そっと頬に触れると、確かに怪我がなくなっていた。

「お、おいっ……なんだよ、あの男！」

悲鳴にも似た声に、私ははっと我に返る。社員のひとりが狼狽《うろた》えながら朔を指差していた。

「え……朔が見えてるの？」

「俺は神の中でも力が強いからな。人に姿を見せることなど、造作もない」

「なんで姿を見せたりなんか……」

そんなことをして、なんのメリットがあるのだろう。問うように朔を見れば、わかりきったことを聞くなとばかりに不敵に笑う。

「俺は、俺のものを傷つけられると心底腹が立つ。だから――」

言葉を切った朔は再び私を抱く腕に力を込めると、怯えるようにこちらを見ている社員たちに向かって一歩を踏み出した。

「人間ども、覚えておくといい」

朔の冷ややかな声に合わせて、割れた窓ガラスの破片が宙に浮き上がる。怪奇現象を目の当たりにした社員たちは『ば、化け物だーっ』と悲鳴をあげ、中には腰を抜かしている者もいた。

「この女は神である俺の花嫁だ。その身だけでなく、心も傷つけることは許さん」

「こ、殺されるーっ」

社員のひとりが叫びながらフロアを飛び出していくと、恐怖が伝染したのか、それに続いて他の人たちもその場から逃げ出していった。

「尻尾を巻いて逃げ出すくらいなら、喧嘩を売らなければいいものを」

吐き捨てるようにそう言って、朔は私を抱えたまま踵を返す。

「いたくもない場所に縋りつき、傷つくお前をこのまま見過ごすつもりはない」

ガラスが割れ、風が吹き込む窓に向かって歩く朔は前を向いたままそう告げると、足を止めて私を見下ろした。その瞬間、桜の花びらが私たちを包み込むように吹き荒れ、思わず目を細める。

「だから――お前を攫うぞ、雅」

安全と引き換えに、普通に恋をして愛する人と結ばれる幸せを手放すなんて代償が大きすぎるけれど、毎度毎度あやかしを自力で退けられるとは限らない。

それに――今の『攫う』は、私のためを思ってのことのような気がして……。私は返事の代わりに、朔の着物にしがみついたのだった。

夕日に照らされたそこは一見辺鄙《へんぴ》で小さな神社だけれど、朔が私を抱えたまま鳥居を潜ると――。

「わあ……昨日も思ったけど不思議」

どこにそんな敷地があるのか、大きな池の上に浮かぶ雅な朱色の神宮と広大な境内が現れる。

そして、その周囲には一度足を踏み入れたら迷って出てこられなくなりそうなほど広い神苑。

日の光があるところで見ると、そのスケールの大きさがわかるなあ。

改めて神宮を見渡していると朔が私を地面に下ろし、両方の着物の袖の中で腕を組んだ。

「ここは俺たち神が暮らす世界――神世《かみよ》だ。あの大鳥居はその入り口、門の役割を果たしているが、基本的には俺の許可なく神世には繋がらない。まあ、まれに自分の力でここへ迷い込む人間もいるがな」

朔の意味深な視線を受けた私は「ん？」と首を傾げる。しばらくそうやって見つめ合っていると、どこからか声が聞こえてきた。

「おかえりなさーいっ」

本殿に続く橋を渡って、境内にいる私たちのところへやってきたのは涙でぐちゃぐちゃになった顔をした白くんだった。

「雅様ーっ、戻ってきてくれるって信じてました！」

私の腰に抱き着く白くんをなんとか受け止めると、その後ろから犬の姿をした黒さんが追いかけてきて、ぼんっと煙を立てながら人間の姿になる。

「白、前を見て走らないと怪我をするだろ」

はあっと息をついた黒さんは、折り目正しく朔にお辞儀をする。

「おかえりなさいませ、朔様」

「ああ」

短く返事をした朔は神宮の方へ足を向けると、ちらっと私を見る。

「あれだけ大々的に暴れれば、お前は職を失ったも同然。もう、俺のところにいるしかないな。なあ、雅？」

意地悪くも妖艶に微笑む桜月神社の奉り神。

まさか、朔は私を助けたわけじゃなくて、逃げ場を奪うために職場に押しかけてきたんじゃ……。だとしたら、なんて手の込んだ真似を……。

上機嫌に鼻歌まで歌いながら歩き出す朔の背中を見つめつつ、私はどっと疲労感に襲われるのだった。

二の巻　忠犬の黒、小姑につき

桜月神社に身を寄せることになった翌日。いろいろあって疲れていたせいか、私は太陽がずいぶん高い位置にくるまで爆睡してしまった。

「はあ……さすがに一度、家に帰らないと」

ぶつぶつひとりで喋りながら、神宮内に与えられた自分の部屋を出る。寝泊まりする場所に関しては、ひと悶着あった。最初は朔と同室にされそうだったのだが、貞操の危機を感じて全力でお断りさせていただいたのだ。

「退職手続きもうやむやになってるし、マンションの退去もしなきゃだし……」

神様の世界に来ようと、私は社会人だ。このまま放っておくことはできない。とはいえ、会社に足を運ぶのはあんなことがあった手前、気が引けた。

憂鬱な気分で神宮の東にある『神楽殿《かぐらでん》』に向かう。主に寝所や居間のある建物らしく、昨日白くんから起きたらそこに来るように言われていたのだ。

「おはようございます」

あいさつをしながら捲り上げられた御簾の下を潜って中に足を踏み入れると、白くんと黒さんが箱膳《はこぜん》に載った料理を食べているところだった。

「あ！　起きたんだね、雅様」

にこっと満面の笑みを浮かべる白くんの隣で、黒さんは黙々と料理を口に運んでいる。まるで、私なんて眼中にないみたいだ。

「あの……黒さんも、おはようございます」

もし、万が一、聞こえていなかっただけだとしたら。これから一緒に住むことになるんだし、あいさつをしないのは失礼だろう。そう思い、私はもう一度あいさつをした……のだけれど、黒さんはバンッと音を立てて箸を置き、冷ややかな目を私に向けてきた。

「嫁に来て早々、朝寝坊か。いいご身分だな」

「うっ、ごめんなさい」

「それに、その格好はなんだ」

黒さんの言う〝その格好〟とは、私の着ている巫女服のことだろう。

「すみません、袴なんて着たことがなくて、やっぱりどこかおかしいですか？」

袴の裾をつまんで自分の格好を見下ろしていると、黒さんがチッと舌打ちをして立ち上がる。そのまま大股でこちらに歩いてきたと思ったら、私の背後に回った。

「いいか、帯は袴の前側から結べ」

「えっ、あ、ちょっと！」

黒さんは信じられないことに私の袴の帯をどんどん解いていき、白衣だけの姿にした。下着も同然な格好にあわあわしていると、黒さんは吐き捨てるように言う。

「安心しろ、お前みたいなちんちくりんの裸に興味はない。わかったら、袖を持って両手を上げておけ」

ちん、ちく……りん？

あまりにもひどい物言いに絶句している間に、黒さんは袴の帯を後ろで一回、前で一回と手際よく結んでいく。それは悔しいほどにきちっとした蝶々結びで、私が着つけたときより見栄えも素晴らしかった。

「あ、ありがとうございます」

感動しながら振り返ってお礼を伝えると、またもや氷のような黒さんの目に一瞥《いちべつ》される。

「勘違いするな。〝今〟は嫁であるお前の身なりが整っていなければ、朔様が恥をかくからだ」

〝今〟……ね。やっぱり黒さんは、私が朔の嫁であることに納得してないいんだ。

居心地の悪さから視線を自分の足袋に落とした私に、追い打ちをかけるように黒さんは続ける。

「俺はお前を朔様の嫁とは認めていない。あの方は同族の力ある神と結ばれるべきだ。人間を嫁にしたのは、長い年月を生きるがゆえの朔様の戯れだろう。飽きがくるまでは、極力部屋から出るな。この神宮内をちょこまかされるのは不愉快だからな」

剥き出しの敵意に怯みそうになったのは一瞬。これまで私は家族や友人、先生や同僚から『気味が悪い』と後ろ指を差されて生きてきた。でも、誰ひとりとして私に直接その言葉をぶつけてきた人はいない。ひそひそと陰で噂するだけで抱いている嫌悪感を隠す人たちより、ストレートにぶつけてくれる黒さんのほうがずっとずっといい。真正面から向き合ってくれる黒さんになら、きっと私の言葉も届くはずだ。

「……私も、朔の嫁になったつもりはないです。でも、この家でお世話になる以上は、なにかお手伝いをさせてください」

この神宮を守ってきたのは、狛犬である白くんや黒さんだ。ふたりに信頼してもらえるように、頭を下げたとき――。

「兄さんの小姑！」

これまで黙っていた白くんがぷっくりと頬を膨らませて子犬の姿に戻ると、その場で飛び跳ねて黒さんの頭にかじりついた。

「嫁いびりするなんて馬に蹴られるんだよっ、知らないの!?」

それを言うなら他人の恋路を邪魔すると、なんだけどね。

苦笑いしながらも、私のために怒ってくれた白くんに胸があたたかくなった。

「わかった。わかったから離れろ」

顔に疲弊を滲ませた黒さんは白くんの首根っこを掴んで引き剥がし、脇に抱える。

「手伝いは俺が許可したことだけにしろ。あれこれ手を出されると、かえって迷惑だ。

決して朔様の邪魔だけはするな」

迷惑、邪魔……。本当に、歯に衣着せない神様だな。でも、これくらい我慢だ、我慢。かなり渋々ではあるけど、仕事をもらえることになったんだから。

「了解です」

そう言って敬礼してみせれば、黒さんは汚物でも見るような目で私を見つつ、境内のお清め――すなわち掃き掃除の仕事をくれた。

「では、さっそく行って参ります！」

私はお辞儀をすると、黒さんの心が変わらないうちにその場から駆け出す。背後から「おいっ」と黒さんの呼び止めるような声が聞こえたけれど、立ち止まらず境内まで逃げた。

「はあっ、はあっ……久しぶりに全力疾走したー」

呼吸を整えながら、境内の端にある物置のような小さな建物に向かって歩く。そこで掃除道具を発見した私は長くて邪魔な巫女服の袖をたすきで縛り、「よし！」と気合を入れた。そうして物置を出て、ホウキを握りしめたまではよかった。

「枯れ葉ひとつ落ちてないんだけど……どこを掃除するんだろう」

果てしなく広い境内の真ん中でぽつんと立ち尽くしていたとき、呆れ顔の黒さんが私のところへ歩いてくる。

「お前……人の話を最後まで聞かずに飛び出していくな！」

「あ……黒さん！」

心配して見に来てくれたのかな？　なんだかんだで優しいところもあるのかもしれない、と思っていた私にかけられた言葉は……。

「使い物になるかどうか、判断する段階にもないな」

容赦ない非難だった。

――前言撤回、黒さんは鬼千匹に匹敵する小姑だ！

黒さんの冷然たる眼差しの前にいると、まるで自分がゴミムシにでもなったような気分になる。

「俺がお前に与えた仕事は、現世《げんせ》の桜月神社の境内の掃除だ。ここはすでに、お前が眠りこけている間に俺が掃除した」

「げ、現世？」

聞き慣れない単語に思わず聞き返すと、黒さんが凶悪犯のごとく凄んでくる。

「お前たちの世界のことだ」

「なるほど……って、ごめんなさい！　私、早とちりしちゃったんですね」

やる気がどうも空回りする。恥ずかしくなって俯く私の横を黒さんは気にも留めずに通り過ぎていった。

まさか、置いてかれた!?

そこまで呆れさせてしまったのかと落ち込んでいると……。

「ついてこい」

そっけなくはあるが、黒さんが声をかけてくれる。

よかった、まだ見捨てられてはないみたい。

こっそり胸を撫で下ろしながら、私は黒さんのあとを小走りで追う。その先には大鳥居があり、潜って外に出ると——。

「あ……」

生い茂る森が目の前に広がった。参道に出たのだ。振り返れば寂れた神社があり、ちらほら参拝客の姿も見られる。

ここ、現世の桜月神社だ。本当に、何度見ても慣れないな。

口をぽかんと開けて神社を眺めていると、黒さんが私をちらりと見やる。

「惚けていないで、さっさとついてこい」

私を置いて、桜月神社の中に入っていく黒さん。その後ろをついていき、鳥居を潜っても、目の前の神社は桜に囲まれた神宮には変わらなかった。

「あれ？　鳥居を潜ったのに、現世のままだ……」

「今は道を繋いでいないからだ。俺と白がいれば、お前も神世と現世の行き来ができる。いいか、現世の桜月神社の掃除をするときは、俺か白を連れていけ」

「はい……」

それって、私が境内の掃除をするたびに黒さんか白くんが付き添わなくちゃいけないってことだよね。となると、かなり手間をかけてしまうのでは……？

申し訳なく思いつつ境内に足を踏み入れると、参拝に来ていた老夫婦が前を歩いていた黒さんに向かってお辞儀をする。それを目撃した私は慌てて黒さんの隣に並んだ。

「えっ、黒さんって人間に見えるんですか？」

「俺たちは朔様に仕えているからな。朔様の強い神力にあやかって人に化けられる」

淡々と説明する黒さんは、腕を組むと「さっさと掃け」と命令してくる。

「早く終わらせます！」

私はせっせとホウキで枯れ葉を掃くと、その都度ちりとりで取ろうとした。けれど掃除機ならまだしも、ホウキなんて滅多に使う機会がないので、なかなか拾えない。

もたつく私を見た黒さんは、盛大なため息をついて近づいてきた。

黒さんのため息って、文句を言われるより攻撃力がある。

「枯れ葉は一か所に集めて山にしてから、ちりとりで拾え」

私の手からホウキを奪った黒さんは、手際よく枯れ葉を集めると袋に入れてあっという間に境内を綺麗にしてしまった。

「お前、まともに掃除もできないのか」

「うっ、ごめんなさい……」

ホウキなんて使う機会がなくて……なんて言い訳だよね。自分から手伝いがしたいって言ったのに、足手まといになってる。

「他にはなにができる」

黒さんの顔には『次はないと思え』と書いてある。私はごくりと息を呑み、慎重に返事をした。

「えっと、料理とか……？」

人並みにはできるつもりだった。けれど私は、数分後に言い出したことを後悔することになる。


「……これは、ゴミか」

──ゴミ⁉

試しになにか作ってみろと言われて、私は野菜炒めと大根のお味噌汁、だし巻き卵を作った。だが、黒さんの表情は険しいままだ。

「えっ、ごくごく普通に食卓に並ぶメニューかと……」

「あの朔様に食べていただく料理だぞ。こんなに貧相じゃ話にならん」

どの朔様かはわからないけれど、大げさすぎじゃないか。そう思っていた私を肘で押し退けた黒さんは、「いいか？」と怖い顔でこちらを睨み、食事を作り出す。

「料理に欠かせないのは彩りだ」

そう言って黒さんが作ったのは、ぷりっぷりのエビの天ぷらに、たくあんや大根の葉の漬物、新鮮そうなお刺身にお吸い物といった高級料亭のコースメニュー。

――料理ができるとか言って、ごめんなさい。

思わず謝罪したくなるほどのクオリティーで、私は無力感に打ちのめされた。

「朔様にお出しする料理に手を抜くことは許されない。わかったら、これでも食って部屋で大人しくしているんだな」

それだけ言って、台所からいなくなってしまう黒さんの背中を呆然と見送る。

――事実上の戦力外通告。

「はあ……私、結局なんの役にも立ててないなあ。というか、黒さんの足を引っ張ってる」

私は手近にあった丸い椅子に座り、黒さんが作った料理を台所で食べることにした。

そういえば私、朝寝坊したから朝も昼も食いっぱぐれてたんだっけ。

それに気づいた途端、ぐうっとお腹が鳴る。早くこの場所に馴染まないとって必死で、今の今までお腹が空いていたことにすら気づかなかった。

黒さんの作った天ぷらにかじりつくと、さくっとした衣の先に弾力のあるエビの感触。続いてお吸い物に口をつければ、胸の奥底にじんわりと沁みるようなあたたかさ。

「……っ、おいしい……」

――なんだか、泣けてきた。

今日、私は与えられた仕事さえまともにできなかった。情けないな。なにもできない自分が本当にここにいていいの？

「あー、もう！　こんなんじゃダメなのに……」

それでも頑張らなきゃいけないのに、うじうじしてしまう自分が嫌になる。黒さんのあったかくて優しい味がするご飯を食べたら、張ってた気が緩んでしまった。

私はずっと鼻をすすって、目からこぼれ落ちる雫を手の甲で拭う。

「なんだ、メソメソして。黒にでもイジメられたか」

あふれて止まらない涙もそのままに振り返ると、台所の戸口に朔が寄りかかるようにして立っていた。

「イジメって……子供じゃあるまいし、その言い方はどうかと思うけど」

「気に入らないか」

にやりとしながら、朔が私のそばまで歩いてくる。その楽しげな表情にムッとした私は、朔から顔を背けて漬物に箸を伸ばした。

「そういうわけじゃなくて、ただ……それだと黒さんが悪者みたいに聞こえるし」

「……お前はそうは思っていないのか？　黒に散々言われていただろう」

　不思議そうにしている朔の隣で、私はたくあんをぼりぼり食べながら「思ってない」ときっぱり答える。

「ここは黒さんと白くんが守ってきた場所なんだから、突然やってきたよそ者の私が面白くないのは当然だと思う。誰しも自分の居場所を守りたいのは同じでしょ？」

「そういうものか？」

　ゆったりと首を傾げる朔に、私は「そういうものなの！」と言って苦笑いする。

　黒さんの当たりが強い原因は朔にあるのに、まるでわかっていない。私は食事を平らげて箸を置くと、「ごちそうさま」とあいさつをして朔を見上げる。

「たぶんだけど……黒さんは私が来たことで朔が傷つけられたり、変わっちゃうことが怖いんじゃないかな。黒さんは朔のことが大好きなんだね」

「……お前はどうして、自分を傷つける相手にも理解を示そうとする」

　私を見下ろす朔の顔は無表情のようで、わずかに切なさを帯びている。

　なんで、そんな顔をするんだろう。

　胸がきゅっとしめつけられる感覚とともに、そんな疑問が浮かんだけれど、私の気のせいかもしれない。そう思ったら、なんとなく尋ねられなかった。

「だから、私は傷つけられたなんて思ってないって。黒さんはここを守りたいから、あんな態度をとってるだけ」

「なら、なぜ泣いていた」

「それは……今まで人より努力しないと、居場所をなくしてきたから……かな」

私は空になったお吸い物の器に視線を落とす。底に映る私の顔は輪郭も表情もぼやけて見えない。でも、きっと情けない面をしている。何年経っても、過去に囚われてしまう自分に嫌気がさした。

「素直にあやかしや神様が見えるって話したら、気味が悪いって後ろ指を差される。だから中学に上がってからは、あやかしや神様が見えないふりをして、なるべく普通の人と同じように振る舞った」

そうしたら話しかけてくれる人もぽつぽつとできてきて、やっと受け入れてもらえたんだって思った。それは錯覚だったのに、自分でも単純で滑稽だと思う。

「でも、歳を重ねるごとに私の周りに集まってくるあやかしと神様の数が増えていって、だんだん手加減なしに襲ってくるようになっちゃって……」

話していて、なんだか虚しい気持ちになった。どこか他人事のようにぺらぺらと過去を口にするのは、惨めな自分を心のどこかで切り離したいと思っているからだ。

「さすがにいきなり目の前で窓ガラスが割れたり、私の姿が消えたりしたら、気味悪いと思うでしょ？」

　黙っている朔の顔を見ることができなかった。かわいそうな子だなって、そんな風に私を憐れんでいるかもしれない。それってすごく惨めだ。だから確認するのが怖くて、私は心とは裏腹に笑いながら明るい口調で続ける。

「芦屋さんっておかしいよねってみんなが噂し出して、作戦失敗。私はまた……」

　――ひとりぼっちになった。

「結局、どんなに自分を偽って嘘をついても、普通じゃない自分をごまかすことなんてできないんだって気づいてからは、受け入れられることを諦めてる自分がいたの。でも……ここでは神様とあやかしが見える自分を否定されることもないし、むしろ見えて当然の世界でしょう？　もしかしたら、やっと私を認めてもらえる居場所になるんじゃないかって思って……」

　言いながら、鼻の奥がつんと痛む。

　そうだ。私は、その〝もしかしたら〟に懸けてみたくて勝手に焦ってたんだ。だけど馴染める自信がなくて、弱気になって……。だからって、なにも朔の前で泣かなくても。朔のことだから、きっと情けないなって笑うに違いない。

　そう思っていたのに、想像とは逆に朔の大きな手が私の頭の上に優しく乗る。

あ……。

大きくて、優しくて、心地よい重さ。この感覚を私は知っていたような気がする。込み上げてくる不思議な懐かしさに戸惑っていると……。

「俺がいつ、お前をよそ者だと言った？」

「え？」

朔の言葉が私の心の泉に落ちてきて、波紋を広げるように隅々まで染み渡っていく。

よそ者だとは誰からも言われてないけど、普通に考えてなんの役にも立てない私は邪魔でしかないでしょう？

朔がなにを言いたいのかがわからない。返す言葉が見つからなくて黙っていると、朔がまた尋ねてくる。

「俺がいつ、お前を認めていないと言った？」

「言ってないけど、朔たちには私と一緒にいるメリットがないでしょ？　ここにいるだけで、奇跡の魂を持ってるってだけで、また厄介事を引き寄せてくるかもしれないのに……」

本気でそう思ったから口にした言葉だった。なのに、朔はそれはそれは長い息を吐きだして、私の額を人差し指でぐりぐりと押す。

「メリットなど、くだらん。お前は難しく考えすぎだ。その心が求める場所がここにあるというのなら、いればいいだけのことだろう」

「痛っ、もうそれやめて！」

私は朔の指を手で払い、キッと睨みつける。

「いればいいだけのことって……そんな簡単なことじゃないでしょ。迷惑かけてるのわかってて居座れるほど、神経図太くないし」

「お前は頭が固い」

「なっ」

そりゃあ神様からしたら、人間の体裁なんてバカらしく思えるんでしょうけど、私にとっては大事なことなのに。

ムッとしていると、朔は腰を屈めて、駄々をこねる子供に言い聞かせるように「いいか？」と目線を合わせてきた。

「もっと、わがままになれ。損得など関係なしに、お前を求める者もいるということを知れ」

それって……朔も私を求めてくれてるって、そう思っていいの？

問うように見つめた曇りない朔の金色の瞳が、私の心を照らすように輝いている。

それにしばし魅入られていると、朔はいつものからかうような口調とは打って変わって柔らかに言葉を重ねる。

「ここでの役割が欲しいのなら、お前にもってこいの仕事がある。ついてこい」

そう言って戸口の方まで歩いていき、足を止めた朔が私を振り返る。

「なにをしている。早くしろ、俺を待たせるな」

「あ……はいっ」

私は慌てて立ち上がると膳を流しに入れて水につけ置きし、朔のあとを追いかける。

朔が私を求めてくれてるなんて、まさかね。ご覧の通り、『俺を待たせるな』なんて傍若無人な朔が私なんかを欲しがるわけがない。でも……私が職場の人に気味悪がられていたとき、朔は助けてくれた。

見え隠れする優しさにわきあがってくるのは、疑問。

朔って、どういう神様なんだろう。

知りたいと思い始めている自分を否定できないことに戸惑いながら、朔と台所を出ると本殿の最奥にやってきた。そこで目にした光景に、思わず声をあげる。

「え……神宮の中に庭がある！」

階段を下りて中庭に足を踏み入れると、そこは屋根も天井もなく、青空が見えた。

中庭の中央には桜の木があり、しっかりとした幹には神社でよく見る稲妻の形をした白い紙——紙垂《しで》がついたしめ縄が巻かれている。

「立派な桜の木……貫禄があるね」

しかも舞う桜の花びら一枚一枚が淡い光を放っていて、神秘的な光景だ。

「これが桜月神社のご神木だ」

朔はそう言って手のひらを前に出し、その上に落ちてきた桜の花びらを見つめる。

その花びらから『家族が元気でいられますように』と願う誰かの声が聞こえてきた。

「えっ、なに？」

両手を器にして違う桜の花びらを受け止めると、耳を近づけてみる。

『今日、サッカー部の先輩にひとめぼれしました。まだ話したことはないけど、両思いになれますように』

切実な女の子の声が耳に届いた。

私の幻聴？

「さ、朔？　桜の花びらから声が聞こえるんだけど……」

驚きながら顔を上げると、朔は表情ひとつ変えずに私の手の中にある桜の花びらを覗き込む。

「仕事が欲しいなら、お前も俺とここで人の願いを聞け」

「ええっ、私が願いを聞いたところで、それを叶える力はないよ？」

「俺は願いを叶える神と呼ばれているが、正確には叶うよう手伝っているにすぎん。俺たちが願いを叶えるのではない。人が自力で叶えられるよう試練を与えるのが仕事だ。それを乗り越えてこそ、人は成長する。その試練をお前も考えろ」

「そんな、急に言われても……」

願いを叶える試練なんて、ぱっと思いつかないよ。

私は自分の手の中にある恋の願いを見つめる。

どうしたら、この子の恋は成就《じょうじゅ》できるのかな？　恋の試練といったら、やっぱり最初の一歩を踏み出すことだよね。

「まずは男の子と話す機会をあげて、そのチャンスが巡ってきたときに自分から話しかけられるかどうかが……試練になるのかな」

思いついたまま口にすれば、桜の花びらは光を放ってどこかへと消える。それを見ていた朔の唇は、ゆっくりと弧を描いた。

「上出来だ。これで今の願いに試練が与えられた。お前は俺の嫁になったからな、ご神木に届く願いに干渉する権利はとうに得ている」

「そうなの？」

神様の嫁になるって、思っていたよりずっと特別なことなのかもしれない。今になって実感する。

こうして、私は……朔と一緒に人が自分の力で願いを叶えられるようお手伝いをすることになった。

ある日、私はいつものように朔の仕事を手伝うため、ご神木の前にやってきた。

「朔、これ……どうなってるの？」

数日前までは満開だったはずの桜の木は花が減り、すかすかで寒そうだった。心なしか光も弱く、木の根元に散っている花びらは黒ずんでいる。

朔はというと特に表情を動かすことなく、顎を長い指でさすっていた。

「この神社で願う者が急に減ったようだな」

「なんでだろう。私、ちょっと現世の桜月神社を見てくる！」

そう言って朔を置いて本殿を出た私は、ひとりでは現世に戻れないので白くんと黒さんの姿を捜す。すると、ちょうどふたりが廊下の先から歩いてくるのが見えた。

「白くん、黒さん！」

私が駆け寄ると、白くんがぱっと表情を輝かせる。

「あっ、雅様！　今は朔様のお手伝いしてるんだよね？　うまくいってるみたいでよかったよ」

「ありがとう。でも、最近願いの数が減ってるみたいなの。桜も全然咲いてなくて、それで現世の桜月神社の様子を見に行きた――」

「なんだと！」

事情を説明している途中で、黒さんが大声を出した。私はびくっと驚いて飛び上がりながら、黒さんを見る。その顔はひどく深刻そうに思いつめていた。

「黒さん、大丈夫？」

「大丈夫なわけがあるか。朔様はこの神社の奉り神なんだぞ？　人に願われることで存在できるというのに、願う者が減ったら……」

その言葉の続きは、腕を組みながらふらっと現れた朔によって続けられる。

「俺は消えるだろうな」

朔のひとことに、私も白くんも黒さんも息を呑む。心臓がうるさいくらいバクバクと鳴っていた。

消えるだろうなって、なんでそんなに簡単に言えるの？

理解できない。たぶん白くんも黒さんも言葉が出ないんだろう。私たちは黙ったまま朔を見ていた。

「時代とともに神社に来る人間が減るのは仕方のないことだ。豊穣《ほうじょう》の歳神《としがみ》を迎える正月飾り、桃の節句に女児の健やかな成長を祈る雛人形。そういった行事が忘れ去られるのと同じで、伝統は薄れていくものだからな」

大したことではないというように、自分が消えることを受け入れている朔。黒さんは痛みをこらえるように眉を寄せて唇を噛んでいる。

見かねた私は朔の前まで歩いていき、「バカ！」とその胸を拳で軽く叩いた。

「朔様になにをする！　無礼だぞ！」

すかさず黒さんが怒鳴ってきたけれど、私は構わず朔を睨む。

「消えることが仕方ない？　朔のこと、大事に思ってる人がたくさんいるのに、そんな風に簡単に生きることを諦めないでよ！」

「諦める諦めないの話ではない。自然の摂理《せつり》だと言っている」

平然と答える朔に私や黒さん、心配そうに見守っている白くんの気持ちが伝わっていないのだとわかって、ますます腹が立った。

「なら、朔は私が朔以外の人と結婚してもいいのね？　勝手に攫って妻にしたくせに、私は無責任に消えた夫を想って生涯独り身でいる気はないよ。別の人と恋をして、愛し合って、朔じゃない誰かと幸せになる。それでもいいってことでしょう!?」

結局、その程度の感情だったんだ。朔は私ではなく、私の力が欲しいだけ。これではっきりした。だから、こんな挑発が彼に通じるかどうかはわからないけれど、他に方法は思いつかなかった。

しばらく無言で見つめ合っていると、朔が私の手首を掴んで引っ張る。自然と身体が寄り添うように近づき、怖い顔をした朔の瞳が私を射竦めた。

「他の誰かのものになるなど、許さん」

「……っ、でも、朔は私や黒さん、白くんを置いて消えてもいいって言ったんだよ？

朔にとって私たちって、簡単に手放せるくらいの価値しかないってことじゃない」

そこで初めて、朔は私がなにを言いたいのか理解したらしい。決まりが悪そうな面持ちでしばらく黙り込み、私から手を放すと、黒さんや白くんの顔を見て「すまなかったな」と謝る。

それに黒さんや白くんは一瞬、動きを止めた。やがて、ふたりの驚きの表情はじわじわと嬉しそうな泣き笑いに変わる。

そんな彼らの様子を眺めていた私は、強い思いが胸に込み上げてくるのを感じた。

そばにいたい、一緒に生きたい。そう思い合える人がいるって幸せなことだ。それなのに……。

私はぐっと、拳を握りしめる。

自分にそういう相手がいなかったからこそ、わかる。大切な人と離れるだなんて、絶対にダメだ。

気合いを入れるように、私は両手で頬をぱんっと叩いた。みんなの視線が一気に私に集まる。

私がしっかりしないと、朔たちがずっと一緒にいられるように。

心が決まり、私は彼らを励ますようにみんなに笑いかけた。

「まずはなにが起こってるのか、調べに行こう」

「この神社にお参りすると、願いが叶わなくなるってもっぱらの噂だよ」

みんなで現世の桜月神社に行くと、ご神木に繋がる社の前で、声を潜めながら年配の女性たちが話していた。

「くだらないな。朔様、すぐに追い出してきます」

犯罪者と見間違いそうなほど、黒さんの顔中に殺気が漂っている。危険人物と化した黒さんが女性たちの方へ歩いていこうとしたので、私はその肩をガシッと掴むと、慌てて引き留めた。

「ま、待ってください！」

「なにをする！　離せ！」

噛みつくような怒号に怯みそうになったけれど、私は負けじと黒さんを見つめ返す。

「そんな恐ろしい顔で近寄ったら、余計に神社に来てくれなくなってしまいます！」

あの人たちとは、この境内の掃除をしているときに何回か話したことがある。ここが散歩コースらしく、いつも参拝に立ち寄ってくれているのだ。

悪い噂を知ってても、こうして参拝には来てくれてるわけだし、きっと悪い人たちじゃない。

「なにか理由があるはずです！」

「うん、雅様の言うことには一理あると思う。直接、聞いてみようよ」

白くんの加勢のおかげで黒さんは不服そうではあったけれど、引き下がってくれた。

大勢で話しかけたら驚かせてしまうので、みんなには人間に見えないよう姿を消してもらい、私だけ女性たちに近づく。

「あの……」

声をかけると、女性たちは気まずそうに私から視線を逸らした。気まずい空気が流れる中、私は笑顔を作って尋ねる。

「今の噂のこと、聞いてもいいですか？」

「あー……ごめんなさいね。実は最近、この神社で願ったらそれとは真逆の結果になるっていう話が多くて」

女性たちの話では町の人たちが口々に同じことを言っていて、ここに来づらくなった人が大勢いるとのことだった。

そんな根も葉もない噂、どうして……。

ひとりふたりの話ではないと知って、戸惑いながらも私は女性たちにお願いをする。

「あの、お手数ですが実際にそう話していた人を紹介してもらえないでしょうか？」

「ええ、いいわよ」

噂話を聞かれてしまった後ろめたさからか、女性たちは苦笑いしながら承諾してくれた。

こうして、私たちは女性たちの案内で住宅街を抜けた先、平屋建ての家やお店が建ち並ぶ町の大通りに向かった。そこで五十歳くらいの布団屋の男性店主に話を聞くことができた。

「ああ、俺は仕事中に足を痛めた、妻の怪我が早く治るようにって桜月神社にお願いしたんだよ。だけど家に帰ってきてすぐに妻が階段から落ちてね。そのせいで足の怪我が悪化してしまったんだ」

「それならば、桜月神社が疑われても仕方がないな」

店主の話を聞いた朔が、ため息交じりにそうこぼした。

それから誰に聞いても、桜月神社に願ったすぐあとに不幸に見舞われたと話す人が多かった。なんの手がかりも得られないまま、神社への帰り道を歩いていると、ふいに朔が足を止める。

「どうかした？」

声をかけると朔は鋭い目で背後を振り返ったまま、微動だにしない。

「……妙な気配がした」

「「……！」」

黒さんと白は気づいていなかったようだ。朔の言葉にすぐに耳と尻尾をぴんと立てて、警戒するように周囲に視線を走らせる。

「おかしいですね。俺には気配が読み取れません」

黒さんは朔の前に立つと、怪訝そうに眉根を寄せた。

「かすかにあやかしの気が残っている。だが、強大な力を持った何者かが気配を消すのを手伝っているようだな」

いつも悠然《ゆうぜん》と構えている朔が顎を引き、目を細めて警戒態勢に入っている。そのせいか、すれ違う人々が全員怪しく見えて全身に冷や汗をかいた。

「それって今回の噂のことと、関係があるのかな？」

「一概《いちがい》には言えんな。だが、あやかしが俺たちを狙う理由は腐るほどある」

朔の静かな視線が私を捉え、その理由が奇跡の魂を持つ自分であることに気づく。

「私……私が目的？　それで神社に悪評が……」

「お前を手に入れた俺を消滅させる魂胆なのだろうが、思い通りに消えてやる義理はない。雅、俺はお前をあやかしにくれてやるつもりは毛頭ないからな」

向けられた朔の強気な笑みは、私の罪悪感を瞬く間に吹き飛ばしてくれる。じんと胸があたたかくなるのを感じていると、白くんがひょいっと私の顔を覗き込んだ。

「そうだよ！　雅様のことは、僕も守るから安心してね？」

「白くん……ありがとう。そうだよね、今は桜月神社の汚名を返上しないと」

落ち込んでいる場合じゃないと自分を叱咤していたとき、黒さんは「だが、具体的にどうする」と私を咎めるように見た。

「簡単に言うが、もとはといえばお前が……っ、やはり無理やりにでも嫁に迎えるのをお止めするべきだった！」

「やめろ、黒。雅に当たるな」

朔は怒鳴る黒さんから隠すように私の前に立ち、ふうっとため息をつく。

「これは未然に防げなかった俺の落ち度だ」

「ですがっ、この女のせいで、急がなければ朔様は……っ」

「妻へのそれ以上の罵倒《ばとう》は、俺への侮辱ととるぞ」

必死に訴える黒さんに、朔の声は珍しく苛立っている。

そんな風に庇ってもらえるとは思っていなかったので、私は驚きながらも朔の着物の裾を引っ張った。

「待って、朔」

「またか、お前はなぜ……」

朔を止めれば、解せないと言わんばかりに渋い表情が返ってくる。それに苦笑いしながらも、私は黒さんの揺れる瞳を見つめた。

「黒さんが私を責めるのは、朔が大事だからだよ。朔が消えちゃうかもしれなくて、焦って……」

今の居場所を守りたいと思っていた私と同じ、黒さんにとっては朔が帰る場所で、朔が拠り所なのだ。

「大丈夫、黒さんには白くんも朔もいるし、私も……頼りないと思うけど力になるよ。まずは町の人の信頼を取り戻せるように、なにか考えよう」

なるべく穏やかな口調で話しかけると、黒さんの強張っていた顔が少しだけ緩む。

それに安堵しつつ、私は黒さんの手を両手で握った。

「あやかしの目的が私なら、必ず接触してくると思うの。だから、そのときがくるまでは、桜月神社にまた参拝客がたくさん来てくれるように……」

そこまで言いかけたとき、電柱に貼り付けてあったボロボロのチラシが目に入る。

そこには一年前の日付けで【夏祭り開催！　七月二十八日（土）　皆様、ふるってご参加ください！】と書かれていた。

「そっか、お祭り……お祭りはどうかな！」

私の勢いに黒さんは若干押され気味に仰け反る。そんな私たちを見ていた白くんは

「それ、すごく楽しそうだねっ」と尻尾を激しく振って、その場で飛び跳ねた。

「そうと決まれば、まずはチラシを作ろう。町の人たちに桜月神社は怖い場所じゃないって、あんな噂は嘘だったんだって思ってもらえるように楽しんでもらおう」

「……なにもしないよりマシ……か」

脱力した様子で私に賛同する黒さんを見た朔は、くっと喉の奥で笑う。

「願いが少なくなった原因を突き止めたことといい、堅物の黒の心を動かしたことといい、雅の行動力には恐れ入るな」

「もう、そんな呑気なこと言って……朔のためにみんな必死なんだからね？　朔にもばりばり、お祭りの準備、手伝ってもらうから」

「それは断る」

そう言って、ふらっと歩き出した朔は足を止めると私を振り返る。

「神をこき使うとはな。だが、俺は俺で仕事がある。よって、祭りの件はお前たちに任せる。せいぜい俺が消えないよう奮闘してくれよ、雅」

この人は……なんで、上から目線でしか物を言えないんだろう。

苛立ちを通り越して、さすがに呆れる。

仕事っていったって、ご神木の桜は願い事が少なくなったせいで萎れている。現状でできることといえば、町の人にまた神社に来てもらう以外にないはずなのに……。

——朔はなにをしようとしてるの？

桜月神社に戻った私は、狛犬兄弟とさっそく祭りのチラシ作りに取りかかる。

「お祭りの内容と名前、どうしようか」

マジックペンを片手に、本殿の床に紙を広げて頭を悩ませていると、黒さんは至極真面目な顔で案を口にする。

「朔様万歳祭り」

なんだろう、消えかけてる朔を激励するお祭りとか？

万歳をつける意味がわからず、私は黒さんに尋ねる。

「ちなみに、それってどんなお祭りを想像してますか？」

「三日三晩、寝ずに社の前で正座し、万歳をしながら願いを捧げる」

修行!?　過酷すぎる……。しかも、無理やり願わせるなんて、さすが朔様命。切羽詰まってるから、やることがえげつない。絶対、もう二度と参拝客が来なくなる。

「あははっ、兄さんってば面白い冗談だねっ」

私が絶句していると、白くんがにこにこしながら黒さんを笑う。白くんに悪気はないのだろうけれど、空気がぴしゃりと凍りついた。

白くん、黒さんはたぶん冗談じゃないよ……。だってほら、朔様第一主義だし。

気まずさを抱えながら、私はこれから戦場に行くんですか？と尋ねたくなるほど深刻な面持ちでいる黒さんに、なるべく明るい声でフォローする。

「あー、奉り神を全面的に出すのって大事ですよね！　で、でも……その、もっと

〝安全で〟キャッチーなほうがいいと思うの。ほら、〝恋が成就するだとか、そういうイベントごとを取り入れたりして、若い人が足を運びやすくする……みたいな」

「情けは必要ない。それで、そのキャッチーなイベントごとはどうする」

ふいっと顔を背けた黒さんはいじけているのか、耳と尻尾がだらんと垂れている。

やっぱり本気だったんだ、〝朔様万歳祭り〟。私は少しだけ気の毒になりながら、改めて神社に人を呼ぶ方法を考える。

「桜月神社で願いたいって、そう思えるきっかけがあるといいよね。そうだ、好きな人に想いを伝えるステージを作ったらどうかな?」

その提案に賛同してくれたのは、意外にも黒さんだった。

「確かに、不信感を持っている町の人間たちがいきなり神頼みはできないだろう。だが、自力で叶えるのなら、その行事にも参加してくれそうだな」

「うん、それでカップルが成立したらおそろいのブレスレットがもらえるとか、桜月神社のことを他の人にも知ってもらえる口コミ……いい噂をお祭りに来てくれた人たちに流してもらうの」

私と黒さんが話し合っている間に、白くんは「できたーっ」と言って、満面の笑顔でチラシを見せてくる。

「【桜祭り開催!　あなたの思い、実らせませんか?】なんてどうかな?　恋に絞らないで、伝えたい気持ちをなんでも言い合えるほうが子供から大人まで幅広く楽しめると思わない？」

「すっごくいいと思う！」

私は思わず白くんをむぎゅっと抱きしめる。そんな私たちを冷ややかに『なにしてるんだ、お前たち』と言いたげな目で見つつ、黒さんは白くんの手からチラシを奪って日付を書き込む。

「なら、期間は一週間くらいでいいか？ それまでになんとか人を集めるぞ」

黒さんの視線を受けた私と白くんは「了解！」と声を揃えて、準備に取りかかるのだった。

一週間後、チラシの効果もあってか、お祭り当日には浴衣を着た若い男女や老夫婦、子供たちが大勢桜月神社を訪れていた。

「本当、みんなのおかげだなあ」

先日の女性たちにも頼んで、この桜月神社でお祭りがあることを広めてもらったのだ。井戸端会議の効果って絶大だ。

「水ヨーヨー釣りはいかがですかー？」

私はお祭りを盛り上げるために、橙色の提灯の明かりに照らされた屋台で呼び込みをしている。

狛犬兄弟も人に化けて、白くんは金魚すくい、黒さんは焼きそばの屋台で働いているのだけれど……。

「白くん、かわいーっ」

「ありがとっ」

白くんの愛嬌にメロメロな大人の女性たち。もはや網を手にしているのに金魚をすくわず、白くんをあたたかな目で鑑賞している。

「黒さんって、彼女いるんですか？」

「……これ食って、さっさと去れ」

「きゃーっ」

なぜそこに喜ぶのかはわからないが、冷たくあしらおうとする黒さんに若い女の子たちが甲高い歓声をあげながらやきそばを受け取っている。

ふたりとも女性客に人気で屋台の前には行列ができていた。

朔はというと、最近はずっとどこかへ出かけていて、今も姿を見せていない。

「人に任せっきりで、なにしてるんだか」

はあっとため息をつきつつ、子供たちに水ヨーヨー釣りのやり方を説明していると、今日の目玉イベントの時間になる。私たち三人だけでは人手が足りないので、他の屋台やステージの設営、司会は町の人たちにも協力してもらって盛り上げていた。声をかけてくれたあの女性たちには感謝しないと。

「今日はどうしても美紀《みき》に伝えたいことがあります」

その前ふりだけで、会場は空気を震わせるほどの声援と口笛で一気にわく。

「俺は美紀のことが好きです！　もし……もし俺と同じ気持ちなら、毎年桜が咲く季節に、ふたりでここに来ませんか？」

「それって、ずっと一緒にいてほしいってこと？」

「そう。手を繋いで、お互いの髪が白くなっても、ずっと隣にいてほしい。ダメ……かな」

「……っ、ううん、嬉しい」

告白された女性は頬を赤らめながら、控えめに頷く。その瞬間、声援は歓声に変わり、みんなの表情が楽しげに弾んでいるような気がした。

ずっと一緒にいてほしい、か。

女性の言葉を心の中で復唱したとき、ふいに頭の中に蘇る、幼い自分の声――。

『ずっと一緒にいてってこと？』

『そうだ』

答えたのは、知らない男の人。

「胸が、なんか……苦しい」

私は原因不明の切なさに襲われて、服の上から胸を押さえると深呼吸をする。

今はお祭りに集中しないと。

そう自分に言い聞かせて、ステージを見つめる。それからは『付き合ってほしい』『隠し事をしていたことを許してほしい』『将来は医者になるから応援してほしい』。

そういった愛の成就、夫婦間の懺悔と許し、両親への感謝と未来への誓いがステージ上で打ち明けられた。桜月神社には願いが満ちていき、心なしか空気もあたたかくなっていく。それに自然と口元を綻ばせていると、突然ブウォーッと突風が吹いた。

「きゃーっ、なに⁉」

私は顔の前に腕を翳《かざ》して、周囲を見渡した。屋台は全部ひっくり返されていて、神社を囲む森の木々はざわざわとなびいている。提灯の明かりも不気味に明滅していて、お祭りに来ていた人たちの恐怖は最高潮に達していた。

「た、祟りじゃないか？」

「この神社は願いが叶わなくなる、なんて噂してたから……。ここの神様が怒ったんだぁぁっ。ひいぃっ、恐ろしい！」

違う……朔はそんなことしない。

まるで境内の中を巡回するように吹き荒れる風に、「逃げろーっ」という悲鳴が混ざって、町の人たちが神社から出ていこうとした。そのとき――。

「ウマそうな魂ダ」

ふたり同時に言葉を発しているかのように、二重に聞こえる野太い男の声が辺りに響き渡る。すると眼前に黒い渦状の塊が現れ、そこに浮かび上がるふたつの目玉が私を見た。

――あやかしだ！

町の人たちには見えていないのか、いっそう強くなった風に頭を抱えて地面に座り込んでいる。

このままじゃ、怪我人が出る！　なんとかしないと……。

「雅様！」

そこへ駆け寄ってきた白くんが私の前に出て、両手を広げた。その隣に黒さんが立つと、今まで隠していた耳と尻尾をぴんっと立てて目を細める。

「白、行くぞ」

「うんっ」

ふたりがアイコンタクトをした途端、白くんと黒さんはぼんっと煙を立てて私の背丈を悠々と超えるほどの巨大な犬の姿になる。

「「グルルルルッ」」

威嚇するふたりからは、なぜか一瞬あやかしに似た気配を感じた。

あれ……気のせい？

違和感を覚えながらも、私は強い風から守るように前に立ってくれたふたりに声をかける。

「白くんっ、黒さん！」

ふたりのそばに寄ろうとすると、黒さんがわずかに開けた口から牙を覗かせて私に視線を寄越した。

「下がっていろ。うろちょろされると、かえって邪魔だ」

「でも、あれはあやかしなんでしょう？　だったら話をしてみよう。お祭りを妨害したのも、なにか理由があるのかも！」

「そんなこと言ってる場合か。あれは本気で、お前を食らいに来ている。話が通じる相手じゃない。わかったら前に出るな」

止める間もなく、ふたりはあやかしに飛びかかって噛みつく。

あやかしは「グアアアアッ」と悲鳴をあげて、次第に小さくなっていった。

弱ってる？　でも……。

ドクンッと、脈打つような力の波動を肌で感じた。

なに、今の……。

なぜか胸騒ぎがする。

「ねえ、ふたりとも下がっ――」

私の声は、ふたりのキャンッという悲鳴にかき消される。あやかしが急に大きく膨れ上がり、ぼわっと破裂してふたりを吹き飛ばしたのだ。そのまま蛇のように渦を巻き、白くんと黒さんをしめ上げる。

「白くん、黒さん！　ねえ、やめて！」

あやかしのそばまで走っていくと、思いっきり叫んだ。あやかしは目玉をぎょろっと動かして、私を見る。

怖い……だけど……っ。

私はたじろぎながらも、白くんと黒さんを助けたい一心で声を張る。

「どうしてこの神社を襲うの？　なんでお祭りの邪魔をするの！」

「鬼丸《おにまる》様の命ダ。お前ヲ連れ帰るためには、この社の神が邪魔ダ。そのためには……人間の信仰心を薄れさせる必要があるからナ」

〝人間の信仰心を薄れさせる〟。その言葉で私はハッとする。

「それって、つまり……桜月神社の悪い噂を流したのも、参拝に来た人たちに怪我をさせたのも、あなたってこと？」

「決まってるダロウ、ギャハハハッ」

今度は耳が痛くなるほどのキンキン声で高笑いすると、あやかしは白くんと黒さんを地面に叩きつける。うっとうめきながら地面に転がったふたりは小さい犬の姿に戻っていて、私は慌てて彼らに駆け寄った。

「白くん、黒さん、そんな……しっかりしてっ」

地面に膝をついた私は、ふたりの身体を抱きしめながら呼びかける。けれど、白くんも黒さんも苦しげに顔を顰めるだけで返事をしない。

「どうしよう……っ」

視界がぼやけた。瞬きをするたび、どんどん大きくなった涙の粒がふたりの身体に落ちていく。私は無力感に拳を握りしめた。

このまま泣いているだけじゃ、なにも解決しない。ふたりはもう動けないんだから、私がなんとかしないと。

心を強く持って立ち上がると、私はあやかしの前に出た。

「鬼丸だかなんだか知らないけど、話があるなら私を攫うんじゃなくて、そっちから来なさいよ！　悪い噂を流して朔の力を削ぐとか、町の人を巻き込むとか、やり方が回りくどいのよ！」

「お前の意思ナド、どうでもイイ」

「じゃあ、私が自分が望まないことをさせられるくらいなら、死んでやるって言ったらどうするの？」

それを聞いたあやかしは、カラカラと笑うとバカにしたように私を眺める。

「ハッタリかどうか、あなたにはわからないでしょう？　失敗するかもしれない危ない橋を渡るより、確実に私に協力させるほうがいいと思わない？」

説得できるかはわからないけれど、言葉を重ねていくうちにあやかしも「……ううむ」と考える素振りを見せた。

私は今を逃してはいけないと、一歩、また一歩とあやかしに近づく。そのとき、背後から「……くっ、行くな！」という声が聞こえてきた。振り返ると、地面に這いつくばっている黒さんが必死な目をして、私を引き留めようとしている。

「大丈夫だよ」

怖い気持ちを押し殺して、私は声が震えないようにそう口にした。

「あやかしも神様も、きっと人も、なにも違いなんてないんだから。ちゃんとまっすぐ向き合えば、心は伝わるはず」

私の命なんて簡単に奪えるあやかし。数秒後には、この世界にいないかもしれない。

それでも、私がここで逃げたら白くんと黒さんはあやかしに殺されてしまう。

だったら、私が踏ん張らなきゃ。

強張る表情筋を無理やり動かして、黒さんを安心させるように微笑む。すると、みるみるうちに開かれていく黒さんの瞳。私は「大丈夫だから」と、もう一度笑ってから、あやかしに向き直った。

「ねえ、鬼丸って人にも伝えて。私に用があるなら、直接私にぶつかってきて。私にできることがあれば協力するし、話し合いで解決したいって」

「鬼丸様の命は、お前を攫うことダ。他の選択肢ナド、考えたことがナイからワカラナイ」

「わからなくても考えて。私は今、あなたと話をしてるんだよ。あなたはなにが正しいと思うの？　どうしたいのか、あなたの気持ちを聞かせて」

あやかしは何度も「ウーン」と唸りながら、頭を抱えている。そのうちに頭がパンクしてしまったのか、ぶるぶると震え出す。

「ワカラナイ……ワカラナイッ」

あやかしの身体はどんどん膨らんで弾けそうになる。それを見ていた白くんは焦ったように私に叫んだ。

「雅様、逃げて！　あいつ、自爆する気かも……！」

「ええっ、待って、早まらないで！」

自爆だけは阻止しなくては！と声をかける。でも、あやかしはずっと『ワカラナイ』と繰り返すだけで、身体を膨張させていく一方だった。

こんなところで爆発なんかされたら、白くんも黒さんも、町の人まで傷つくことになる。

今度こそ、どうしよう……！

膨らみに膨らんで、ついにあやかしが破裂しそうになったとき、私はぎゅっと目を閉じて両手を合わせると祈るようにある人の姿を思い浮かべる。

「……朔……っ」

「──呼んだか、雅」

耳元で聞こえた声に瞼を持ち上げれば、力強い腕に引き寄せられると同時にあやかしの周りを桜吹雪が囲む。それはあやかしの姿が見えなくなるほどの量で、おそらくこの世で最も美しい檻だ。

少しして、中でボンッと大きな音がした。爆発したのか、桜の花びらが少しずつ散っていくと辺りに黒煙が立ち込める。

「来るのが遅くなった。よく持ちこたえたな」

すぐそばで聞こえた謝罪に振り向けば、朔がいた。その顔を見た途端に安堵して、私はぼろぼろと泣きながらその胸を叩く。

「ほんと、なにしてたの！　白くんと黒さん、怪我しちゃったんだよ？　もっと早く

「……助けに来てよっ」

ただの八つ当たりだ。それでもひとりでふたりを守らなければと気を張っている間は不安で、怖くてたまらなかった。その緊張の糸がぷっつり途切れ、私は抑圧していた感情を朔にぶつけてしまう。

そんな私の背をさすりながら、朔は静かに受け止めてくれていた。

やがて黒煙がやむと、手のひらサイズの子鬼が力尽きたようにぐったりとして地面に倒れていた。子鬼は褐色の肌と髪をしていて、トラ柄の布を胸と腰の辺りに巻いている。

「え……こんなに小さいあやかしだったの？」

黒い渦だったときは、今の大きさの何倍にも膨れ上がっていたので拍子抜けだ。

私が口を半開きにしたまま固まっていると、朔が説明してくれる。

「これはもともと低級のあやかしだったが、白と黒を相手にしても引けを取らないほど力が増強していた。俺はその力を与えたあやかしの気配に覚えがあってな。ずっとその気配を辿っていた」

だから最近、朔は桜月神社にいなかったんだ。それに、この子鬼が言ってた。私を攫うように命令したのは……。

「鬼丸……もしかして鬼丸って人？」

「なんだ、このあやかしが喋ったのか。そうだ、あれとは古い縁でな、鬼丸はそこらのあやかしとは比にならん強さと残虐さを持っている。お前を狙う前に叩いておこうと思っていたんだが……」

朔は静かな怒りをたたえた目をすっと細めて、子鬼を見下ろす。

「失策だったな」

身体の芯まで凍えそうな冷厳な声で呟いた朔は、容赦なく子鬼の細い首を掴んで持ち上げる。

「さ、朔？　その子、ボロボロなのに、そんな風に乱暴にしたら……」

「なにか問題があるのか？　これはお前を狙い、白と黒を傷つけた鬼丸の手足だ。ここでへし折っておかなければ、あとで牙をむくやもしれん」

子鬼を握り潰すように、朔の手に力がこもっていく。それを見て、私は勢いよく朔の腕にしがみついた。

「やめてよ！」

「なぜ止める。これは牽制《けんせい》だ。二度と、俺の所有物に手を出そうなどと愚かなことを考えぬようにな」

冷静であるように見えて、朔の声はほんの少しだけ震えている。

もしかして、朔……。

「怒ってるの？　仲間を傷つけられたから……」

　私の問いかけに朔の肩がぴくりと跳ねる。朔はなにも言わないけれど、その反応を見れば答えは一目瞭然だった。

「あのね、朔……どれだけ許せないことがあっても、守るために仕方がないことだったとしても、同じことをしたらダメだよ」

「お前は、この子鬼を傷つけるなと言うのか。先に仕掛けてきたのは、こやつらだというのに」

「どっちが先とか関係ないよ。やられたからやり返す……そうやってまた、この子鬼の大事な人から憎まれるつもり？」

　まっすぐに朔を見据えれば、目を伏せられてしまう。その隙に、私は子鬼を朔の手から奪い取った。

「雅、それをすぐに離せ。弱っているとはいえ、敵であることには変わりない」

「嫌よ！」

　私は即座に却下して、子鬼を懐に隠すように抱きしめるとその場でしゃがみ込む。すると胸の中で子鬼が身じろいだ。視線を落とせば、子鬼は瞼を持ち上げて虚ろな紫色の瞳に私を映す。

「なんで……だよ。俺は……お前を攫おうとしたんだぞ。そこの奉り神の言う通り、お前の仲間も傷つけて……」

子鬼の声は先ほどまでの化け物じみたものから打って変わって、澄んで鮮明に聞こえた。

「ええ、そうね。おまけに大事なお祭りも台無しになって、町の人も怖い思いをした。あなたのしたことは、絶対に許せない」

「なら、なんで……俺を助ける？」

か細い声で尋ねてくる子鬼に、私はきっぱりと告げる。

「あなたは生きて自分のしたことを反省するべきだと思ったから。なのにここであなたが消えてしまえば、罪は償われることなく終わってしまう。それじゃあ、仲間を傷つけられて傷ついた朔の心も報われない」

朔は「俺の……ためか？」と目を見張って、私の顔をまじまじと見つめている。そんな彼の余裕がはがれた表情に、つい笑みがこぼれた。

「神様もあやかしも、人間だったら簡単に命を落としてしまうほどの強い力を持ってるよね。だからこそ、考えてほしいの。その力の使い道が本当に正しいのかどうかってこと」

これまで私が出会ったあやかしや神様たちの中には、確かに乱暴で強引な者もいた。けど、話しているうちに仲良くなって、その力で私を助けてくれたり、寂しいときには遊んでくれたりして、孤独を埋めてくれた者もいた。

「力で物を言わせるんじゃなくて、まずは言葉を交わしてほしい。力は感情に任せてふるっていいものじゃないよ。……それにね」

私は子鬼の小さな手を握った。

「私を助けてくれたあやかしや神様の力が、誰かを傷つけることに使われるのは悲しいんだ。誰かに『ありがとう』って言われるような使い方をして、みんなに愛されるような存在になってくれたら嬉しい」

私の気持ちを少し離れた場所で聞いていた朔は、ふっと殺気を消す。私の意思を尊重してくれたんだろう。同時に子鬼も張っていた気が緩んだのか、意識を失った。

「やっぱりこんなところに来るんじゃなかった」

静けさの中に、怯えた男性の声が響く。振り返れば、みんなで協力して設営したステージは半壊。屋台のテントもボロボロに破れていて、折れた木々の下敷きになっている。その光景を強張った表情で眺めている町の人たちの姿が目に入った。

「恐ろしい、やっぱり祟りだ……っ」

町の人たちから悲鳴があがり、私は焦る。

どうしよう、このままじゃますます桜月神社に町の人が来なくなっちゃう。

「そんなことになったら、朔が消えちゃう……」

血の気が失せて、足元がグラグラと揺れる。最悪の事態を想像したら、口の中がカラカラに乾いていった。

初めて会ったとき、朔はあやかしに食べられそうになっていた私を助けてくれた。会社の同僚から『呪われてるんじゃないか？』って気味悪がられていたときも、私を会社から連れ出してくれた。そして、桜月神社に来てからも……。

『俺がいつ、お前をよそ者だと言った？』

そう言って、私に居場所をくれた。

「私は朔に助けてもらってばかりで、なにも返せてない。それなのに、このまま『さよなら』なんて、絶対に嫌だよ……っ」

張り裂けそうになる胸を押さえて、悲鳴をあげる心に耐えていると——。

「——心配はいらん」

ぽんっと肩に手が乗って振り返ると、朔が私の横をすり抜けていく。その背中は堂々としていて、不安になっていた気持ちがすっとおさまる。不思議と……大丈夫だと思った。

明確な理由なんてない。ただ、この状況でも絶望していない朔なら、苦難も希望に変えられると信じさせてくれた。

朔はカランッと下駄の音を鳴らして、ご神木がある社の前に立ち腰の刀を抜く。

刀なんて目にしたら悲鳴があがりそうなものだが、朔の姿は町の人たちには見えていないようだ。

朔は月光に照らされ鈍色に輝く刀身に二本の指を添えると、息を吐きながらゆっくりと切っ先に向かって滑らせる。

「お前をあの鬼丸にやる気はないからな。俺は消えるわけにはいかない」

朔が不敵に笑うと刀は桃色の光を放ち、桜の花がついた枝のようになる。朔はそれを舞うように振るった。

その瞬間、境内にある桜の木が花をつけていく。

「お母さん、桜が咲いてるよ！」

「本当ね、季節はもう終わったのに……」

町の人たちは吸い寄せられるように境内へ戻ってきて、満開に咲く桜の木を見上げていた。その表情から徐々に恐怖が薄れていくのがわかる。胸を撫で下ろしながらみんなの様子を見守っていると、私ははっとした。

朔はこの桜で町の人たちの心を神社に繋ぎ留めようとしてるんだ。なら、私もできることをしないと。

気を失っている子鬼を着物の胸元に入れると、私は屋台に駆け寄る。

「さ、どうぞ！　今日は椀飯振舞《おうばんぶるまい》です！」

町の人に、お酒やかろうじて残っていた焼きそばをただで配っていく。それを手に、お祭りに来ていた人たちは季節外れの花見を始めた。

桜に夢中になっている町の人を横目に、自分の役目を終えた私は怪我をした白くんと黒さんのところへ走る。

「ふたりともっ、すぐに助けに来られなくてごめんね」

私は白くんと黒さんの間に腰を下ろす。すると、苦しげに目を瞑っていた黒さんが瞼を持ち上げた。額に玉のような汗をかきながら、私を見上げてくる。

「もし、真っ先に俺たちに駆け寄っていれば……俺がお前を食らっていた」

「もう……兄さんは……ひとこと、足りないよ。あのね、雅様……兄さんはするべきことをしないで、僕たちに構うなって言いたかったんだ。僕たちの代わりに町の人たちをもてなしてくれてありがとう」

白くんは身体中痛いはずなのに、ふわっと私に笑いかけてくれる。

「それにね、さっき僕たちのために泣いてくれたでしょ？　その涙のおかげで、だいぶ身体が楽になったんだ」

「涙？」

「うん。奇跡の魂を持つ雅様の体液は、あやかしや神にとっては元気になる薬……みたいなものなんだよ」

し、信じられない……私にそんな力が!?

言われてみれば、ふたりの傷は最初に駆けつけたときより塞がっている。

私って何者なんだろう。こんな力まであって、ますます人間から遠ざかっている気がする。自分の存在が少しだけ怖くなったとき、白くんに弱々しく手を握られた。

「僕たちの主《あるじ》を救ってくれて、ありがとう。雅様がお祭りをしようって言ってくれたから……朔様が消えずに済んだ……。ぜんぶ、雅様のおかげだよ……」

荒い呼吸でそう言った白くんは、苦しさを押し込めるように笑う。そんな白くんに泣きそうになりながら、私は首を横にぶんぶんと振った。

「ふたりがいなければ、私はきっと死んでたよ」

ありがとうを込めてふたりの手をぎゅっと強く握りしめると、黒さんはそっぽを向きながら「雅様」と初めて私の名前を呼んだ。

「黒さん、私の名前……」

「あの方を……朔様を救ってくれたこと、礼を言う。お前の言葉がなければ、朔様は消えゆく運命すら仕方のないことだと受け入れていただろう」

「黒さん……そんなことないよ」

少し寂しげに耳に届いた黒さんの声。それを聞いてしまったら、なにか言わずにはいられなかった。

「ふたりが朔を思うのと同じくらい、朔もあなたたちのことを大事に思ってる。あの子鬼にふたりが傷つけられたって知って、すごく怒ってたし。だから、あなたたちを置いて消えていったりなんかしない」

励ますように笑顔を返せば、黒さんは私の視線から逃れるように目を閉じた。

素直じゃないなあ。

白くんと目を合わせて苦笑いしていると、町の人たちの声が耳に入る。

「この桜……神様はいらっしゃったのね」

「そうだな、この奇跡の桜がなによりの証拠だ」

「ここ最近、願いと正反対のことが起こっていたのも、願うばっかりで神様への感謝の心が足りなかったせいかもしれんな」

ああ、もう大丈夫だ。町の人はきっとまた、この桜月神社に足を運んでくれるはず。

安心して私も桜に目を奪われていたら、刀を腰の鞘に戻した朔がそばにやってくる。

「まさか、お前のようなか弱い人間の娘に救われるとはな。お前を花嫁に選んだ俺の目に、狂いはなかったようだ」

優雅な仕草で腰を落とした朔は、片膝を立てた状態で私の左手をすくうように取る。

あれ……この光景、やっぱりどこかで……。

頭の中に懐かしい声が響き渡る。

『瀬を早み、岩にせかるる滝川の……われても末に逢はむとぞ思ふ。今は道が分かれても、必ずお前を迎えに行く。そのときまで――』

そう、あのときの神様はそう言って、今みたいに私の手の甲に唇を寄せた。

『さらばだ、俺の番い』

どうして今、幼い頃に出会った神様のことを思い出したんだろう。

既視感を抱きながら、私は桜吹雪を背に不敵に笑う朔を見つめる。その場にいるだけで、空気を浄化していくような神々しさと目を惹く美しい出で立ち。

目が、離せない――……。

「俺の嫁になったことで低級のあやかし程度なら追い払えるだろうが、力のあるあやかしとなれば話は別だ。念には念を入れることにする」

「念？」

「ああ、年月を経て俺の加護が弱まっているからな。目障りな虫がたかってこないよう、もう一度上書きしよう」

朔は私がぼーっとしている間に、左手の薄れた痣に口づけた。その瞬間、手の甲が熱を帯びる。

「えっ、なにこれ！」

痣は明滅を繰り返して光っていた。

　思わず目を奪われていると、その淡い桃色の輝きは眠りにつくように、静かに私の手の甲に浸透していった。

「あ、桜の痣が濃くなってる！」

「お前は少々お転婆すぎる。この守りだけでは心もとないが、全身に口づけの雨を降らせるわけにもいかんだろう」

「──なっ！」

なんてことを口走っているの、この奉り神は！　神様って、もっと神聖な生き物じゃないの？　煩悩全開じゃない！

　私は金魚のように口をパクパクさせる。繋いだままの手がやたら熱く、その存在を主張してきて鼓動が早まった。そんな私の焦りを見透かしたように、朔はにやりと片方の口端を吊り上げる。

「まあ、雅が望むのならば、いくらでも俺の加護を与えてやらんでもないが？」

「はあ!?　そんなことをしたら、警察に突き出すからね！」

　きっと睨みつければ、朔はふんっと鼻で笑って立ち上がり、私を憐れむように見下ろした。

「残念だったな。現世では俺の姿は見えん。かといって神世でも俺を裁ける者は存在しない。俺の行為は誰にも咎められん」

「ままならない世の中ね……」

もう、この神様と話すのは疲れる。朔といると、手のひらで転がされているような気分になるのだ。ムッとしてしまう気持ちを鎮めるべく、私はもう一度桜を見上げる。

「懐かしいなあ」

あの神様と眺めた桜も満開だった。こんな風に花弁一枚一枚が輝いているようで美しかった。

そうだ、きっと桜を見たから、幼い日のことなんて思い出したんだ。そう自分に言い聞かせている理由を私はまだ知らない——。

お祭りの翌日、私はお湯の入った桶と手拭い、救急箱を手に白くんと黒さんの部屋の襖をシタンッと開け放った。

「さて、包帯を替えますよ！」

ふたりは相部屋らしく、仲良く並んだ布団に横になっている。

「雅様、ごめんね？　本当なら僕たちが雅様の身の回りのお世話をしなきゃいけないのに」

白くんは布団の上に正座をすると、しゅんと耳と尻尾を下げた。

出た、白くんの捨てられた子犬モード。可愛いっ、ぎゅっとしたいけど、怪我が治るまではダメだよね……。

「気にしないで、これは私を助けてくれた恩返しでもあるんだから」

私はハグしたくなる気持ちを押し殺して、着物を肌蹴けた白くんの身体を手拭いで拭く。それから薬を塗って包帯を巻いた。

「ねえ、ふたりとも。傷はだいぶ塞がってはきてるけど、やっぱり私の体液？　涙とか舐めといたほうが早く治るんだよね？　だったら私、全力で泣く努力するけど……」

人間に比べたら、ふたりの怪我の治りは神様の使いだからか早い。けど、お祭りで私の涙に触れたときのほうがもっと早く傷が塞がっていた。

痛い時間が長く続くよりいいと思って提案したのだが、白くんは首を横に振る。

「ううん、これは僕たちが負った傷だから自分で治すよ」

「白の言う通りだ。その力はむやみやたらに与えるな。その優しさに付け込んで、力を手に入れようとする輩もいるからな」

ふたりが真剣な顔で言うので、私も神妙に頷く。

「わかった。やむを得ないとき以外は、この力はあやかしにも神様にもあげない。その代わり、心を込めて手当てするね。じゃあ黒さん、背を向けてください」

「……あ、はい……」

うん？　なんで敬語？

首を捻りながらも、とっさに口をついてしまっただけだろうと私は黒さんの背中の傷を手拭いで綺麗にする。

「それにしても、桜月神社に参拝客が戻ってよかったですね」

今朝、朔と本殿のご神木のところまで行ってきたのだが、以前のように願いにあふれていて満開の桜が咲いていた。昨日のお祭りの効果は絶大だったらしい。

一方的に話をしていると、お湯が染みたのか黒さんの身体がびくっと震えた。

「ごめんなさいっ、痛かった？」

慌てて身を乗り出して、私は後ろから黒さんの顔を覗き込む。至近距離で目が合うと、黒さんの顔は瞬く間に赤く染まった。

「……っ、問題ありませんっ」

「もんだい……？」

私が眉を寄せてそう言うと、白くんがあとに続く。

「ありません？」

白くんと同時に首を傾げていると、黒さんの頭からぼんっと湯気が噴き出した。

もしかして黒さんが敬語になったのって、気のせいじゃなかった？　でも、なんでまた急に……。

「あの、黒さん？　どうしたんですか？　そんな急に敬語なんて……余所余所しいじゃないですか」

ちょっと前まで……というか、前日までは私のことを虫とか、ゴミを見るような目で見てたのに、ついに壁を作られた？　敬語対応なんて、新手の嫁いびり？

さすがにショックで、私は黒さんの前に回り込む。

すると黒さんは片手で顔を覆ったまま、ぼそぼそと答える。

「俺……その、前にあなた様のことを朔様の嫁とは認めないと言いましたが、あれは……撤回……させてください」

「え？　でも、私はそもそも朔のお嫁さんになる気は……」

「一晩、あなた様のことを考えていました」

「う、うん？」

話が噛み合っていない気がする。私が返答に困っている間にも、黒さんは熱に浮かされたような顔で語り出す。

「あなた様は戦う術を持たない人間です。それなのに、俺たちを守るため、朔様を救うため、怖かったでしょうにあやかしと対峙した。その勇気に、気高さに、清い心に感銘《かんめい》を受け、あなた様に仕えたいと今は思っております！」

私の言葉を遮った黒さんは、背筋をぴんと張って声高らかに宣言する。私はぽかんとしながら、おかしくなった黒さんの肩に手を乗せた。

「大丈夫？　いいんですよ？　私のこと、ボケ、カス、ノロマって罵っても！」

「そんなことは二度といたしません。俺はあなた様が仕えるに足る存在だとわかったのです。ですから、朔様と同じように接したいと思っております」

　正座をして恭しく頭を下げてくる黒さんに、私は寂しくなる。

「認めてもらえたのは嬉しいんですけど……それ、その敬語が他人行儀すぎて、ちょっと悲しいです。だから、今まで通りでお願いします」

「ですが……」

「私のために、ね？」

　食い下がらない黒さんにお願いすれば、渋々頷いてくれる。

「わかり……わかった。だが、俺からもいいか？　あなた様のことは雅様と呼びたい。これは絶対に譲れないからな。それと、俺のことは黒と呼び捨てにしてくれ。あと、敬語もいらない」

「うん、わかった。……黒」

「——くっ、ありがたき幸せ」

　赤面しながらぐっと悶えている黒に、私は苦笑いする。すごい変わりようだけれど、黒と距離が近づいてよかった。

そう思っていると、なぜか黒が私をじっと見つめてくる。

「えっと、なに……かな？」

「あのとき、雅様は身を挺して俺たちの前に立ってくれた。こうして手当てもしてくれている。その恩返しがしたい。だからなにか、してほしいことを言え」

「気持ちだけで十分だよ。助けられたのは私も同じだしね」

「それだと気がおさまらないんだ。なんでも構わないから言え」

そこまで頼まれると、断りにくい。私はしてほしいことを考えて、ふと黒のふわふわの耳が視界に入る。

「ねえ、本当になんでもいいの？」

「……？　ああ、なんでもしてほしいことを言え」

本人の許可が得られたので、私はにこっと笑うと両腕を伸ばす。

「では、遠慮なく——モフモフさせて！」

私は黒さんに抱き着くようにして耳と尻尾を手で触ったり、頬を擦り寄せたりして感触を堪能する。

「なっ、雅様、なにを……っ、くすぐったいからやめろ！」

「ええっ、なんでもしていいって言ったのに！」

そうは言いながらも柔らかい耳と髪に顔を埋めていると、白くんが頬を膨らませて背中から私と黒に抱き着く。

「ずるいっ、僕も雅様にモフモフされたいっ」

「癒しが増えた……幸せ」

ときどき頬に当たる白くんの尻尾は抱き枕にしたいほど弾力があり、毛並みも艶やかで滑りがよかった。

──ああ、至福の時。

白くんも交じって、三人ではしゃいでいたとき、戸口から「ずいぶんと楽しそうだな」という声が飛んでくる。

「え？」

ふたりに抱き着いたまま振り向けば、本当に神様なのか疑いたくなるほど邪悪な笑みを浮かべた朔がズカズカと中に入ってきた。

「わー、いつになく不機嫌……」

私が顔を引きつらせていると、朔に腕を掴まれてそのまま立たされる。

「犬とじゃれるばかりで、俺のことは放置か。つれない嫁だ」

「嫁じゃないって言ってるでしょう！　それにね、私は俺様の神様では癒されないの。白と黒のモフモフがいいの！」

朔は文句をぶちまける私を引き寄せて、そのまま荷物のように肩に担ぎ上げた。

「なら、俺なりにお前を癒してみせるとしよう」

「結構よ、危険な香りしかしないから」

「ああそうか、嬉しいか」

「言ってない！」

わーわー叫ぶ私を抱えたまま朔は部屋を出ると、なぜか境内にやってくる。

「掴まっていろ」

「うん？」

言われた意味がわからなくて聞き返したとき、急に身体が浮く。とっさに朔の首に腕を回すと、私は目を強く瞑って「きゃあああっ」と悲鳴をあげた。

やがて足が地に着いた感覚がした。耳元で「目を開けてみろ」と朔の声がして、言われた通りに瞼を持ち上げると――。

「わ、あ……」

私は朔に支えられながら大鳥居の上に立っていた。桜月神社の敷地の外には、背の低い屋敷や神社仏閣が東西南北に走る道路沿いにずらりと並んでいる。その中でもひと際大きい中央の大通りの先に巨大な朱色の神宮が見えた。まるで碁盤の目のような街路と所有地の区域がはっきりわかる町並みは、いつか教科書やら映画やらで見た平安京にも似ている。

「ここは神世の東に位置する最も現世に近い土地だ。そして、この桜月神社は神世と現世を繋ぐ門――大鳥居を守る役目がある。ゆえに門守《もんもり》とも呼ばれるな」

「門守……どうして、桜月神社は現世に繋がってるの？」

「人間の世界は遥か昔に神が作った。ゆえに本来神には人間の世界を見守り、導く役目がある。だからこそ人間の世界には社があり、仕事、結婚、健康、金運、あらゆる恩恵を与える役目を担っていた」

……いた？

過去形であることが気になって隣を見上げると、朔は憂いを滲ませた眼差しで神世の町並みを眺めていた。

「ただ、人間は欲深い。目的のために争いを何度も起こしてきた。それを目の当たりにしてきた神たちは人間を憂えて次々と神世に帰り、今ではこの門を通って現世にある自分の社に行く神はいなくなった」

「じゃあ、現世にある神社には……」

「神が訪れる社は、俺のいる桜月神社を除いてないだろう。まれに、俺のご神木のように神が自らの半身――ご神体を現世に残して人間に恩恵をもたらしている者もいるがな」

つまり、私たちは空の社に向かってお願いしてるってこと？

そこまで考えて、ふと疑問に思う。この門を通って現世に行く神様がいないとしたら、私が子供の頃から出会ってきた神様たちはどうやって現世に来たのか。

「私、現世で神様と遭遇してるんだけど、この門から現世に行く神様はいないんだよね？　でも、付喪神とか、よく見るけど……」

実際、神隠しの被害に遭ったたし。

話が壮大すぎて、だんだん頭がこんがらがってきた。

「言っただろう、〝社に行く神は〟いなくなった、と」

朔は町並みから私へ視線を移すと、小さくため息をこぼす。

うっ、『ちゃんと話を聞け』って朔の顔が訴えてる。

「ごめん。でも、あまりに人智を超えた話すぎて、知恵熱が出そうでして……」

「それでも、神世に住まうのなら理解しろ。人間に奉られる神は力のある神だ。今、現世にいる神は下級の神。すでに人を見守り導くという役目を忘れたか、役目自体を知らずに生まれた新しい神だ」

「そうなんだ……」

「時代とともに廃れる風習と同じように、役目もまた忘却の彼方。お前が会ったのは、そういう類の神だな」

でも、朔は今も人を見守り導いてるんだ。他の神様が見放した人間をずっと見守ってくれていたんだ。

そう思ったら……。一見すると横暴で傲慢なのに、実は誰よりも責任感があって仕事に誠実な朔のギャップに胸を打たれてしまった。

私は改めて朔に向き直ると、全人類を代表する気持ちで告げる。

「朔、私たちを見守ってくれて、導いてくれてありがとう。人間って弱いから、つらいときに神様に頼りたくなっちゃうんだよね。そういうとき、朔はみんなの願いを聞いてくれてたんでしょう？」

「…………」

朔は黙ったまま私を見つめて、じっと耳を傾けてくれている。だから、返答がなくても構わずに続ける。

「朔の存在は、人の心の支えになってる。私も同じ、朔の存在に救われてるよ」

「……そうか、ならば俺はこの先も見守り続けよう。人間も、お前のことも」

言葉通り、朔の眼差しは大切なものを真綿で包み込むように優しい。鼓動がかすかに速まった気がして、落ち着かなくなった私は話題を変える。

「朔みたいに人に奉られてた神様たちは、今頃どうしてるの？」

「神世の土地を守っている。俺のように神宮を構えてな」

「そっか、神様って大変だね。いろんなものを守って、慈しんで。どこにいても自分の役目を果たそうとしてる。そんな神様たちが大切にしてる世界だから、神世には穏やかな時間が流れてて、こんなに綺麗なんだ」

私は改めて神様の世界を見つめる。青空という海の中を雲が風に吹かれて泳いでいる。夜になると流れ星が絶えず流れていて、この神宮にある枯れることのない桜は甘い香りを運んでくる。

見るものすべてに心が洗われるようで目を奪われていると、ふいに朔に顔を覗き込まれた。

「どうだ？　この美しい世界に永遠にいたくなったか」

「え？」

「俺の嫁ならば、いくらでもこの地にいられるぞ。この神宮は、お前の家でもあるのだからな」

にやりと笑う朔の顔は確実に私をからかっているのに、なぜだろう。ここはお前の居場所だと言われているようで、全然嫌な気はしない。むしろ……。

「いいかもね」

「……なんだと？」

「だから、ここに永遠にいるって話」

嬉しかったんだ。ここは私の家だって言ってもらえて、ずっと心の中で『寂しいよ』って泣き続けていた、ひとりぼっちだった子供の頃の私が、やっと笑ってくれた気がして。空っぽだった胸が満たされていくような感覚に、自然と顔が綻ぶ。そんな私を見た朔は、今までにないほど優しい笑みを返してくれた。

「そうか」

「よ、嫁になるかどうかは、また別の話ですがね」

向けられた眼差しに照れくさくなって、私はつんと顎を上げた。朔はそんな私の心を見透かすように、くっと喉の奥で笑う。

「問題ない。これから時間をかけて、お前の心も手に入れるからな」

どうしてこう、この人は恥ずかしげもなくそんな言葉を口にできるんだろう。どこまで本気なのかもわからないし、ずるい。

でも、朔と話している今が生きてきた中でいちばん満たされている。実は最近、こんなやりとりも楽しいなって思っていたりして、私はつられるように笑ってしまうのだった。

三の巻　酒は飲んでも飲まれるな

朔に神宮の外の景色を見せてもらったあと、私たちは寝所がある神楽殿に戻ってきていた。

お祭りで騒ぎを起こした小鬼の手当てをするためだ。怪我をしていたので、とりあえず自室に寝かせている。

「雅、お前はおかしな女だな。あの白と黒を懐柔したかと思えば、敵の世話を焼くなどと言い出す」

「黒は、まあ……朔様に仇なす敵め！って感じで当たりがきつかったけど、白くんは最初から人懐っこかったよ。誰にでもフレンドリーなんじゃないの？」

手拭いとお湯の入った桶を持ってくれている朔を見上げれば、その表情がわずかに陰った気がした。

「いいや、白と黒は特に人間への嫌悪感が強い。ゆえに無条件で心を許すことは、まずありえない」

「えっ、でも……」

この桜月神社に攫われてきた私に、白くんは誰よりもよくしてくれたし、この神社を出ていこうとしたときは寂しがってくれた。

嫌悪感なんて、少しも感じなかったけどな。でも、しいてあげるなら、きっと――。

「朔が大切に思われてるから、だね」

そう言えば、朔は無言で首を傾げて片眉を上げた。どういう意味だ？という顔をする朔に、憶測だけれど思うことを伝える。

「どうして人が嫌いになったかは知らないけど、それでも人間の私に優しくしてくれたのは、朔が連れてきたお嫁さんだったからじゃないかな。大切な人に大事な人ができることって、喜ばしいことでしょう？」

「そういうものか？」

いまいちぴんときていない様子の朔に、私はくすっと笑う。

長生きの神様にも、知らないことがあるのね。

素直に聞いてくる朔が新鮮で、私は「そりゃあね、私は嬉しいよ」と自慢げになる。

「あ、でも……黒は寂しかったのかも。朔を私に取られちゃいそうで。だから私に冷たい態度をとってたんじゃないかな。どちらにせよ、愛されてるね、朔」

「ああ、俺はいい拾い物をしたようだな」

……拾い物？

廊下の角を曲がりながら意味を尋ねようとしたとき、私は目の前に広がっている惨状に言葉を失った。

「えっと……ねえ、これは何事？」

廊下の壁や床に真っ赤な墨のようなもので【呪】【死】と、見るのも不快な文字がそこらじゅうに書かれている。

本当に呪われそう……。

鳥肌が立つ腕をさすっていると、どこかでドカーンッと雷が落ちたような音がした。

慌てて廊下の欄干《らんかん》に手をつき周囲を見渡すと、本殿の方で煙が上がっている。

「ちょっと火事になるんじゃ……」

「どうやら、お前の拾い物が悪さをしているようだな」

隣にやってきた朔が本殿を他人事のように眺める。

「私のって……まさか、あの子鬼が!? でも、動けるような怪我じゃなかったはずだけど……」

「お前の魂はそばにいるだけで神やあやかしに力を与える。万全とはいかなくても、悪さを働けるくらいには傷の治りも早まるというわけだ」

「そういえば……」

前に黒さんが『お前の魂は同じ空間にいるだけで、俺たちにも力を与えている』と言っていたのを思い出す。

だったら、私の体液がなくても白くんと黒の傷は私がそばにいれば早く治るってことだよね。

それは朗報《ろうほう》なのだけれど、今は子鬼をなんとかしないといけない。

「朔、私ちょっと行ってくる」

本殿へ向かおうとする私の手首を朔が掴む。

「お前ひとりでなにができる。見た目は子鬼だが、あれは鬼丸の力を得た眷属《けんぞく》だ。下手をすれば死ぬぞ」

「それでも、子鬼の面倒を見るって決めたのは私なの。責任を持って、私があの子を止めなくちゃ」

振り返ってはっきり言い切れば、朔は呆れ交じりのため息をつく。

「みすみす嫁を死なせるわけにはいかんからな。俺も行こう」

「朔……」

「このじゃじゃ馬には手が焼ける」

「嫌なら私ひとりでもいいけど」

「誰が嫌などと言った。最近は手のかかる嫁というのも癖になっているくらいだ」

にやりと笑う朔は私の手を引いて、本殿の方へ歩き出す。なんだかんだついてきてくれるから、この神様は優しい。

私は静かに音を立てる胸を押さえながら、本殿の奥へと向かう。足を進めるごとに煙幕が強くなり、ごほっと咳込んだ。

「煙が目に染みるし、喉もいがいがする。まるで火災現場ね」

「雅、煙をあまり吸うな。人間には毒だ」

朔が私を後ろから抱き寄せると、自身の着物の袖を私の口に当てる。香を焚き染めているのか、はたまた朔自身の匂いなのか、焦げ臭さが瞬く間に甘い桜の香りへと変わった。

「……不愉快だな」

朔は眉を寄せながら、片手を前に突き出し、さっと横に払った。その瞬間、桜吹雪が煙幕を吹き飛ばして視界が晴れる。

露わになったのはご神木と、その前に立っている子鬼——ではなく、十八歳くらいの男の子だ。褐色の肌に紫色の瞳、額からは一本の鬼の角が生えている。身体にトラ柄の布を巻いた格好は助けた子鬼と同じなのに、見た目の年齢はまったく違った。

鬼は金棒を肩に載せながらチンピラさながらの顔つきで、私をキッと睨みつける。

「捜したぞ、芦屋雅！」

「……どこかでお会いしましたっけ？」

「なんだとっ」

驚愕の表情で私を見る鬼に困り果てていたとき、頭上から「くっくっくっ」と笑い声が降ってくる。私は顔を上げて、明らかにこの状況を楽しんでいる男をじとりと睨みつけた。

「なにがおかしいの？」

「雅、お前はつい昨日した拾い物のことも忘れてしまったのか。あれはお前が面倒を見ると啖呵を切った小鬼だ。お前の魂に宿る力を吸って、姿を自在に変えられるようになったらしい」

「大きくなったり小さくなったりできるの？」

視線を前に戻して鬼を観察すれば、確かにあの子鬼と似ている。

「えっと、じゃあ子鬼くん。どうしてここで暴れてるの？」

「ふんっ、ご神木を壊すために決まってんだろ！　それで、そこの奉り神は終わりだ。狛犬どももも床に臥せっているようだしな！」

子鬼くんはふんぞり返って、金棒の先を私たちに突きつけてくる。

「ああ、それでご神木の前にいたのね。じゃあ、廊下の落書きは……」

「嫌がらせに決まってる！」

「そんな子供みたいな理由だったんだ……」

あやかしや神様って、見た目の年齢よりも遥かに長い年月を生きているんじゃなかったっけ？　なんだか、手のかかる子供を持った気分。

どっと疲労感が肩にのしかかってきて、私は朔の腕の中でぐったりとする。

「なんて人騒がせな……」

今頃、白くんと黒は怪我をした身体でここに向かってきているところだろう。主第一の彼らなら、異変に気づいてきっとそうするはずだ。戦いに発展する前に、なんとかしないと……。

「俺を助けて恩を売り、優位に立った気でいるんだろうが、甘いな。いつの時代も人間は傲慢でずる賢い。まあ、こうして敵の懐に入り込めたんだ。中からお前たちを壊滅させてやる！」

子鬼くんのその言葉を聞いた途端、私の中でぷちんっとなにかが切れる。

一歩間違えれば、白くんと黒は大切な人を永遠に失っていたかもしれない。朔もこの世にいなかったかもしれない。お祭りに来ていたなんの罪もない町の人たちが傷ついたかもしれない。それなのに……。

「まだ戦うつもりなの？」

「当たり前だ。鬼丸様の願いのため、生き残るために、お前たちを殺す。俺たちは神や人間とは違うんだ」

「殺す殺すって……」

私は子鬼くんに向かってズカズカと歩を進めた。怒りを抑えきれずに近づいたからか、子鬼くんはぎょっとした顔をして金棒を振り回す。

そこから放たれた稲妻が私の頬を掠めて、バチッと痛みが走った。

「ぐっ……」
痛い、だけどそれ以上に目の前の子鬼くんには言いたいことがある。
だから私は頬から生暖かい血が流れるも、足を止めなかった。子鬼くんは怯まない
私に、たじろいだ様子で後ずさる。
「簡単に口にしていい言葉じゃないって、主の鬼丸に教わらなかったの⁉」
追いつめられてご神木に踵をぶつける子鬼くんに、壁ドンならぬ木ドンをして逃げ
場を塞ぐ。
「恩を着せるつもりはないけど、あなたがこうして生きてるのは朔がここにあなたを
置くことを許してくれたからでしょう！」
「お、おっかない顔で凄むな！」
びくびくと震え出す子鬼くんの鼻を私は摘まんだ。
「どんな気持ちで朔があなたの手当てを許してくれたのか、考えられないなら、あな
たはとってもかわいそう」
「かわい……そう、だと？」
「そうよ。あなたは誰かの大切な人を永遠に奪うところだった。誰かに恨まれるかも
しれなかった。それに気づかなければ、やり直す機会すら得られないもの」
「……恨まれるのは慣れっこだ」

子鬼くんは俯いて、低く呟く。

「え？」

「それにやり直す、だと？　甘いんだよ、一度犯した罪は消えない」

絞り出すような声でそう言うと、子鬼くんは唇を噛みしめた。

なんだろう。諦めみたいな、絶望にも似たものが子鬼くんの言葉から感じ取れる。

「それに気づいてて、どうして……また過ちを繰り返そうとするの？」

「生きるためだ。弱いものが虐げられ、排除されるのは当然だろ。それにいちいち疑問なんてもたない。疑問なんて持つから迷いが生まれて、傷つく」

「あやかしの世界ではそれが普通ってこと？　でも……あなたはその疑問を捨てたはずなのに、傷ついた顔をしてるよ」

それに、子鬼くんは息を詰まらせた。くしゃりと顔を歪め、必死に泣くのをこらえているように見えるのは、きっと気のせいじゃない。

「なにがあったのかはわからないけど、あなたはきっと心のどこかで、生きるために誰かを傷つけることに納得できてないんじゃないかな」

子鬼くんは黙っていた。静かに、私の話に耳を傾けているようにも見える。だから私は言葉を選びながら続ける。

「確かに、あなたの言った通り消せない罪もあるのかもしれない。だけど、これからの人生で償っていくことはできると思う」

「人間の言うことなんて聞くもんか」

「お願い、そんな理由だけで壁を作らないで。私たちをもっと知ろうとして？　でなきゃ、歩み寄ることすらできない。だって私たちの間にある壁は、人かあやかしか、神様か……その違いだけでしょう？」

私は別に、小鬼くんを改心させたいわけではない。

ただ、信じているだけだ。あやかしも神様も人間も、きっと心を通わせられるって。どんなに時間がかかっても、わかり合えるって。私から離れていってしまった家族や友達とも、また笑顔で話せる日がくるって……。

「……お前は、俺が憎くないのか。お前の大事なやつを傷つけたのに」

子鬼くんは考えあぐねた表情で見つめてくる。人間の言うことなんて聞かないと言っていたのに、意見を求めてくれた。そのことに、私の頬が緩む。

「怒ってはいるよ。でも、憎むとは違う。だから、あなたはここで自分のしたことに後悔を重ねないように、傷つけた朔や白くん、黒のために償ってもらうからね！」

からかい交じりに「わかった？」と付け加えれば、子鬼くんはずるずるとその場に座り込み、胡坐《あぐら》をかく。それから頭をガシガシと掻いて、ムッとしながら私を見上げてきた。

「お前、やっぱ変だ！　イカれてる！」

　そ、そこまで言う？

　地味に傷ついていると、子鬼くんは私からふいっと顔を背ける。その頬は心なしか赤い。

「俺は今でも間違ったことはしてないって思ってる。生き方なんて、急に変えられない。でも……しばらくはお前のそばにいて、お前の言葉の意味を考えてみる。償うかどうかは、それからだ！」

「子鬼くん……」

「勘違いするなよ！　お前を信じたわけじゃないからな。敵だと判断したら、すぐにお前を鬼丸様に献上するぞ」

　眉を吊り上げながら私をびしっと指差す子鬼くんに、私は小さく笑う。

　彼なりに、考えてくれたんだ。

　私は歩み寄ることを選んでくれた子鬼くんの前に座り込み、手を差し出す。

「今はそれで十分。改めて、私は芦屋雅。雅って呼んでね。あなたの名前は？」

「名前なんてない。小さいとき、親に捨てられたんだ」

「え、じゃあ、あなたの主は……鬼丸はつけてくれなかったの？」

　目を瞬かせる私の視線から逃れるように、子鬼くんは下を向くと、ぶっきらぼうな口調で答える。

「鬼丸様は気まぐれに俺を拾っただけだ。あやかしは自分の下僕に愛着なんて持たないし、使えなくなったらその場で捨てるだけだぞ」

「そうなんだ……なら、あなたの名前を私がつけてもいい？」

「え――」

子鬼くんは勢いよく私を見上げて、うずうずしながら期待に満ちた瞳をした。心待ちにしてくれている子鬼くんに、ついふふっと笑みをこぼしながら命名する。

「そうだな……トラ、トラちゃんなんてどう？」

トラ柄の服を着ているからという単純な理由なのだけれど、響きが可愛いし、ぴったりだと思う。

「トラ……なんか強そうだな！　よし、今日から俺はトラだ！」

にかっと尖った歯を見せて笑う子鬼くん――トラちゃんは、私の手を握ってぶんぶんと上下に振る。

「うん、よろしくね、トラちゃん」

笑い返せば、トラちゃんははっとしたように私から手を放して、つんと顎を上げた。

「まだ、お前を信頼したわけじゃないぞ！　心しろ、芦屋雅！」

人差し指を向けてくるトラちゃんは、ツンデレなのかもしれない。照れ隠しで赤い頬を膨らませているトラちゃんは、白くんとは違った愛嬌がある。

「話は終わったか」

なんともいえない愛らしさに癒されていると、いつの間にか朔が隣に立っていた。

「雅、頬を火傷している」

「あ……そういえば、そうだった」

今の今まで忘れてたのに、思い出すと途端に痛くなるから嫌になる。私が唇を噛んで耐えていると、朔に顎を掴まれた。

「え……」

突然のことに目を見張っていると、朔が私の頬を舐める。

「ちょっと！」

いきなりなにするの！

朔の胸を押し返そうとしたとき、チリッとした痛みが走った。でも、それは一瞬のこと。朔の顔が離れるのと同時に痛みが引いていく。

「これ、もしかして……」

前に会社であやかしに襲われたとき、朔が同じ方法で私の怪我を治してくれたのを思い出した。

「傷も治る、力もお前から吸収できる。一石二鳥だからな」

「……確かにそうかもしれないけど、他に方法ないの？」

「さあな」

この『さあな』は、他に方法があるけど面倒だからしないか、こっちのほうが都合がいいからあえてごまかしているかのどちらかだ。つまりは逃げ口上だ。不満だと目で訴えかけるも、朔は私の視線に気づかないふりをして、トラちゃんを見た。

「覚えておけ、子鬼。今回は雅に免じて口を挟まなかったが、今後俺の嫁を傷つけてみろ。この手で捻り潰す」

「なっ、できるもんならやってみろ！」

喧嘩し出すふたりに、私ははあっとため息をつく。

これから騒がしくなりそうだな。

そう思っていると、朔は殴ろうと両手を振り回しているトラちゃんの額を指先でぐりぐりと押しながら私を見た。

「俺は別として、あやかしや神のほとんどは人間を下等生物だと思っているからな。人間の言葉など聞き入れないものだが、お前は特別らしい。自然と耳を傾けなければと思わせる力がある」

柔らかな眼差しで見下ろしてくる朔に、くすぐったい気持ちになる。照れくさくて目を伏せれば、頭に朔の手が乗った。

「特に鬼は自尊心が高いからな。手懐けるとは、さすがは俺の花嫁」

「あのね、何度も言ってるけど、あの式は気持ちがともなってないから無効だし、私は朔の花嫁になったつもりはありませんからね」

反射的にそう言ってしまったけれど、いつもより勢いがない自覚があった。

朔は私の魂に興味があるだけで、気持ちなんてなくても結婚できてしまうのに……。なんでこんなにも、心を許してしまいそうになるんだろう――。


数日後、私は本殿のご神木の前にいた。

『職場の上司に何度会社をやめたいって言っても聞いてもらえません。人間関係は最悪だし、今日こそ退職願いを受け取ってもらえますように』

ああ、言いづらいよね……。

私は桜の花びらから聞こえてくる中年男性の願いに『わかるわかる』と頷きながら、願いを叶えるための試練を考える。

「上司の人にとりあってもらえないなら……それ以上の役職にいる人と話をしてもらうのはどうだろう」

「同じことの繰り返しだな」

朔の声が聞こえて、桜の花びらから顔を上げる。

「上の人間に話したところで、話を聞いてもらえる保証はあるのか？　話を聞かない今の上司を育てたのは、そのまた上にいる人間だろう」

確かに、同じようにあしらわれて終わりかも。でも……だったら、どんな試練を与えたらいいの？

「この人が自分の力で会社を辞めるためには、どうしたらいいんだろう」

「お前ならわかるはずだ。考えてもみろ、本当に嫌なら無断欠勤でもして会社なんて勝手に辞めればいい。自分の気持ちは決まっているのに、それでもいたくない場所に残っている、その真意を」

「いたくない場所に残ってる……」

その言葉が私の記憶の扉をノックする。

朔と出会う前の私と同じだ。私は人間だから、生きている以上は働かなきゃいけないし、嫌な人ともうまく付き合わなきゃいけないって、いたくない場所に居続けた。

でも、あのとき朔は私の考えを『くだらんな』って、一刀両断したんだよね。

「この人は、余計なしがらみに囚われすぎてるんだ。社会的な体裁とか、そういうのに。怖いんだ、新しい場所で自分の居場所が見つかるのかどうかも……」

「見えたか、本当にこの人間が必要としているものが」

「え？」

「うん、ぼんやりとね」

ふっと笑みがこぼれる。また、朔の言葉を思い出したからだ。

『人間の命など、せいぜい九十、百が限度だろう。俺たち神やあやかしよりも早く散る命だというのに、嫌なものに縋りついて生きるなど時間の無駄だ』

本当に、その通りだ。

「命には限りがあるんだもの。誰かに求められて、この人自身も心から求める場所で生きていってほしい」

そっか、朔の仕事ってただ願いを叶えてるわけじゃないんだ。相手が本当に幸せになれるかどうか、考えることが見守るってことなんだ。

「だから、決めたよ。この人への試練は私にとっての朔みたいに、『嫌なものに縋りついて生きるのは時間の無駄だ！』って言ってくれる誰かと出会うこと。そこからどうするかは、彼次第」

私は桜を額にくっつけると、彼が願いを自力で叶えるための試練を与える。それを終えたあと、顔を上げればば正解だとばかりに朔は頷いてくれた。

「この仕事、お前に手伝わせて正解だったな」

「え？」

「お前はどんな困難があろうと、その運命を受け入れ、それでもなお立ち上がろうとする。その強さがあれば願う者たちを正しく導けると思っていた。今回の願い主も大事なものに気づいたとき、相手に許しを乞わずとも踏み出す決断ができるだろう」

朔、そんな風に思ってくれてたんだ。朔が私にこの仕事を紹介してくれたのは、居場所がない私への憐みじゃない。本当に私に合う仕事だと思ったから、手伝わせてくれたんだ。

その事実が私に自信をくれる。

「朔、私……逃げてきちゃったことにきちんとけじめをつけたい」

私の頭をよぎるのは、無断で去ってしまった職場のことだった。

ずっと退職手続きをしに行かなきゃと思ってはいた。会社側でとっくに済ませていると思うけれど、何年もお世話になった職場だ。ここでしっかり嫌なものとも向き合っておかないと、逃げ癖がついてしまう気がして、私は朔をまっすぐに見つめる。

「試練を与える人間が自分の試練に立ち向かってないなんて、この神社に願いに来てくれてる人たちが聞いたらがっかりすると思う。だから、ちゃんと会社をやめてくる。私が望んだ場所に歩き出すためにも」

そう伝えれば、朔はふうっと長い息を吐き出して私の頭を撫で始める。

「なに、急に！」

「本音を言えば、行かせたくはないがな。お前が決めたことなら、尊重する」

あまり気乗りしなそうに眉根を寄せた朔に、私は「条件?」と首を傾げた。

「ただし、条件がある」

「朔……ありがとう」

「黒、トラちゃん、付き合わせてごめんね」

翌日、私は全快した黒とトラちゃんと一緒に現世の以前まで勤めていた会社に来ていた。ふたりとも、耳や角を隠して人間に化けている。

朔の出した条件が、用心棒として黒とトラちゃんを連れていくことだったからだ。

本当は朔自身が来たかったらしいのだが、同僚に顔が割れているので「かえってお前の邪魔になる」と留守番をしてくれている。朔をひとりにするわけにはいかないので、白くんも桜月神社に残っていた。

「雅様の頼みならば構わない」

グレーのTシャツにジーンズ姿の黒さんがサングラス越しに私を見て、唇に小さく笑みを滲ませる。

黒はそう言ってくれるけれど、今日は退職手続きをするために会社にやってきたのだ。完全に私事なので申し訳ない。

「人間臭い。それにうじゃうじゃうじゃうじゃ、俺の前をうろつきやがって……まとめてぶっとばすぞ！」

　高校の制服を着たトラちゃんが耳につけているピアスを指でこすりながら、会社の中を忙しなく歩き回る人たちにメンチを切っていた。

　怖がって私たちを避けていく社員に「申し訳ありません」と何度も謝って歩いていると、見かねた黒がトラちゃんの頭をがしっと掴む。

「文句があるなら留守番をしていろと言ったはずだが？　雅様に恥をかかせるな。今すぐここで、その喉を噛み切ってもいいんだぞ」

「なんだと！　そっちこそ、俺の雷でまる焦げにされたいのか！」

　ふたりに挟まれながら、私は頭痛がして額を押さえる。ヤンキーさながらの威圧感がある男ふたりと霊感女。手続きをするために私たちを応接室に案内してくれている女性も、びくびくしながらこちらを振り返っていた。

　私が普通じゃないって噂、聞いたんだろうな。というか……会社の窓が割れたり、朔と突然姿を消したり……。目撃者もたくさんいたわけで、知らないはずがない。

　周囲の気味悪がるような視線を浴びて俯くと、黒が下から顔を覗き込んでくる。

「……？　どうした」

「あ、ううん！　なんでもないの」

　慌てて笑顔を作って、私たちは応接室に入ると黒いソファーに腰を下ろした。

少しして四十歳くらいの男性がやってきた。事務長だ。私は事務長の指示に従って保険証を返却し、会社規定の退職届を記入する。

「もっと早く来たかったのですが、手続きが遅れて申し訳ありませんでした」

頭を下げながら記入した退職書類を手渡そうとすると、事務長は嫌悪感を隠しもせずに腕を組む。

「化け物の手から受け取ったら、私まで呪われるじゃないか。書類はテーブルに置いといてくれ」

「え……」

「本当なら、こうして同じ空気を吸ってることすら恐ろしいっていうのに……。なんで律儀に会社に来るかね。郵送でもなんでも、あるでしょうに」

ああ……久しぶりだな、この感じ。

朔に攫われて桜月神社で過ごすようになってから忘れていた畏怖の視線。拒絶の言葉が雪のように降り積もって心が冷え切る感覚――。

「すみません。書類はここに置いておきますね」

こんなの、慣れっこだ。

胸が詰まって喉がきゅっと絞めつけられたけれど、それでも私は無理やり笑顔を作った。そのとき、ふいに私の肩に手が乗った。隣を振り向くと、黒が立ち上がる。

「笑いたくないときに、笑う必要はないだろ」

「え……黒？」

「おい、そこの人間。雅様への数々の非礼、見過ごすわけにはいかない。これ以上、その汚らわしい口を開いてみろ。魂ごと噛み砕くぞ」

殺気を放つ黒に事務長は「ひいっ」と悲鳴をあげてソファーから転げ落ちる。

するとトラちゃんが窓際に立ち、顔に残忍な笑みをたたえた。それからバンッと窓ガラスを手で叩く。その瞬間、青かった空が分厚い灰色の雲に覆われていき、ゴロゴロと雷が鳴り出した。

「な、なんだ？　さっきまで天気がよかったはずなのに……。ま、まさか、お前がやったのか⁉」

事務長は唇をわなわなと震わせながらトラちゃんを凝視して、壁際まで後ずさる。その間にも、雲間に稲妻が龍のごとく走っていた。

「ひぃいっ、こんなの人間のできることじゃない！　化け物だぁぁっ」

頭を抱えてわめき出す事務長に、トラちゃんは「情けないやつだな」と呆れる。

「雅は俺の獲物だぞ！　仲間になるかどうかは考え中だが、勝手に傷つけることは許さないからな！　おかしな真似してみろ、呪いよりも恐ろしい目に遭わせてやる！」

ドンガラガッシャーン！とすぐそばで雷が落ち、事務長は鼻水を垂らしながら「た、助けてくれええええっ」と叫んだ。そのまま腰を抜かし、事務長は地面を這うようにして呆然とソファーに座っていた私の足元までやってくる。

「あいつはきみの仲間なんだろう？　だったらもうやめさせてくれっ、頼む！　そのためなら、なんでもする！」

「なんでも……ですか」

「ああ、私にできることならなんでも言ってくれ！」

縋るように私を見上げてくる事務長を前に、ソファーから立ち上がる。それから目線を合わせるように腰を落とすと、事務長にきっぱりと告げる。

「数年間、お世話になりました」

深く頭を下げる私の耳に、事務長の「え？」という困惑したような声が届く。それに顔を上げると、最後だからと自分の考えをしっかり伝える。

「他の社員さんにも、怖い思いをさせてしまってごめんなさい。私はここを去りますが、決して悲しくはないです。行きたいところへ行って、後ろ指さされるような自分じゃなく、誰かに感謝されるような人間になります……と、そうお伝えください」

「それだけ、でいいのか？」

「はい、十分です」

満面の笑みで返事をすると、事務長は「わ、わかった。約束は守ろう」と言ってじわじわと扉に近づき、応接室を飛び出していった。

その姿を清々しい気持ちで見送る。すると、黒とトラちゃんが歩いてきて、同時に「ん」と手を差し伸べてきた。

「あ……」

不思議……。

少し前の私にはつらいことがあったとき、こうして手を差し伸べてくれる人なんていなかった。

誰かに拒絶されたあとは、頭まですっぽり布団を被って固く瞼を閉じる。そうやって夢の中に逃げるのが、小さい頃からの癖だったのに……。今はふたつの手が私を闇からすくい上げようとしてくれている。

「ふたりとも……ありがとう」

私は下を向きながら、ふたりの手を握る。でも、顔を上げられなかったのは、ぽたぽたと落ちる雫が止まりそうになかったから。

「本当に……ありがとうっ、私を受け入れてくれて……」

朔、あなたにも感謝しなくちゃ。朔が居場所をくれたから、私には今つらいときにそばにいてくれる人がいるのだ。

「雅様！　おい、どうした？　くそっ、あの人間の喉、かみ切っておけばよかったか。

トラ、すぐにここから出るぞ。ここの空気は人間の悪意で淀みすぎている。気分が悪い。雅様の身体にもよくないからな」

「おう、用が済んだのならさっさと帰るぞ！　ただ、雅」

トラちゃんは私の目を見つめて、強気に笑う。

「お前の腹の虫がおさまらなければ、名をくれた礼だ。ちょちょっと、あいつらを消し炭にしてやってもいいぞ」

「ちょちょっとって……ぷっ、あははっ」

トラちゃんの顔はうずうずしている。私のためというよりは、自分が楽しめそうだから言い出したんだろう。

でも、嬉しかった。私のために怒ってくれて、そばにいるだけで笑わせてくれる。

朔が運んできてくれた出会いは、私にとって宝だ。

トラちゃんは笑っている私を見て、目を点にする。

「メソメソしているかと思えば、今度は笑い出したぞ？　雅は珍妙だな」

「傷ついても誰かを照らせる人なんだ、雅様は」

黒の尊敬のこもった視線に、私は気恥ずかしくて目を伏せる。

「帰ろうか、桜月神社に」

私はふたりの手をしっかり握って、会社の出口を目指す。大の大人ふたりと高校生が三人仲良く手を繋いで歩く光景はシュールだったけれど、社員にじろじろ見られても全然気にならなかった。それはきっと、他人の目がどうでもよくなるほど、ふたりがそばにいてくれるという事実に心が満たされていたからだ。

夕暮れどき、桜月神社の神楽殿に戻ってくると、トラちゃんは人間の姿に疲れたのか、手のひらサイズの子鬼の姿になった。そして居間の床に腹ばいになり、現世の結婚情報誌――『ゼルシィ』を広げて眺めている。

よりにもよって、なんでゼルシィに興味を持ったんだろう。

みんなへのお土産にとコンビニでアイスを買っていたら、トラちゃんが雑誌コーナーからこのゼルシィを持ってきて買ってほしいとねだってきたのだ。

「トラちゃん、トラちゃん、それなあに？」

白くんは私の買ってきたソフトクリームを舐めながら、興味津々にトラちゃんのゼルシィを脇から覗き込む。

「敵を知るためには、まずは情報収集だからな。手始めにこの書物から人間の生態を知ろうと思っている。ほら、見てみろ！　これ、うえでぃんぐどれす……っていうらしいぞ！」

「ふえ～、綺麗だね！」

ご機嫌に尻尾を振っている白くんはトラちゃんと相性がいいらしく、仲良く雑誌のページをぺらぺらとめくる。白くんなら誰とでも友達になれそうだ。

というか、トラちゃん。ゼルシィからは人間の生態は学べない気がします。

でも楽しそうだし、指摘するのは野暮だよね。

苦笑いしていると、トラちゃんはあるページに釘付けになって「うん？」と首を捻る。それから窓際で黒とカップアイスを食べていた私を見た。

「人間の世界では結婚前に親にあいさつに行くのか？　雅、お前も行ったのか？」

「あー……私、攫われてきてすぐに結婚させられたから、そういう段階は踏んでないんだ」

苦笑いしながらアイスを口に運んだとき、居間に朔が現れる。

「その話、詳しく聞かせろ」

「あ、朔！　これ、朔の分だよ」

私は大股で歩いてくる朔にコンビニで買ったイチゴのみぞれアイスを渡す。それを受け取りながら、朔は私の隣に座った。

でも、朔はアイスを床に置いて私ににじり寄ってくる。

「そういう習わしが人間の世界にあるのは知っていたが、あのときはお前を手に入れることしか考えていなかったからな。俺の失態だ」

「そんな大げさな。だいたいの人はしてるのかもしれないけど、別に絶対じゃないよ。うちの親なんて、私が結婚するって知っても喜んでくれないと思うし」

頭に蘇るのは両親の『あの子、気味が悪いわ』『本当に俺たちの娘なのか？』という言葉と怯えたような顔。あれは我が子に向けるようなあたたかいものとは、かけ離れていた。

「……雅」

名前を呼ばれたと思ったら、頬にあたたかい手が触れる。無意識に俯いていた顔を上げれば、朔の瞳から放たれる淡い金の光が私を優しく包み込んだ。

「事後報告ではあるが、早速お前の両親にあいさつに行くぞ」

「どうしたの、急に」

私の魂が欲しいだけなら、両親からの承諾なんていらないでしょう？

そんな棘のある嫌味が喉まで出かかった。けれど、朔の眼差しが信じられないほど穏やかで、言葉を呑み込んでしまう。そんな私の気持ちに気づいているのか、いないのか、朔の唇はゆるゆると弧を描いた。

「お前の親が俺たちの結婚を喜ぼうが喜ぶまいが、どうでもいい。ただ、わからせてやるだけだ。お前の両親がどれだけ価値のある命を生み出したかということをな」

朔の自信に満ちあふれた物言いは、私にも勇気をもたらしてくれる。これも神様の力なのか、私は自然と首を縦に振っていた。

——数日後、私は朔とふたりで結婚のあいさつに行くために現世に来ていた。

「手土産、これだけでよかったのか。和菓子など、質素すぎやしないか。もっと豪勢な食事を白と黒に用意させてもよかったのだぞ」

朔がお菓子の入った紙袋を軽く持ち上げる。黒のスーツを着て、髪を後ろにひとつに束ねている朔は雑誌から飛び出てきたモデルのようで周囲の視線を集めていた。

「あんまり高価で豪華な贈り物は、かえって気を遣わせちゃうからいいんだよ。それより朔、目立ちすぎだよ」

「そうは言われてもな。髪色も瞳も黒くしただろう？　これで限りなく人間に近づけていると思うが？」

「そうなんだけど、問題はそこじゃないっていうか……」

姿を変えても元が美形だから意味がないんだ、きっと。どんなに地味な格好をしていても、人を惹きつけるオーラが滲み出てしまっている。

私は周囲の視線に居心地の悪さを感じながら自分の家の前に立つ。固く閉ざされた門は、まるで地獄への入り口のように見えて足が竦んだ。

「……怖いのか」

隣に立っていた朔が私に半歩近づく。右肩にじんわりと感じる体温に、私はふうっと息を吐いた。

「そうだね、ちょっと怖い。でも、ずっと逃げたままなのは……ダメだよね」

家族とは高校を卒業してから五年間、たまにメールをするくらいでまったく会っていない。メールといっても、マンションの部屋のを借りるから保証人になってほしいとか、実家に忘れてきた荷物を送ってほしいとか、事務的なものばかりだ。

でも、自分の家族なんだもの。会わなかった期間、少しくらいなら寂しいと思ってくれたかもしれない。あやかしや神様が見える私を気味悪いと思った両親の記憶も、時間とともに薄れてくれていたらいい。

きっと大丈夫だよね、うまくいくよね？

自分に言い聞かせて強く拳を握りしめると、朔は私の頭に手を乗せた。

「どうしてだ？　逃げても構わんだろう」

向き合おうとした私の決心を朔はさらっとへし折ろうとする。

「もう、どうしてそんなこと言うの？　頑張ろうって、自分に活を入れたところだったのに」

「お前は少々、自分を追い込む癖があるな。仕事に家庭、本当はいたくもない場所で、必死に役割を探して、『そうしなければいけない』と自分を縛りつける」

「人間なら誰しもそうだよ。仕事だって学校だって家庭だって、みんなひとりでは生きていけないから、だからなんとしてもその中に居場所を見つけたいともがくの」

必要とされなかったからこそ、誰かの心の中に存在したいと強く願ってしまう。その気持ちは神様にはないの？　誰かの温もりを必要としないほど、強い存在なの？

胸の内に込み上げてくる怒りと悲しみが入り混じったような感情に、唇を噛んで耐えていると、朔が私の顎を掴んで持ち上げた。

「では、心が壊れるまでそこに縋るのか？　お前の愚かさは気に入っているが、この点に関しては可愛げがないうえに気に食わんな」

「……そういう嫌な言い方、しないで」

「お前がさせているのだろう。いちばん大事なのは、その心を守ることだ。そして、それは自分にしかできん。ときには逃げてもいいということを頭の片隅に置いておくことだ」

真顔で説教を浴びせてきた朔は、私の唇に残った噛み痕を指先で撫でると家の方に向き直る。

優しいのか、冷たいのか、朔はよくわからない。

結婚のあいさつに来たというのにお互いの気持ちを理解できず、微妙な空気のまま私たちはインターフォンを押したのだった。

「い、いらっしゃい……」

お茶を出してくれたお母さんは、向かいの席にいるお父さんの隣に正座をする。

「まさか、お前が結婚していたとはな」

両親は落ち着かない様子で視線を彷徨わせている。疎遠になっていた娘が急に夫を連れてきたからなのか、私自身が恐ろしいからなのか、ふたりは目を合わせてくれない。沈黙が息苦しくて私は朔を手で指す。

「こちらは朔さん。神社で神主をしているの」

あらかじめ用意していた嘘をつくと、朔も手筈通りに合わせてくれる。

「よろしくお願いします。そして結婚のことですが、事後報告になってしまい申し訳ありません」

驚いた……。いつもは俺様で言葉遣いも命令系なのに、こういうときは礼儀正しくできるんだ。

背筋を伸ばし、まっすぐに両親と対面する朔の横顔は真剣で、思わず目が吸い寄せられる。朔と本当に愛し合っていたなら、もっと嬉しかったんだろうな。

「本日はきちんと娘さんと――」

朔がそう言いかけたとき、お父さんが強張った表情で「この子でいいんですか?」

と言葉を被せた。

「その……周りでおかしなこととか、起きていませんか?」

問われた朔の眉がぴくりと動く。それに気づいていないのか、今度はお母さんが口元を手で覆いながら私をちらりと見る。

「この子があなたを怪我させても、私たちは責任がとれないわ」

両親は私の周りで起こる怪奇現象のことを思い出しているのだろう。

たとえば、私がいる部屋の電気が点滅したり、ひどいときは窓ガラスが割れたり、物が勝手に動くなんて日常茶飯事。ぜんぶあやかしや神様がしていることなのだけれど、見えない両親は怖かったはずだ。

「お母さん、今はもう大丈夫だか……」

「大丈夫?　大丈夫なわけないでしょうっ。あなたが家を出ていってくれて、やっと安心できたっていうのに……どうしてここに来たのよ!」

お母さんは私の言葉を遮って、ヒステリーを起こしたように叫ぶ。お母さんの目は子供に向けるものとは違う。まるで人があやかしを見てしまったときのような目だ。

「やめなさい、佳代《かよ》」

お父さんがお母さんの肩を掴んで止める。でも、お母さんはその手を振り払って、私を恨めしそうに睨んだ。

「でも……っ、同じ空気を吸ってることすら恐ろしいのにっ、なんで律儀にあいさつになんて来るのよっ」

「あ……」

これ、こないだも言われたな。

私は黒とトラちゃんと退職手続きに会社に足を運んだ日のことを思い出す。

『本当なら、こうして同じ空気を吸ってることすら恐ろしいっていうのに……。なんで律儀に会社に来るかね。郵送でもなんでも、あるでしょうに』

事務長から言われた言葉だ。ああ、そっか。お父さんもお母さんも、私がいなくなってほっとしてたんだ。私がどうなろうと二度と関わらないでくれれば、それでよかったんだ。

少しでも私を気にかけてくれてたらいいなんて、考えていた自分がバカだった。散々怖がらせてきたのに、都合よくそのときの恐ろしい記憶が消えることなんてあるわけがないというのに。

私は膝の上に置いていた手を握りしめると、気を抜いたら下がる口角を無理やり上げて笑顔を繕う。

「突然、来たりしてごめんなさい。怖がらせて、ごめ……」

「謝る必要はない」

私の声をかき消すように放たれる朔の声。隣を見上げれば、朔は表情を消して感情の凪いだような目でお父さんとお母さんを静かに見据えている。

「人間というのはつくづく面倒だな。普通でない者を嫌い、枠にはまらない者をみんなでつつき、排除しようとする」

吐き捨てるように言った朔は私の腰を引き寄せる。その瞬間、朔の身体が淡い桃色の光を放ち始めた。

「な、なんだ……!」

顔を真っ青にして後ずさったお父さんが、そのまま腰を抜かして尻餅をつく。お母さんはそんなお父さんの背にしがみつき、怯えた目で私たちを見上げていた。

「——ご両親」

朔は礼儀正しくお辞儀をすると、不敵に笑いながら顔を上げる。

「あなた方の娘さんは必ず幸せにしますので、ご心配なく。ですから……雅さんのことは、この俺が攫っていきます」

桜吹雪が私たちを包むように吹き荒れて、風になびく朔の髪や瞳が元の色に戻る。

帰るんだ。

そう悟った私は深々と頭を下げる。

「お世話になりました」

もう、ここへ来るのは最後にしよう。血の繋がりよりも大切なものを見つけたから。

「それでは、失礼いたします」

朔のひとことで視界が桃色一色に染まると、次に視界が晴れたときには神世にある桜月神社の境内にいた。

「もう、朔。あんな帰り方したら、ふたりが怖がるじゃない」

振り返って朔の胸を軽く叩くけれど、本人はどこ吹く風で澄ましたように目を閉じている。

「不服か？」

神宮に続く橋の方へすたすたと歩き出す朔のあとを追いかける。

「心臓が止まったりしたら、どうするの？　もう、いい歳だし……」

「俺の嫁を傷つけた報いにしては軽いおしおきだろう。こんなときまで、お前は自分を傷つけた相手を気遣うのか」

「ごめんね、朔」

やれやれと首を横に振る朔にムッとしつつ、私は橋の中間で足を止めた。

顔を俯けながら掠れた声で謝れば、朔が立ち止まってこちらを振り返る気配がした。

「お前は俺に謝るようなことをしたのか？」

「だって……気分、悪かったでしょう。朔まで変な目で見られたし……」

その言葉にどう思ったのか、ふうっと朔が息をつく。それから私の前まで歩いてきて、向き合うように立った。

「もっと早く、お前を迎えに行くべきだったな」

朔は私の両頬に手を添えると顔を上げさせる。切なげな瞳には、憂い顔の私が映り込んでいた。

「あの家で育ったなど、さぞ息苦しかっただろう」

「居心地がよかったとは確かに言えないけど……お父さんもお母さんもあやかしや神様が見えないから、私以上に怖かったんだと思う。おまけにいないものをいるなんて言うもんだから、どう接していいのかわからなかったんだよ」

家族だからなんでもわかり合えるなんて、そんなの綺麗事だ。逆の立場なら、私だって恐れていたと思う。家族であっても埋められない溝はあるし、血の繋がりというのは意外と脆いのだ。

「家族も身近にいるだけで他人であることには変わりないんだよね。そんな風に思ってしまう私は……ひどい人間だと思う？」

「そうやって自分を責めるのは、やめろ。すべての家族が仲良く手を取り合えるわけではない。それは致し方のないことだ。重要なのは心の繋がりだろう」

『致し方のないことだ』なんて、人によってはなんて冷たいことを言うのだろうと思でも、私は家族に愛されなくても、自分の価値がなくなるわけではないのだと言ってもらえたような気がして、嬉しかった。

私が少しだけ表情を緩めると、朔が頭を撫でてくる。

「そもそも、あのように一方的に理不尽な理由で責められたのだ。お前はもっと怒っていいと思うがな。あやかしや神と対峙しているときのほうが、お前は堂々としているぞ」

「そう……かな？」

「ああ、よく説教じみたことを言って説得しているだろう？　いつもの勝気なお前はどこにいった」

言われてみれば、家でも学校でも職場でも、できるだけ普通に、できるだけ静かに、存在感を消すことばかり考えていた。だから忘れていた。

「本当の私って、勝気なんだ……ふふっ、思い返してみれば確かにそうかも」

「お前は人の中で生きるより、あやかしや神といるほうが合っているのではないか？本来の輝きを失ってまで、人の世に留まる必要はない。ここがお前の帰る場所だ」

今まで家を帰る場所だと思ったことはなかった。いつもどこにいても、孤独感が拭えないでいた。家族のほうが付き合いは長いのに、いつの間にか……。出会って間もない朔たちのいる桜月神社を帰る場所だと思っている自分がいた。

「朔は……どうして私を励ましてくれるの？　私の魂が欲しいだけなら、私の心が傷つこうがどうでもいいんじゃないの？」

「……その理由を知りたければ、自力で辿り着いてみろ。俺はすでに、お前に心を告げている。あとは今のお前がどういう答えを出すのか、だろうな」

朔の言うことは曖昧で霧がかっていて、真意がいつも見えない。結局、ただで教えてはくれないということだろう。だから、諦めて自分でその答えを探すことに決めた。

とにかく私は今、心から笑えている。苦しくてたまらなかった気持ちが嘘みたいだ。

「よくわからないけど、わかった」

「それはどちらだ」

朔は眉尻を下げて、仕方ないなと言いたげな顔で微笑む。

「お前は小さく華奢なのに性根が逞《たくま》しい。どんな苦境に立たされようと、笑ってはね除ける強さがある」

「いつもそうできるわけじゃないよ。私が今笑っていられるのは、朔がお父さんとお母さんにズバッと言ってくれたから。おかげで、私の二十五年間分のモヤモヤがすっきりしちゃった。ありがとう、朔」

この人は勝手に私を攫って花嫁にした人。気を許すなんてありえないと思ってたのに、今では――。

朔がそばにいてくれることに、安堵している自分がいた。

朔と神楽殿にやってくると、白くんと黒が夕食の準備をしてくれていた。

「おうっ、帰ったか！」

どこからか声が聞こえてきて、私はきょろきょろとあたりを見回す。

「こっちだ、こっち」

声を頼りに白くんの持っている箱膳を見ると、子鬼姿のトラちゃんが座っていた。

しかも、箱膳の上にある卵焼きにかじりつき、つまみ食いをしている。

白くんは箱膳に顔を近づけて、トラちゃんを「め！」と叱った。

「もーっ、トラちゃん！　雅様たちが帰ってくるまで、我慢って約束したでしょ！」

「ケチだな、味見ぐらいいいだろ！」

がやがやと喧嘩しているふたりに、箱膳を運んでいた黒が「お前たち、静かにしないか！」と説教をする。それから、私たちのところにやってきて頭を下げた。

「騒がしくて申し訳ありません、おかえりなさいませ」

おかえり、か。この騒がしさも、帰ってきたなーって感じがしてほっとする。

しみじみとそんなふうに思っていると黒は上半身を起こして、私の顔を怪訝そうにじっと見つめてきた。

「雅様、あいさつは……その、うまくいったのか？」

「あ……うーん、うまくいったとは言えないけど、行ってよかったと思ってるよ」

おかげで、心がはっきりした。私は家族から逃げてひとりで生きていこうとしたことに、後ろめたさがあった。でも、そうやって逃げてもいいのだと、守るべきものは自分の心だと朔が教えてくれたから。

「そうか、なら飯をたんと食え。嫌なことも腹いっぱいになれば忘れるだろう」

「黒……もしかして、心配してくれたの？」

「……っ、いいから食え」

黒はくるりと背を向けて、箱膳を並べていく。

「俺の奥さんは人気者のようだ。妬けるな、雅」

朔は着物の袖の中で腕を組み、冗談なのか本気なのかわからないことを言って妖艶に微笑むと居間に入っていく。

「なっ……からかわないで！」

心臓がけたたましい音を立てている。

本当にこの人はずるい。息をするみたいに、私の心を揺さぶるのだから。

さっさと座布団の上に胡坐《あぐら》をかく朔を恨めしく思いながら、私も箱膳の前に座る。

トラちゃんが加わってひとつ増えた箱膳と座布団。みんなで席につくと、ぽんっと煙を立ててトラちゃんが十八歳の姿になり懐から酒瓶を取り出す。

「そうだ、これこれ。現世の境内の掃除をするっていうから白についてったら、社に供えられていたぞ！」

「それは奉り神である朔様のものだ。勝手に触るなとあれほど言っただろう！」

尻尾をぴんっと立てて威嚇する黒に、朔は「構わん、開けてやれ」と言って食事を再開する。

「承知いたしました」

黒はトラちゃんの手から酒瓶を受け取ると、みんなのお猪口についでいった。お酒の香りが強く、少しめまいがする。

「いただきます」

杯に口をつけようとしたとき、朔の「ん？」という声が聞こえてきた。横目に朔を見ればお猪口の中身を睨みつけていて、私は不思議に思いながらもお酒を飲む。

その瞬間、カッと身体が熱くなった。

「……っ、これ……」

初めは度数が強いせいだと思った。でも、すぐに身体が光り出して、そうではないと気づく。頭までぼんやりしてきて、私はその場に蹲《うずくま》った。

「えっ、雅様⁉」

　白くんが駆け寄ってきてくれたのがわかったけれど、返事ができない。身体が内側から焼けそうだ。

「雅様！　なにが起こっている……っ」

黒の声を聞きながら、徐々におさまる灼熱感と同時に違和感を覚える。箱膳が私の背丈よりも遥かに大きくなっているのだ。それだけではない。黒ならまだしも、私は白くんにまで見下ろされていた。

「え……これは、どういうこと？」

「み、雅！　お前、小さくなってるぞ！」

トラちゃんの叫びで、私は自分に起きたことを理解する。それから一拍おいて、

「えええええっ」と悲鳴をあげた。

「み、雅様が手のひらサイズに……なんということだ」

黒は私をすくうように手に乗せると、鋭い眼光をトラちゃんに飛ばす。

「トラ、貴様……これも鬼丸の命で行った所業《しょぎょう》か」

「み、みくびるな！　今は雅のことを知るまで、手出しはしないって決めてるんだよ！　断じて、俺ではないからな！」

睨み合うふたりのことは気にも留めず、朔は立ち上がると黒の箱膳の横に置いて

あった酒瓶を持ち上げた。

「俺にもわからぬよう巧妙に神気を隠したようだな、あれは」

黒い微笑を浮かべて酒瓶を眺めている朔を白くんが見上げる。

「朔様、雅様をちっちゃくした人に心当たりがあるの？」

「ああ、どこぞの神が雅を小さくして誰の目にも触れぬよう攫うつもりだったのだろう。この俺に喧嘩を売る輩だ。よっぽどの阿呆と見える」

「わわわっ、朔様が静かにぶち切れてる！」

黒の背に隠れて、びくびくしている白くんを見上げながら私は不安になる。

元の姿に戻れなかったらどうしよう……。

俯いていると、頭上から「雅様……」と気遣うような黒の声が降ってきた。

いけない、いけない、暗い顔をしてたら心配をかけちゃう。

私は両手をぱんっと叩いて、すぐに笑顔を返す。

「こ、こんなに小さくなっちゃうなんてびっくりだけど、貴重な体験をさせてもらったと思えば楽しめそうかも。トラちゃんが子鬼になったときって、こんなに世界が大きく見えるんだね！　新鮮！」

なるべく明るく振る舞っていると、私の身体を別の手がそっとすくい上げた。

「心配はいらない。お前のことは俺が必ず元の姿に戻そう。もちろん、他の神になんぞくれてやる気もない」

　顔を上げれば、自信にあふれた朔の眼差しが向けられる。朔は私を自分の着物の合わせ目に入れると、捲り上げられた御簾の向こうにある廊下へと足を向けた。

「今宵、月一の神の宴が都の大神宮《だいじんぐう》で開かれる。まともに出席したことはなかったが、いい機会だ」

　冷笑を口元にたたえた朔は、振り向きざまに私たちに告げる。

「己が犯した愚行を悔い改めさせてやろう」

　私たちは桜月神社の車舎《くるまやどり》に留め置かれている金銀の装飾が施された牛車に乗り、前に朔と鳥居の上から眺めた都の大通りにやってきた。

「雅は神世の都は初めてだろう。ここからは歩いていく」

　朔の提案で牛車を降りた私たちは徒歩で大神宮を目指す。私は朔の胸元から神様の都を見物した。夜空には流れ星がいくつも流れ、大神宮に続く都には橙の灯篭の明かり。そんな煌びやかな神世の大通りには酒場や食事処が立ち並んでいた。すれ違う神様の姿は、身体は人間なのに頭が羊だったり、イノシシなのに二足歩行で着物を着ていたりとさまざま。今まで見たことのない神様ばかりで、私は心躍らせる。

「雅、空を見てみろ」

朔に言われて顔を上げると、虹色に輝く雲を纏った空飛ぶ牛車がいくつも大神宮のある方角へ集まっていた。

「ぎゅ、牛車が空を飛んでる……」

「ああ、遠方から来る神はああして空から会場に集まる」

「そうなんだ……」

現世では珍しい神世の乗り物、雨のごとく降り注ぐ流れ星。それらを飽きずに眺めているうちに、私たちは朱色の外壁に金箔の双龍が描かれた大神宮に到着した。

「も、門守の朔様！」」

大神宮の中から白い狩衣装束《かりぎぬしょうぞく》を着た男の子がふたり駆け寄ってくる。赤色と水色のおかっぱ頭に桃色の目をした彼らは双子だろうか、顔がそっくりだ。背中に弓を背負っており、歳は十四くらいだろう。

「「お久しゅうございます。お待ちしておりました」」

声もお辞儀も寸分違わず揃っているふたり。その額には蓮《はす》の痣があった。

「炎蓮《えんれん》、水蓮《すいれん》、観音様は変わらず息災にしているか」

朔の口から飛び出した名前に、私は思わず「観音様!?」と叫ぶ。私も神様に詳しいわけではないけれど、さすがに観音様の名前を耳にしたことがない日本人なんていないのではないだろうか。

目を瞬かせて驚いていると、朔の懐にいる私を炎蓮と水蓮が覗き込んできた。髪の色が違うだけで、正直どっちがどっちなのかわからない。

「「あなた様は雅様！」」

「え、なんで私の名前を知ってるの？」

「「知っていますとも！　観音様が大事に思われているお方ですから」」

なんで観音様が私を？

思考が停止する私に、双子はその場に膝をついて恭しく頭を下げる。最初に口を開いたのは、赤色の髪をした男の子のほうだった。

「私は炎蓮童子《どうじ》、水蓮の兄です」

「私は水蓮童子、炎蓮の弟です」

兄に続くように自己紹介をしたのは、水色の髪の男の子。そして、ふたりは同時に顔を上げるとにっこり笑った。

「「以後、お見知りおきを！」」

「よ、よろしくね」

――可愛い！

双子の息の揃った動きや笑顔に胸を打たれていると、訝しむように朔が私に視線を落とす。

「ふたりの額の蓮の痣、あれは観音様の眷属である証だ。忠誠心を持って仕えるという誓いのようなものだと思えばいい」

じゃあ、白くんと黒の額にある桜の痣、あれも眷属である証だったんだ。

「炎蓮と水蓮に傅《かしず》かれるというのは、観音様の贔屓であるということだ。雅、お前と観音様にはなにかしらの繋がりがあると見える」

「まさか！　私が観音様と知り合いのはずないよ」

観音様といったら、日本の神社仏閣の至るところに奉られている神様だ。これまでいろんな神様に会ってきたけれど、観音様にはお目にかかったことはない。

「「ぜひ、観音様にお会いになってくださいませ！」」

双子たちはそう言って、はしゃぐようにハイタッチをしている。

「「なにせ、我が子との再会になるのですから！」」

半ば押し切られるような形で御宮《おみや》にやってくると、畳が敷き詰められた大広間に通された。金箔の上に描かれた龍の襖絵は圧巻だ。私は畳の上に腰を下ろすと、御簾越しに観音様と対面する。

白くんと黒、それからトラちゃんは外で待っているように言われたので、中に入れたのは私と朔のふたりだけだ。

さっきの炎蓮と水蓮の『我が子との再会』ってなんだったんだろう。朔も私と観音様の間にはなにか繋がりがあるって言ってたし……。

ひとりで考え込んでいると、静まり返る御宮に男とも女ともとれる声が響く。

「はじめまして、そして、また会えて嬉しく思います。芦屋雅さん」

初めてなのか、またなのか……不思議なあいさつだな。

私は戸惑いながらも、御簾の向こうに見える人影に向かって頭を下げる。

「お招きいただきまして、ありがとうございます」

「そのように、かしこまらなくてよいのです。私には砕けた口調で、本来のあなたらしく話してください」

その言葉を聞いた朔が瞠目する。表情こそ大きく動かないが、驚いているようだ。

それに若干戸惑いつつも、私は頷く。

「わかりま……うん、わかった」

「ふふ、ありがとう。それにしても、雅さんはやっかいごとに巻き込まれているようですね。ずいぶんと姿が小さい」

「あ……ちょっと、お酒を飲んだらこんなふうになってしまって……実を言うと、それを解決するためにここに来たんです。ね、朔」

朔を見上げると、「……ああ」とどこか心ここに在らずな相づちが返ってきた。

朔？

様子がおかしい朔を凝視していたら、観音様が「大丈夫」と私の思考を遮るように言葉を放つ。

「雅さん、あなたならきっと身に降りかかった困難すら希望に変えられます。私はあなたの選択を応援しているよ」

父のような厳しさと母のように包み込む優しさを宿したような人。お父さんとお母さんって観音様のような存在のことをいうんじゃないか。それが観音様に抱いた感情だった。

でも、どうして初対面の私に優しい言葉をかけてくれるんだろう。

その答えを知りたかったけれど、観音様はこれで話は終わりだとばかりにそれっきり黙り込んでしまった。炎蓮と水蓮に促されて御宮を出ると、私たちは宴の会場へと案内される。

「ねえねえ、炎蓮、水蓮。会場ってどんなところなの？」

フレンドリーに炎蓮と水蓮に話しかける白くん。白くんはここに来たことないんだろうか。首を傾げていると、黒が腰を屈めて朔の懐にいる私にぼそっと教えてくれる。

「朔様は宴には出たがらないからな。俺たちも神の宴に参加するのは初めてだ」

「そうだったんだ……で、朔はさっきからどうしてだんまりなの？」

観音様と会ってから、朔は難しい顔をしたまま唇を引き結んでいるのだ。

「……お前を小さくした神をどう懲らしめてやるか、考えていただけだ」

……本当に？

どこか取り繕ったような言い方に引っかかりはしたけれど、それが嘘だという根拠もなかったので私はなにも言えずにいた。

そのとき、白くんに会場の説明をする炎蓮と水蓮の話が耳に入ってくる。

「『大神宮の中庭です。中庭には泉があって、月が浮かぶ水面を眺めながら酒を酌み交わせます。ごゆるりとお過ごしくださいませ！』」

明るい双子とは対照的に、黒の肩に乗っているトラちゃんは血の気の失せた顔でぐったりとしていた。

「うう、早く帰りたい。俺はここの空気は好かないんだ……」

「トラはあやかしだからな。神が集まるここは神気が強すぎて居心地が悪いだろう。行く前にそう忠告したはずだが、それでもついていくと聞かなったのは、お前だ。自業自得だな」

黒の説教が始まると、トラちゃんは耳を塞ぐ。

「わーっ、うるさいっ、うるさいっ。頭に響く！　ただでさえ、こんなミノムシみたいに護符でぐるぐる巻きにされて、力を封印されてるっていうのにーっ」

そう、小鬼姿になっているトラちゃんはあやかしであることがバレてしまわないよう朔に身体中に護符を巻きつけられていて、今は妖力がゼロに近いらしい。

「俺の耳元で騒ぐな。仕方ないだろ、ここは神の宮。あやかしが紛れ込んでいると知られれば、朔様にご迷惑がかかる。だからじっとしていろ」

ふたりのまるで親子喧嘩のような軽口の叩き合いを聞きながら、私たちは吊灯篭に照らされた外廊下を進む。次第に雅な弦楽器や軽やかな笛の音色、腹に響く太鼓が奏でる音楽が大きくなり、私は気を引きしめる。

いよいよ、私を小さくした神様に会いに行くんだ。

「到着いたしました！」

炎蓮と水蓮の声が聞こえるのと同時に、ようやく開けた場所に出る。

「すごい……」

神宮がもうひとつ入りそうなほど広い庭園がそこにはあった。流れ星の雨と月が映り込む泉を眺めながら、神様たちが赤い野点傘《のだてかさ》に赤い敷物が被せられた長い腰掛け椅子に座ってお酒を酌み交わしている。

「都を歩いていたときも思ったけど、神様っていっぱいいるんだね」

ふんわり鼻腔を掠めるお酒の匂い。浮世離れしたその会場には、庭園を歩くのもやっとなほど神様であふれかえっていた。

「雅、あまり呆けていると神隠しに遭うぞ。どうやら向こうから、お出ましのようだからな」

朔の視線を辿ると、正面から癖のある茶色い髪と顎髭が生えた三十代くらいのダンディな男性が歩いてくる。

肌蹴た灰色の着物の懐に片腕を突っ込みながら、腰にひょうたんをぶら下げている彼はどこか気怠げで、梅色を帯びた淡く明るい灰色の目を細めると「よう」と片手を上げた。

「朔、ここ数百年、宴に姿を見せなかったっていうのに珍しいな」

「酒の神であるお前から贈り物をもらったんだ。直々に礼をしに来たまでのこと。して、人の嫁に手を出すとは、どういった趣向だろうか。酒盛神社《さかもりじんじゃ》の酒利《しゅり》」

この人が……酒利さんがあのお酒を桜月神社にお供えした人？

酒利さんはフレンドリーに話しかけているけれど、朔の空気がどことなくピリピリしている。仲がいいわけではなさそうだ。

朔の懐からこっそり酒利さんを観察していると、目が合ってへらっと笑われる。人が好さそうだけれど本心が見えないので、食えない人なのかもしれない。

「いやね、朔と結婚したっていうお嬢さんに興味があって。どんなところに惚れて一緒にいるの？　顔？　神としての地位？」

矢継ぎ早に質問されて返答に困っていると、酒利さんはぷっと吹き出す。

「それにても、千年に一度の奇跡の魂の持ち主がこんなに可愛らしいお嬢さんだったとは驚きだ。酒も進むってもんだよ」

酒利さんは腰のひょうたんを持って、ぐびぐびと中身をあおる。それから「ぶひゃー、うめぇ」と言って口元を手の甲で拭った。

今のってまさか……お酒？　やたら笑うし、顔は赤いし、ふらふらしてまっすぐ立ってないし、もしかしなくても酔ってる？

「この緊迫した状況でよく飲めるよな、あいつ」

トラちゃんの呆れた声が聞こえると、朔も「まったくだ」と言って着物の袖の中で腕を組む。

「飲んだくれの女好き、何年経とうが変わらないな」

「朔さんよー、相変わらずさらっと毒を吐くよなー。俺、彼女に逃げられちゃって、絶賛傷心中なわけよ」

「お前の事情など、知ったことではない」

「なんだよ、つれないねー。千年の仲じゃないのよ」

ばっさりと切り捨てられて悲しそうな声を出した酒利さんだったけれど、顔は笑みを浮かべたままだ。それがまた、底知れない。

「ま、それは置いておいて……。俺、他人の奥さんを横取りしたいって野望があるわけよ」

「くだらん野望だな」

険悪な空気に周囲の神様たちはなにを勘違いしたのか、「これは観音様の用意した催しか！」「粋なことをするのう」と盛り上がり始めた。

「みなさんも期待してることだし、軽く手合わせといこうか、朔」

「誰に挑んでいる。無様に散りたいか」

酔っぱらっているのか、ひょうたんを構えたままの酒利さんに対し、朔は刀を鞘に入れたまま腰から抜く。

「黒、雅を頼んだぞ」

朔は私を黒の手のひらに乗せた。

「承知いたしました」

私は強く頷く黒の手の上で朔を見上げる。

「朔……本気で戦うわけじゃないよね？　手合わせ、なんだよね？　朔が強いのは知ってるけど、無茶だけはしないで」

「これは一肌脱ぐかいがあるな。お前に心配してもらえるのだから」

「ふざけてる場合？　私は本気で……っ」

「わかった、わかった」

　愉快だと言わんばかりに笑うと、朔は酒利さんに向き直る。

「手短に終わらせよう。妻の寿命が心労で縮まったら困る。ただでさえ、人間は短命だからな」

「それは朔次第だろ？　俺が散るのが早いか、朔が酒に溺れるのが先か……試してみなっ」

　酔っぱらっているとは思えないほどの俊敏さで勢いよく地面を蹴った酒利さんは、ひょうたんの前に二本の指を翳す。

「印《いん》──神酒大蛇《しんしゅだいじゃ》」

　酒利さんが呪文のようなものを唱えると、ひょうたんからお酒が噴き出した。それはまるで生きた蛇のようにうねって、朔に襲いかかる。

「曲芸には付き合いきれんな」

　朔は身を翻らせて大蛇を避けると、桜の花びらを纏いながら宙を舞い──鞘におさまった刀で大蛇の首を叩き落した。その瞬間、大蛇だった酒が散りびしゃっと地面を濡らす。

　物見していた神様たちからは「おおっ、まるで舞のようだな」「酒に桜に剣舞、これは宴にもってこいだのう」と歓声があがった。

そのとき、酒で濡れた地面から水滴が浮き上がる。それは徐々に大蛇の形を成して、朔の方へ飛んでいった。

「そろそろ、俺はお暇させてもらうぜ」

酒利さんが二本の指を横に払うと、大蛇は方向転換して朔ではなく私たちのところに飛んできた。

「狙いは雅様か……白！」

黒が叫ぶと、白くんは大きな狛犬の姿になって大蛇の首に噛みつく。その間に黒が距離をとったのだが、地面から吹き上がった酒に飲み込まれてしまう。

——溺れる……！

息ができずにもがいていると、黒の爪が鋭く伸びて私たちを捕らえる酒を裂いた。その拍子に黒の手から離れてしまった私は、同じく宙に投げ出されたトラちゃんととっさに手を繋ぐ。

「しまっ——雅様！」

「させないよ」

黒が慌てて私に手を伸ばすより先に、酒利さんがひょうたんの口を私とトラちゃんに向ける。その瞬間、身体が勢いよくひょうたんに引き寄せられた。

「きゃあああああっ」

「うわああああっ」

私とトラちゃんはそのままひょうたんの中に吸い込まれて、蓋をされてしまう。

真っ暗な視界の中、トラちゃんと身を寄せ合っていると酒利さんの声が聞こえた。

「朔とまともにやり合っても勝ち目はないからな。俺は最初から、彼女が目的だったんだ。それじゃ、またなー」

呑気な声が聞こえてきたと思ったら、急にざわめきが遠ざかる。それからぐわんと世界が歪むような、どこかへ吸い寄せられるような感覚に襲われた。

気持ち悪い……。

船酔いに似た不快感に耐え切れなくて、ひょうたんの中で蹲る。

やがて揺れがおさまると、私は恐る恐る口を開いた。

「な、なにが起きてるの？」

「お前さんたちを俺の根城、酒盛神社に連れ帰ってきたんだよ。本当はお嬢さんだけ攫ってくるつもりだったんだけど、おまけも一緒に吸い込んじゃったみたいだね」

答えをくれたのは、私たちを連れ去った酒利さんだった。

「雅、この護符を切ってくれ。そうすれば、俺の妖術でこんなところさっさと出してやる！」

「う、うん。わかった！」

酒利さんの耳に入らないように、私とトラちゃんは声を潜めて話し合う。暗闇の中でトラちゃんの身体に巻きつけられた護符をはがそうとしたのだが、びくともしなかった。

「と、トラちゃん……ごめんね、外せないみたい」

「なんだと！ くそっ、朔の力が無駄に強すぎるせいだ！ 朔のバカっ、あんぽんたんっ、あとで覚えてろよ！」

いきなり作戦失敗。希望が断たれてしまった私は項垂れる。

元のサイズにさえ戻れれば、こんなひょうたん内側から壊して出られるのに。そう、前にトラちゃんが鬼丸に力をもらって膨れ上がったみたいに……あ！

そこまで考えて、名案が閃いた私はトラちゃんの肩を掴む。

「トラちゃん、私の力を吸って大きくなれない？ 外から護符を外せないなら内側から、トラちゃんが強くなって護符を壊しちゃえないかな？」

「おおっ、なるほどな！ 試してみる価値はあると思うぞ」

「どうやったらいい？ どうしたら、トラちゃんに私の力を分けてあげられる？」

前に白くんが、私の体液はあやかしや神様にとって元気になる薬みたいなものだって言っていた。朔はそばにいるだけでも、力を分け与えているとも。だけど今回はきっとそれだけでは足りない。私がそばにいるのに、トラちゃんが護符を自力で破れないのがなによりの証拠だ。

「肌、粘膜の接触、唾液、血液、毛髪……どれでもいいけど、手っ取り早いのは雅の血を飲むことだな」

「血……なんだか、吸血鬼みたいだね。わ、わかった。今回は背に腹は代えられないもの。ひと思いにやって！」

「じゃ、遠慮なく……」

トラちゃんはかぷっと私の首筋に噛みついた。私の血を吸うと、トラちゃんの身体はみるみるうちに大きくなり、内側からひょうたんにひびを入れていく。

「な、なんだあ!?」

外から酒利さんの慌てた声が聞こえるのと同時に、バリンッとひょうたんが砕け散った。十八歳の姿になったトラちゃんは、宙に投げ出された小さいままの私をキャッチして優しく握ってくれる。

ここが酒盛神社？　ずっと暗闇にいたせいで、目がチカチカする。

少しして、だんだんと目が光に慣れてきたところで改めて周りを見回した。敷かれたままの布団や空の酒瓶の山を見れば、ここが酒利さんの寝室であることがわかる。

「うまくいったみたいだなっ、雅」

「本当、さすがトラちゃん！」

トラちゃんと笑顔で成功を分かち合っていると、酒利さんは私たちを見ながら苦笑いをして手をさすっていた。ひょうたんが割れた拍子に怪我をしたようだ。

「このまま俺のお嫁さんにしちゃおうかと思ったんだけど、まさかあやかしの従者を連れてるなんて、おじさん驚きだな」

「帰るぞ、雅。じじいの戯言《ざれごと》に付き合うことはないからな！」

トラちゃんは酒利さんの言葉をシカトして踵を返す。そのとき、「酒利様ーっ」と叫びながら部屋に従者らしき男性が飛び込んできた。

「もうどうか、働いてくださいまし！　酒利様の清め酒がなければ、疫病に苦しむ酒盛の地に住む神たちが命を落としてしまいまする！」

「わっ」

床に額を擦りつけて懇願する従者の勢いに圧倒されながらも、私は「酒盛の地？」と首を傾げる。すると酒利さんは頭をガシガシと掻きながら、説明してくれる。

「酒盛の地は、桜月神社がある東の地と対極にある西の地にあるんだ。神世の中心部、観音様のおわす都からは少し離れてるけど、俺の力があれば門を通らずに現世にだってひとっ飛び」

どんな力を使ったのか知りたいけれど、それよりも泣き出しそうな顔で床に額を擦りつけている従者のほうが気になった。

「酒利様、酒盛の地の神たちをお救いください！」

「でもさー、気分が乗らないんだよねー」

懇願する従者を目の前にしても、酒利さんはなにも感じないのか、あくびをしながら布団に寝転がる。

「それにさ、いつまでも俺に頼ってないで疫病くらい自分でなんとかしてよ」

「薬では治せぬのです！　悪い気が滞ってこの地の水は穢れていく一方。それを飲んだがためにかかった病は、酒利様にしか治せないのですよっ」

「はあー……無理なものは無理だよ。俺は女の子に逃げられて、意気消沈しちゃってるの。他を当たってくれ」

手を上げてひらひらと振ると、酒利さんは従者に背を向けるように寝返りを打った。

それを見た従者の男性は呆然と座り込んでいる。

首を突っ込めば、トラちゃんに迷惑をかけてしまうかもしれない。だけど、必死に助けてほしいと頼んでいる従者を適当にあしらう酒利さんを見ていたら、怒りが込み上げてきて……。

「いい加減にしなさい！」

さすがに黙っていられなかった。小さくなった身体でも、声はしっかり出るらしい。

私はトラちゃんの手のひらの上で仁王立ちした。腰に手を当てながら、びくっと飛び起きた酒利さんに説教をする。

「人の命がかかってるときに、気分が乗らないだの、意気消沈したから無理だの、言ってる場合じゃないでしょ！」

「で、でもさ、不公平だと思わない？　病にかかったら俺を頼るくせに、俺の望みは誰も叶えてくれないなんてさ」

「望み？」

話が見えなくて眉を寄せる私に、従者の人が困ったように教えてくれる。

「大変お恥ずかしい話なのですが、酒利様は病を直す代わりにと女を侍らせては宴会を夜通し開くのです。それに付き合いきれないと、苦情が上がっておりまして……」

手拭いで何度も額の汗を拭い、言いづらそうにしながらも従者の男性は話してくれた。私は視線を酒利さんに戻して、ありったけの声で叫ぶ。

「最低！　このクズ！　女の敵！」

「そ、そこまで言わなくても……」

布団の上で私を見上げる酒利さんは、怒られることに免疫がないのか、笑顔のまま固まっている。

あ、私、今ものすごく冷たい目をしてる気がする。出会った頃の黒さんには負けるけど、冷凍ビームが出そうなくらい。

「いいえ、言わせてもらいます！」

朔は願いを叶える仕事に見返りなんて求めなかった。ただ、人を見守り導くのが役目だと、ひとつひとつの願いに真剣に責任を持って向き合っていた。

桜月神社に願うと真逆のことが起こる、なんて噂が流れたときもそう。今までたくさん人のために尽くしてきたのに、祟りだなんだって町の人から言われて自分が消えそうになっても、恨み言ひとつ口にしなかった。

「今の酒利さんを好きになる女性は、ひとりもいないと思います」

きっぱり告げれば、酒利さんは胸を押さえて「うっ」とうめく。そこへ追い打ちをかけるように、私は現実を突きつけていく。

「魅力もないし、自分勝手で、おまけに怠け癖もあって、それでいて見返りに女性を侍らせたい？」

「お、お嬢さん？　顔が怖いよ？　ほら、笑って、スマーイル」

両手を前に出しながら、引きつった笑みを浮かべている酒利さんを冷たい目で見下ろす。

「女性をなんだと思ってるんですか！」

「ひっ、すみません」

正座をして謝ってくる酒利さんに、少しだけ怒りが鎮まった私は息をつく。黙ったまま見守っていたトラちゃんも従者の男性も圧倒されるように固まっていた。

ヒートアップしすぎたかな？

今頃になって恥ずかしくなった私は、ごほんっと咳払いをした。そして、さっきよりもできるだけ穏やかな口調で訴えかける。

「どんなに見た目を繕っても、かっこよさは内面から出るものだと思います。自分の都合しか考えていない今の酒利さんを見て、誰がかっこいいと言うと思うの？」

「内面、ね。でも、みんなは俺の内面より見返りのない癒しをもたらす酒の神って肩書きを愛してる」

どこか自嘲的な言い方だった。酒利さんは酒瓶に口をつけると、一気にあおってぷはーっと息を吐く。室内に酒の匂いが立ち込める中、酒利さんは残量を確かめるように瓶を横に振った。

「現に仕事をしなくなったら、みんなは俺を『怠け者』と呼び、見返りを求めれば『うつけ神』。今までちやほやしてたくせに、神事を怠っただけで手のひらを返す」

なんだろう……。ただの怠け者かと思ったけど、そうじゃないような。言葉の端々に、憤りみたいなものを感じる。

「それが利用されているみたいで嫌なんだよ」

つまり無償で癒しをもたらす酒の神じゃなくなっても、みんなが自分を受け入れてくれるのか、試してたってこと？　それで受け入れられなかったから、仕事をボイコットしてる……のかな。

そもそも酒利さんはなんで私を攫ったんだろう。口では朔と結婚した私に興味があるとか、他人の妻を横取りしたいって野望があるとか言ってたけど……。

「もしかして酒利さん、同じ神様の朔にたったひとりの伴侶ができたことが羨ましかったんですか？　だから私を攫ったの？」

どんな自分を見せても受け入れ、認めてくれる人に出会いたい。すべては真実の愛が欲しいがゆえの行動だったとしたら、酒利さんが私を攫ったことにも納得がいく。

「きみは、ずいぶんはっきりものを言うね」

酒利さんは苦笑していた。

「ご、ごめんなさい」

酒利さんは誰にも知られたくなかったから、他人の妻を横取りしたいなんて嘘をついたのに、直球すぎたよね。

反省していると、酒利さんは布団の上で胡坐をかき、天井を仰ぐように見上げた。

「そーだよ、あいつは力のある神だ。門守なんて大そうな役目についてるから、人間だけじゃなく神からも崇められる。俺と同じだな。それなのに、俺と似た立場にいるあいつが妻を娶《めと》ったなんて聞いて驚いた。きっとその妻も、朔が特別な存在だから気に入ったんだろう、嫁入りしたんだろうって思ったよ」

その妻って、私のことだよね。正確に言えば、嫁入りしたっていうか、させられたの間違いだけど。

でも、わざわざ説明はしなかった。酒利さんの言葉を遮りたくなかったから。

「でも、やっぱ気になった。朔なら利害だけの結婚なんてしないだろうし、自分の地位や身分が目的の女の考えなんて、すぐに見抜ける。それなのにそばに置いてるってことは、本当に愛した女だからだ」

愛した女……。

その言葉に胸がトクンッと音を立てた。

そんなまさか、朔は本気で私を愛してなんていない。きっと私の奇跡の魂が欲しいだけだと、そう自分に言い聞かせる。

「正直、なんであいつだけって思ったよ。俺と同じはずなのに、あいつはたったひとり、唯一無二の存在に出会えたんだ」

なんか、少しだけ酒利さんの気持ちがわかるかも。私も、朔が私を嫁にしたのは、奇跡の魂を手に入れたいからだって思ってる。私自身を求めているわけじゃない。その事実がちょっぴり寂しかった。

「酒利さん、ありのままの自分を愛してくれる人が現れるのを待つんじゃなくて、誰かに愛されるような自分になれるように頑張ってみませんか？」

「愛されるような自分？」

「そうです」

これは、自分自身に向けた言葉でもある。

いつか、時間が経てば家族の私に対する目も変わるはず。そうやって、なにも行動に移さず、私は愛されることばかりを祈り続けた。

でも、実際は変わらなかった。朔と結婚のあいさつに行ったときがいい例だ。待ってるだけで向き合うことから逃げた結果、二度と埋まらないほどの溝ができていた。それはきっと相手の心が動くのを望むばかりで、自分から現状を変えようとしてこなかったからだ。

「酒利さん、ここで疫病に苦しむ神様たちを救えば、神様たちはきっと酒利さんに感謝すると思います」

「でもそれは……酒の神って肩書きに感謝してるのであって、俺自身ではないだろ」

酒利さんの瞳が揺れている。降りた沈黙の長さが、酒利さんの迷いがどれほど大きいのかを表しているように思えた。

このまま答えが返ってくる気配もなく、埒が明かなそうだったので、私は彼を説得するためにもうひとこと付け加える。

「酒の神であることと酒利さん自身をなぜ、分けて考えるんですか？　どちらも酒利さん自身なのに」

「それは……みんなが俺に酒の神であることを求めるからだよ。代々この地を守ってきた酒盛の神は、自分の役目には疑問を持たない」

そこまで言った酒利さんの頬に、寂しい自嘲のような笑いが浮かぶ。

「救うことは神の本質だと疑わない。俺にもそう在れと、周りの神たちから嫌でも模範的な酒盛の神でいるよう言い聞かせられてきた。俺の中で、酒盛の神って肩書きが偉大すぎて重かったんだ」

そっか、肩書きに囚われてしまうのは酒利さん自身が酒の神であることに劣等感があるからなんだ。

私も自分の奇跡の魂がときどき重荷に感じることがある。この魂のせいで家族も桜月神社のみんなも危険な目に遭ったから。そのたびに朔たちに助けられてきた。だからこそ、この魂でみんなにできることがあるならなんでもしたい。

そこまで考えて、私は気づく。

そっか、それが答えだ。

「なら、名前負けしないように、名前にふさわしい人になればいいいんじゃない？」

「……！」

面食らっている様子の酒利さんに、私は笑みを向ける。

「簡単なことです」

この魂があったから、桜月神社のみんなに出会えた。怪我をしたあやかしや神様を癒せる。私も奇跡の魂に引け目を感じるんじゃなく、その魂を持つにふさわしい人になりたい。

「簡単って……くくっ、はは！　そうかそうか、簡単なことか！　お嬢さんにそう言われると、俺が長年悩んできたことがバカらしく思えてくるな」

深刻な顔で思い悩んでいたかと思えば、腹を抱えながら笑い転げている酒利さんに呆気にとられる。

「よし！　お嬢さんにここまで言われたら、一肌脱がなきゃ男が廃るな」

勢いよく布団から立ち上がった酒利さんの姿を、従者の男性は驚愕しながら見上げていた。

「信じられない……あの酒利様が見返りなしに言葉ひとつで動くなんて……」

そこまで驚かれるって、いったいどんな生活をしてたんだろう。

トラちゃんと顔を見合わせて苦笑いしていると、酒利さんは戸口に手をついて私を振り返る。

「お嬢さん、一緒に来てくれ。俺が怠けそうになったそのときは、さっきの調子で俺の尻をべしべし叩いてくれよ」

本当なら、心配しているだろう朔たちのもとへ帰らないといけないんだろうけど、命がかかっているんだもの。酒利さんがサボらないように監視しないと。

「わかった。その代わり、もろもろ終わったら私の身体も元に戻してくださいね！」

「おう、約束する」

酒利さんは首を縦に振って、ひょうたんを構えた。

「俺から離れるなよ」

言われた通り、私を抱えたトラちゃんが酒利さんのそばに寄る。すると、目の前でひょうたんから噴き出したお酒が円を描く。

「な、なんだこれは！」

トラちゃんが叫ぶと、酒利さんはその円に向かって足を踏み出した。

「時間短縮だよ。この輪を通って目的地まで移動する」

それだけ言って酒利さんと従者は円の中に入っていく。その身体は酒の中にぽちゃんっと吸い込まれた。

「だ、大丈夫なのか、これ……」

トラちゃんの声が震えている。私は血の気が失せた顔で立ち尽くしているトラちゃんの指に、そっと手を添えた。

「怖い？」

「なっ、そんなわけないだろ！　こんなの……へっ、平気だ！」

これは、明らかに強がってるな。

といっても、トラちゃんは認めないだろうけど。

「……私が怖いんだ。だから、掴んでてもいいかな？」

そう笑いかけて、さっきよりも強くトラちゃんの指に触れる。トラちゃんはほっとしたように表情を緩めた。けれど私が見ていることに気づいて、すぐに口元を引きしめる。

「ま、まったく情けないぞ！　ま、まあ、ここで突っ立っている時間はないからなっ。仕方ない、掴まることを許してやる」

「ふふっ、ありがとう」

やっぱりツンデレだなあ。

そんなところがまた可愛らしくて、私はトラちゃんの指にしっかり手を添えながら酒の輪を潜った。

「ここが酒盛の地……」

酒利さんに攫われたときにも感じた、あの船酔いにも似た不快感に襲われながらも辿り着いた酒盛の地。そこは森と田んぼに囲まれていて、どこか懐かしさを感じさせる日本の田舎を彷彿とさせた。

「この水源が原因のようです」

電気がないので、松明で暗い足元を照らしながら歩く。従者の男性が連れてきてくれたのは川と田んぼ、井戸を繋いでいる水路だった。

「じゃ、ちゃちゃっと浄化しますか」

腰のひょうたんを手に水路へ歩いていく酒利さんに、私は尋ねる。

「穢れって、なんなんですか？」

「世界には陽の気と陰の気が均衡よく巡ってる。ただね、この酒盛の地は気の巡りが滞りやすいんだ。だから、陽の気を好む神には天敵の陰の気が停滞しやすい。その溜まりにたまった陰の気が穢れだ」

水路の前に立った酒利さんは、穢れた水の中にひょうたんの中身を一滴たらす。それから二本の指を唇の前に翳した。

「印、神酒に清め給え、かの地の穢れを払い給え——」

酒利さんがなにかを唱え始めると、水路や川、井戸の水は流れを止め、水滴が浮き上がった。まるで時が止まったかのような光景に目を奪われていると、酒利さんの声に反応するように水は白く輝き、その穢れを蒸発させていく。

「ああ、酒利様が来てくれた」

「もうこの地は安泰だ」

様子を見守っていた神様たちから安堵の声が聞こえ始め、酒利さんが手を下ろすと同時に水がザバーンッと水路や川、井戸に戻っていった。

「清め酒を作る。出来上がり次第、穢れの影響を受けた神たちに配ってくれ」

従者に指示を出す酒利さんに尊意の眼差しを向けている神様たちを見て、私はトラちゃんを振り返った。

「私たちも手伝おう」

「断る。俺はあやかしだぞ！　なんで、神なんかを助けなきゃなんないんだ」

ふいっと顔を背けるトラちゃんに、秒で断られた私はため息をつく。

「トラちゃんは、酒盛の神様たちになにか恨みでもあるの？」

「そんなもののない。第一、今日会ったばっかりだろ。弱いやつは死ぬ、強いやつが生き残る。ただで助けてもらえるなんて、甘いんだ！」

私を握る手に力がこもり、少し痛い。

トラちゃんは、そういう生き方をしてきたってことかな。突き放すような言い方をした本人がいちばん苦しそうな顔をしているから。

「弱い人が死んで、強い人が生き残る世界もあるのかもしれない。でも、今は違う。

私たちが苦しんでる神様たちに清め酒を配ってあげれば、助けられる命がある」

「それは……」

トラちゃんの瞳が惑うように揺れた。

「私は身体が小さくなっちゃって、お酒を運びたくてもできない。でも、トラちゃんは自由でしょ?」

「……！　自由、そっか、俺は自由だ……」

トラちゃんの手から力が抜けていき、その目がわずかに輝く。

「助けたいと思う人に、その手を差し伸べて。誰かの意思に動かされるんじゃなくて、トラちゃん自身が正しいと思うことをして」

鬼丸の命だからと桜月神社を襲ったトラちゃん。今は酒盛の地に暮らす神様たち同様に、命令に囚われたトラちゃんの心も救いたかった。その気持ちがまだ伝わっていないのか、トラちゃんには変人でも見るような目を向けられる。

「酒利は自分を攫った相手だぞ?　俺だって、お前を鬼丸様のところまで連れていこうとした。それなのになんで、ここまでするんだよ」

「もう過去のことだよ。今はそんなこと重要じゃない。目の前で苦しんでる人がいる、だったら助けなきゃ。トラちゃんのことだってそう。今、つらそうな顔をしてる。だから、思うことを伝えただけ」

「ほんっとに、お前は……」

心底わからない、というような顔をするトラちゃん。続きの言葉が出てこない様子だったが、少ししてぷっと吹き出した。

「雅は、救いようがないお人好しだな！」

「ええっ、そこまで言うことないんじゃない？」

「いーや、病気だ、病気。よし、仕方ない……」

清々しい顔で、トラちゃんはお酒がある場所まで歩いていく。

「トラちゃん、手伝ってくれるの？」

「俺が正しいと思うことをしろって言っただろ」

「トラちゃん……うん、ありがとう」

トラちゃんの中で心境の変化があったみたいだ。それがなんなのか、明確にはわからないけれど、いいほうには向かっている。それだけは感じた。

こうして、トラちゃんの協力もあって、太陽が昇る頃には清め酒を全員に配り終えることができた。床に臥せっていた神様たちは神酒を口にした途端に回復していき、全快とはいかないものの起き上がるまでになった。

「酒利様、お母さんを助けてくれてありがとう」

小さな神様の女の子が道端に咲いていたのだろう花を集めて作った花束を酒利さん

に差し出す。それを受け取った酒利さんは後頭部に手を当てながら、照れくさそうにはにかんでいた。

「どういたしまして」

嬉しそうに花束を手にした酒利さんに、私はトラちゃんの手の中から声をかける。

「今の子の『ありがとう』も、酒利さん自身に向けられたものとは思えない？」

「……いいや、素直に心に届いた。俺、気づいたよ。感謝されるのが酒の神であろうと、俺自身であろうと、ここに住むやつらが笑ってれば、どっちでもいいってな」

泣きながら元気になった家族を抱きしめ、友人と肩を組んで喜ぶ神様たちを眺めながら、酒利さんは清々しい顔をする。

「お嬢さん、これを飲みな」

私に向き直った酒利さんは、お猪口を差し出してくる。そこに入っていた透き通ったお酒は、ふんわりと甘い香りがした。

「これは？」

「身体を元に戻してやるって約束だったからな」

「酒利さん……ありがとう」

私はトラちゃんの手の上から、酒利さんが傾けてくれたお猪口に顔を近づけて、ぺろっとお酒を舐める。その瞬間、身体がカッと熱くなった。

あっ、この感覚、小さくなったときと同じだ！

そう思った途端に身体は光を放ち、みるみるうちに元の大きさになる。

「も、戻った……？」

ぺたぺたと顔を触りながら、それでも信じられなくて確認するようにトラちゃんを見る。トラちゃんは、私の姿を見るや否やぱっと表情を輝かせた。

「おおっ、戻ったか！」

「よ、よかったーっ」

感激のあまり、私はトラちゃんの首に抱き着く。

「トラちゃんがいなかったら、ずっとひょうたんの中だったかもしれない。そばにいてくれて、ありがとう」

「お、お前を助けたわけじゃないぞ！　俺もあの中にずっと入ってるのは、不愉快だったってだけで……」

「それでも、私を助けてくれたことには変わりない。気を許してくれてなくてもいいの。ただ、感謝の気持ちだけは受け取ってほしい」

それにトラちゃんは黙り込んでしまった。それでも『ありがとう』を込めてトラちゃんを抱きしめていると、従者の男性がそばにやってくる。

「雅様、酒利様の信頼が地に落ちずに済んだのはあなた様のおかげです。本当に感謝してもしたりません」

感激した様子の従者の男性は着物の裾で目元を拭ったあと、私の手を握る。

「私は特になにも……」

戸惑いつつも返事をして、やんわりと手を引っこ抜こうとする。そのとき、従者の男性が必死の形相を浮かべながら、私の手をいっそう強く握った。

「どうか、このダメ主人の嫁になってくださいまし！」

「おいおい、聞こえてるよー」

主を『ダメ主人』呼ばわりする従者に、酒利さんは苦笑いする。けれど、他の従者たちも集まってきて、半泣きで私の服に縋りついた。

「この真面目さがいつまで続くか、わかったもんじゃありませぬ！　酒利様を働かせられるのは、もはやこの世界中に雅様だけでしょう」

「あなた様なら、酒飲みで怠け癖のある夫でも、うまく扱えると思うのです。ここはどうか、酒利様に嫁いでくださいませ！」

ひどい言われよう……。

必死になるあまり、従者たちは主人が目の前にいるのを忘れているみたいだった。

酒利さんはというと、「ヤケ酒してやる！」とひょうたんに口をつけて、ぐいっとお酒を煽っている。

私はため息をつくと、両手を前に出して従者たちから距離をとった。

「あの、大変申し訳ないのですが、お断りさせていただきま……」

「やっぱり、お嬢さんしかいないよな」

私の言葉を遮ったのは、酒利さんだ。ひょうたんに口をつけたまま、視線だけを私に向けている。

「お嬢さん、いや……雅。歳はお前さんがざっと九回くらいは生まれ変われるほど離れてるが、大人の包容力で相殺してやる」

「……はい？」

「人間と神の壁も、なんてことはない。俺の酒を飲んでいれば、お前さんの魂の力で限りなく神に近くなれるだろう。だから、安心して嫁になれ」

私の意思は無視ですか。

どいつもこいつも！と怒り出したい気持ちを鎮めて、私は「遠慮します」と丁重にお断りしたのだが……。酒利さんは従者たちを掻き分けると、私の前にやってくる。

「なんでだ？　雅が嫁になってくれるなら、女遊びはしないぞ？　ちゃんと仕事をして、嫁だけを大事にする」

そのセリフを聞いた従者たちから「おおっ」と感激の声があがり、「人助けだと思って、求婚をお受けください！」と祈り始める者まで現れて頭痛がしてきた。

「そういう問題じゃないんです！　もうやるべきことは終えましたし、私はトラちゃんと帰らせていただきます」

「そうはさせない」

トラちゃんの方へ走り出そうとした私の手首を酒利さんが掴んだとき――。

「俺の嫁に触れる許可は出していないが？」

聞き覚えのある声と、私と酒利さんの間を裂くように吹き荒れる桜吹雪。その中に現れた銀髪の男は、私を見るや否や苛立たしげに笑う。

「雅、攫われて泣いているかと思えば、他の男をたぶらかして……。俺だけでは満足できないようだな」

「え……朔！」

「お前はふたりの男と契るつもりか」

笑っているのに不機嫌な朔に圧倒されながらも、あまりに理不尽な言いがかりに私は反論する。

「そんなわけないでしょう！　というか、私は一回目も納得してないっ」

「……はあ、ふたこと目にはそれか」

朔はため息をつくと、私の腰を引き寄せてトラちゃんを振り返る。

「帰るぞ、トラも来い」

「命令するなっ」

文句を言いながらも、トラちゃんは子鬼の姿になって私の頭の上に乗った。

「おいおい、俺は雅を帰すつもりはないんだけど？」

桜の嵐の中、酒利さんは顔の前に腕を翳して私たちを見る。

「初めはお前の妻だから興味を持ったけど、お嬢さんの人となりを知って気が変わった。俺は雅が欲しい」

「しつこいぞ、酒利。白、黒」

朔の一声で現れたのは見上げるほど大きな犬の姿になった白くんと黒だ。私と朔の前に立ち、酒利さんを威嚇するように唸る。

「僕たちから雅様を奪うなんて、め！　だよっ」

「二度も攫わせるものか」

牙を見せる狛犬兄弟に、酒利さんや従者たちは後ずさる。それを横目に、朔がふんっと鼻で笑った。

「では、酒利。嫁を返してもらうぞ。人の嫁に手を出した罰は後日たんまりと返す」

「俺は諦めないぞ、朔。どうやら雅は、望んで嫁入りしたわけじゃなさそうだしな」

酒利さんの視線が私に向いたとき、腰に回っていた朔の腕に力がこもる。

「飲んだくれに、雅を満足させられるとは思えんがな。覚えておけ、この女は俺の嫁だ。髪の毛一本、爪の先まで俺のもの。なにひとつ、貴様にはやらん」

まるで嫉妬ともとれる朔の言葉に、鼓動が脈打った。

朔、それは私の魂が欲しいから？　それとも——。

その先の思いは抱くことさえ愚かに思えて、頭の中から追い出した。

だって、朔から一度たりとも言われていないのだ、『愛している』と。無理やり結婚させたくせに、大切な言葉を聞いていない。それが意味するのは、朔が私を心から求めているわけではないということだから……。


こうして夜も寝ずに疫病騒ぎに走り回った私は、迎えに来てくれた朔の術で桜月神社に帰還した。

「な、なんだか疲れた……」

時刻は午後十二時、居間に座り込んだ私は眠い目を擦る。私の手の中にいるトラちゃんも上瞼と下瞼がくっつきそうになっていた。それもそのはず、一緒に攫われてから酒利さんに振り回されっぱなしだったのだ。

「もう、このまま眠りたい……」

私の手の中でうとうとし出すトラちゃんに、私はもう一度「ありがとう」とお礼を伝える。すると、トラちゃんはまたかと言いたげな顔をしたので、くすっと笑ってしまった。

「雅、お前はひ弱な人間のくせに度胸があるな。でも、見ているこっちはひやひやするぞ」

「トラちゃんがいたから、私は無茶ができたんだよ」

「むっ、雅はあやかしたらしだな！」

照れ臭そうにふて寝してしまうトラちゃんに、私はぽかんとする。

「あやかし……たらし……？」

白くんと黒が同感だというように頷く。

「あやかしだけでなく、神までたらし込むとはな……。あの女ったらしの飲んだくれ、本気で奪いに来そうだ」

「黒、さすがに心配しすぎだと思うよ？　酒利さんだって仕事があるわけだし」

私にかまけている時間なんてないはずだ。というか、女の尻を追わないで、ちゃんと仕事をしてほしい。そう願っていると、黒は呆れた顔をした。

「そうやって高を括っていると、痛い目見るぞ」

「兄さんの言う通りだよ。雅様、しばらく僕が一緒に寝てあげる！　それで酒利が寝込みを襲ってきたら、がぶっとするんだ」

白くんが意気込みながら私の首に抱き着いて、すぐに「あれ？」と不思議がる声を出す。

「雅様、この首の傷……噛み痕？　これ、どうしたの！」

「噛み痕……ああ、これはちょっとね」

トラちゃんが血を飲んだなんて言ったら、みんながまた騒ぎそうなので黙っていると、朔が近づいてきて私の首筋を指で撫でる。

「ちょっと、なんだ？　説明しろ」

「え？」

「これは……トラの護符が解けていることとなにか関係があるな？」

——バレてる！

下手な嘘は通じなそうだ。私は仕方なしにひょうたんから脱出するためにトラちゃんに力を与えたことを白状した。

すると案の定、黒の額には青筋が浮かび、白くんは瞳をうるうるさせて泣きそうになっていた。朔は変わらず微笑を浮かべているのだけれど、それが逆に怖い。きっと、本気で怒っている。

こうなるから、言いたくなかったのに……。

トラちゃんは我関せずで、「ガーガー」といびきを立てながら眠っている。この図太さ、私も欲しいくらいだ。

「──雅、来い」

「わっ」

朔は私の手首を掴んで立たせる。その拍子に私の手のひらの上にいたトラちゃんが「うおっ」と小さな悲鳴をあげて、床に転がり落ちた。

そんなトラちゃんにはお構いなしに、朔は私の手を引いて廊下に連れ出す。そのまま本殿と神楽殿を繋ぐ橋の上で足を止めると、私を振り返って真剣な目つきで見つめてきた。

「お前にやった加護は、相手があやかしであろうとお前が受け入れた者には発動しない。トラに心を許しているのはわかるが、どんな危機的状況に陥ろうともその血は与えるな。その力を示せば示すほど、力を求める神やあやかしに狙われることになる」

わざわざこんなところまで連れてきて話すということは、この力は仲間であっても与えてはいけないと伝えたいのだろう。

「それって、心配してくれてるの？　私が奇跡の魂を持ってるか……」

「鈍いやつだ。まだわからないか」

朔は私の言葉尻に被せるようにして言うと、大きく一歩を踏み出して近づいてくる。そのまま首筋に顔を埋めてきたと思ったら、噛み痕に柔らかな唇の感触。目を見開いて言葉を失っていると、背中に腕が回った。

「魂もお前の身も案じている」

切なげに響く朔の囁きに、心臓が高鳴る。

朔は少しだけ身体を離すと、まっすぐに私を見つめた。いつものからかいを含んだ笑みではなく、誠実に私に向き合っている表情だった。

本当はとっくに気づいてた。朔は私の魂が欲しいだけ。そうやって自分に言い聞かせて、私は奇跡の魂を言い訳に、朔に気を許してしまわないようにしていたんだ。

魂が欲しいだけなら、最初に桜月神社に私を攫ったときに奪えたはず。それなのに私に帰る場所をくれたこと、無理やり私の魂を奪う素振りを見せないこと、命懸けで助けに来てくれること。すべては魂だけじゃなく、私自身を朔が守ろうとしてくれていたからだった。

私は至近距離で煌く朔の金色の瞳を見つめながら、自覚する。

それでも、必死に朔の優しさから目を背けてきたのは……。

――朔に惹かれてしまうことが怖かったからだ。

四の巻　悪鬼、鬼丸の罠

酒利さんに攫われた日から数日が経った。

『魂もお前の身も案じている』

朝食の最中だというのに、朔の切なげな囁きと瞳が脳裏に蘇る。途端に胸の奥から全身に伝わっていく、甘いむず痒さ。

どうしよう、わけもわからず叫びたい気分。取り乱すな、平常心、平常心……。

自分に言い聞かせていると、突然白くんに顔を覗き込まれる。

「雅様？」

「……！　ごほっ、げほっ」

機械のように食べ物を口に運んでいた私は驚いて、卵焼きを喉に詰まらせる。それに慌てた白くんが背中を叩いてくれる。

「み、雅様っ、死んじゃダメーっ」

「……うっ、うう……ごめんね、もう大丈夫」

なんとか窮地を脱してお茶を飲み、ひと息つくとお茶碗を手にしたまま黒が気遣うように私を見る。

「なんだ、飯を食いながら寝ていたのか？　そういえば、ここ最近はこの調子だな。悩み事があるなら、食べ物を詰まらせる前に打ち明けろ」

「う、うん……心配かけてごめんね。でも、大丈夫だよ」

「雅様の大丈夫は信じられん」

きっぱり告げた黒は淡々と食事を再開する。それに苦笑いしていると、目の前を空のお茶碗が弧を描くように横切った。

——何事!?

ぎょっとしてお茶碗の行方を視線で辿れば、朔の方へ飛んでいく。けれども朔は澄まし顔でそれを避けると焼き鮭を口に入れていた。その綺麗な所作に一瞬、騒がしさを忘れた。そのとき、耳をつんざくようなトラちゃんの声が響く。

「朔っ、なんのつもりだよ！　他のやつらは焼き鮭なのに、俺の朝食だけ鰯の頭と煮豆じゃないか！」

「さあな」

「しらばっくれるな！　わざわざ黒に頼んだだろ！　鬼は匂いに敏感だってのにっ」

ううううっと悶えているトラちゃんに対して、朔は表情を少しも変えない。

「しいて言うなら腹いせだ。状況がどうであれ、雅の肌に傷をつけただけでなく血を飲んだだろう」

「開き直って堂々と犯行を告白するなーっ」

ぎゃーすか叫んでいるトラちゃんを無視して、食事を終えた朔は箸を置いて立ち上がる。そのまま部屋に戻るのかと思いきや、私の前で足を止めた。

「雅、黒の言う通りだ。最近、様子がおかしいようだが？」

「……そ、そう？　気のせいじゃない？」

「俺の目をごまかせると思うな。どれだけお前を見てきたと思っている」

だから、そういうことを言うのをやめて！

心の中で叫んで、表情はできるだけ平静を保つ。私は目の前の朔を避けるように身体を横にずらすとトラちゃんに声をかけた。

「トラちゃん、私の残りのご飯あげるから機嫌直して」

「本当か！　さっすが、雅っ」

トラちゃんはうきうきしながら私のところにやってくると、鮭にかぶりつく。私は立ち上がってトラちゃんに席を譲り、朔の視線を背中に感じつつ居間から逃げ出した。


「……はあっ」

朝食を半分も食べずに、神世の境内をホウキで掃く。なにかしていないと落ち着かなくて、掃除をし始めたのはいいのだけれど……。さっきから手が止まってしまって、葉っぱを集められていない。

——最近、困っていることがある。

どうしても、朔の顔を見られないのだ。惹かれていると気づいてから、同じ空間にいるだけで恥ずかしくて、先ほどのようになんだかんだ理由をつけては逃げてしまう。

「朔は私のこと……どう思ってるんだろう」

私のことを大事にしてくれてるのはわかるけど、それは白くんや黒、トラちゃんに向けるものと同じ？　そもそも、私が朔に惹かれているのは異性として？

朔に抱く感情が家族愛のようなものなのか、友情なのか、それとも恋なのか……。好きの種類も自分の気持ちもはっきりしない。

「もう、どうしたらいいのよーっ」

モヤモヤした私は、やけくそになってホウキで枯れ葉を勢いよく掃く。すると掃いた先に突然、黒い外套《がいとう》を羽織った人が現れて、枯れ葉や砂がかかってしまった。

「あ……嘘っ、ごめんなさい！」

桜月神社に他の神様が来るの、初めて見たかも。朔に用事かな？

ぺこぺこと頭を下げながら慌ててその人に駆け寄る。真っ先に目に入ったのは、ゆったりと着こなした黒い着物の胸元から覗く浅黒い肌。徐々に視線を上げていけば、真っ黒な長い爪に金色の髪、血のような深紅の双眼に額にある二本の角。見た目は朔と同じくらいの年齢に見える。でも……。

「神様じゃ、ない。お、に……？」

目の前の角から視線を逸らせないまま呟くと、鬼はニタリと赤い唇で弧を描く。その瞬間、ぞくぞくっと寒気が背筋を走った。

なんだろう、怖い……。

本能が危険だと警鐘を鳴らしている。ほとんど無意識に後ずさった私に、鬼は舌なめずりをしながら近づいてきた。

「ほう……気配を消していたんだがな。俺が貴様にとって害あるものだと、本能で感じ取ったか」

「あなた……誰なの？　この社の誰かに用事？」

相手を刺激しないように慎重に尋ねると、鬼はすっと笑みを消して、あからさまに失望したような顔をした。

「……察しはいいが、頭の回転は悪そうだ」

「……っ、そうなの。だから、ちゃんと説明して」

隙を見せないように逃げ出す機会を窺っていたとき、鬼ははっと吐き捨てるように笑って深く踏み込んでくる。私との距離を軽々と詰めた鬼は、こちらに手を伸ばしてきた。

「――嫌っ」

誰か……誰か、助けて！

とっさに庇うように上げた手が眩い光を放って鬼を弾く。後ろに飛ばされた鬼は宙で一回転すると、難なく着地して手の甲に視線を落とした。

「奉り神の加護か……面白い、この俺をも凌駕《りょうが》するか」

鬼の手からは血が流れており、ぽたりと地面に赤い染みを作る。

鬼が近づいたとき、左手の痣が熱を持った。きっと、朔が助けてくれたんだ。

この鬼、今まで出会ってきたあやかしとはなにかが違う。さっき、触れられていたらと思うとぞっとする。今も怪我をしたというのに、ほくそ笑んでいる鬼に狂気を感じた。

「あなた……怪我をしたのに、なんで笑って……」

「俺は退屈な時間と生き物が嫌いだ。だが、久しぶりに愉しめそうな玩具を見つけてな。それが千年に一度生まれる奇跡の魂を持つ貴様と、俺と対等に渡り合える朔だ」

鬼の目が赤く光る。その瞬間、身体が動かなくなった。

「え、なに……これ……」

「俺の目は見た者の動きを封じる力がある。まあ、これも朔であれば破られてしまうが……さて、その加護は再び俺を弾けるのか、試してみよう」

もう一度伸びてくる手の先には、私の喉を掻き切るくらい容易にできそうな鋭い爪。

私は祈るような気持ちで強く目を瞑る。

そのとき、ふわりと甘い香りが鼻をかすめた。

この匂いは……。

たったひとりの姿を思い浮かべながら瞼を持ち上げる。視界に入ったのは激しく乱れ舞う桜の花びらと、上から落ちてくる銀の閃光――。

「会いたかったぞ、朔」

眼前には後ろに飛び退いた鬼と刀を抜き放った朔の後ろ姿。先ほどの閃光は朔の斬撃だったのだと思考があとから追いついた。

朔はちらりと気遣うように私に視線を向けたあと、すぐに鬼へと戻す。それほど気が抜けない相手なのだとわかって、私は固唾を呑んだ。

「知っている気配がして来てみれば、お前だったか……鬼丸」

「この人が鬼丸⁉」

トラちゃんを使って桜月神社を襲わせた張本人――。それを知って、いっそう緊張感が高まる。

「来訪の知らせは受けていないが？」

ピリピリとした空気を纏った朔にも動じず、鬼丸は嘲笑を頬に滲ませた。

「なあに、昔馴染みが嫁をもらったと耳にしてな。直々に祝いに来てやったところだ。祝いの品も用意してあるぞ」

鬼丸は楽しげにそう言って自分の手のひらを長く鋭い爪で傷つけると、こちらに翳す。そこには怪しげな紋様が描かれており、鮮血がだらだらとこぼれていた。

なんなの、あれ……。

「ありがたく受け取れ」

言葉を失っていると、鬼丸の手から黒く禍々しい球体が放たれた。それはまっすぐ朔に向かって飛んでいく。

「朔っ」

私は動きを封じられている身体を無理やり動かそうとした。その間にも朔は斬れば斬るほど分裂していく球体に追い詰められていく。

なんとかしなきゃ……動いてよ！

ただ守られているだけの自分が悔しくて、私は目に涙を浮かべながら必死に鬼丸の力に抗う。

私に本当に奇跡の魂が宿っているなら、どうか助けて――。

そう願ったとき、頭の中で『その困難を希望に変えるお手伝いをしましょう』という声が聞こえた。

今のって、どこかで聞いたような……。

もう少しで手繰り寄せられそうだった記憶は、身体が自由になった途端に離れていく。でも私にはそれを、もう一度思い出しているだけの時間がない。

「ぐっ……小賢しい細工だな」

　黒い球体は斬っても増えてしまうので、朔は防戦一方になっている。それを高みの見物とばかりに余裕の態度で眺めていた鬼丸は「期待はずれだ」とこぼした。

「貴様の力をもってすればその程度の球体、相殺できるはずだろう」

「できないとわかっていて問うあたり、性根の悪さが出ているぞ。鬼丸」

　球体を避けながら、朔は嫌悪感を隠しもせずに嘲笑する。だが、鬼丸は意に介していない様子だった。

「それを破壊すれば、人間には耐えきれない衝撃波を生むからな。当たれば、ただの肉片になるだろう。女を庇うために、健気なことだ」

　え……じゃあ、朔が苦戦しているのは私のせい？

　ショックを受けている私のことなど気にも留めず、鬼丸は喉の奥でくっと笑った。

「肉片だけでも十分、奇跡の魂の力は得られるというのに」

「俺は奇跡の魂など興味はない。ただ、芦屋雅という女の心が欲しいだけだ。生まれて初めて抱いた願いだからな、なんとしても叶える」

　生まれて初めて抱いた願い――。

　朔の言葉に反応するように、私の記憶の扉の内側から『開けて』と誰かが叫んでる。

「ようやく会えたのだ。そうしたら、もう離さぬと決めていた」

次々に吐露される朔の思い。そこでようやく固く閉ざされていた記憶の扉が開き、過去の約束が蘇る。

あれは私が小学四年生のとき、付喪神を追いかけて森に迷い込んだ日。そこで出会った、顔が思い出せない神様のこと……。

『お前とまた会いたい。自分がこんなにも欲深いとは思わなかった。とはいえ、神は自分の願いを叶えてはならんがな』

願いなんていうほどのものでもない、そんな些細な約束を欲しがった神様。

『なるほど、会いたいなら会う努力をしろというわけか。うむ、それが俺の願いを叶えるための試練なのかもしれん』

そんなちっぽけな願いを必死に叶えようとする姿が可愛く思えた。

『お前、大人になったら――俺の嫁になれ』

ずっと一緒にいてほしいという神様に、私は初めて自分という存在を認められる喜びを知った。

『じゃあ、私がそばにいてあげる！　神様が寂しいとき、悲しいとき、誰かに一緒にいてほしいって、そう思ったときに、そのお願いを私が叶えてあげる！』

あのときは深い意味なんてなかった。ただ、彼が私と同じで寂しそうだったから、なんとかしてあげたい一心だった。

『瀬を早み、岩にせかるる滝川の……われても末に逢はむとぞ思ふ』

前に思い出したこの和歌の意味。調べたら、『岩にせき止められた急流が時にはふたつに分かれて、またひとつになるように。今は愛しいあの人と別れても、いつかきっと再会しよう』という恋の歌だった。

朔に対してたびたび感じていた懐かしさの理由がようやくわかった。

「私は……」

朔がひとりの男性として好きだ。なのに、朔の気持ちからも結婚の約束をしたあの思い出からもずっと逃げ続けてきたのは、化け物だと言われ続けてきた自分が受け入れられる自信がなかったから。

でも、この和歌のように、あの日から分かれた道が再び交差した今、私は彼を――朔を離したくない。強い思いが恐怖を打ち消してくれた。私は朔を守るために、鬼丸に向かって駆け出す。幸いにも、鬼丸は朔に気を取られているようで私に気づいていない。不意打ちを狙って、私は鬼丸に走り寄り、体当たりをした。

「鬼丸！」

「な――俺の呪縛を自力で破ったのか！」

その一瞬の隙で球体が消えるのを確認した私は、ほっと息をついた。だけどそれも束の間、鬼丸の手が胸に押し当てられる。

……え？

「まあいい、玩具ならここにもある」

鬼丸の手からあの禍々しい光が放たれると同時に、心臓を鷲掴みにされているような痛みが胸に走った。

「ああっ」

「──雅！」

朔の切羽詰まった声を聞きながら、私は遠ざかる意識の中で思う。

このまま、死んじゃうの？　やっと、記憶の中の優しい神様が朔だって気づけたのに……やっと、また会えたのに……。

涙が頬を伝って地面に落ちた瞬間、ぴゅんっと風を切る音がした。それと同時に腰を強く引き寄せられる。目の前を赤い血飛沫が舞い、鬼丸が脇腹を押さえながら後ずさった。

「……生きて帰れると思うな」

地を這うような朔の声に、空気が張り詰める。身体に力が入らない私を抱く朔の腕は小刻みに震えており、その殺気の宿った瞳からは抑えきれない怒りを感じた。

「朔様、雅様！」

そこへ黒の声が聞こえた。視線を向ければ、白くんと黒、それからトラちゃんが駆け寄ってくるのが見える。

「遅くなり、申し訳ありません。あやかしの奇襲を受けていました」

黒が息を切らせながら言う。鬼丸の目的は初めから私と朔だったので、みんなを足止めしていたのかもしれない。

ふと、黒の隣にいた白くんとトラちゃんが朔の腕の中でぐったりとしている私に気づいて、焦ったように顔を覗き込んできた。

「雅様！　どうしたの？　どこか痛いの!?」

「雅！　これは……っ、鬼丸様の力だ……」

トラちゃんは血の気の失せた顔で呟くと、爪が食い込むほど拳を握りしめて鬼丸に視線を移す。

「貴様はいつぞや、俺の力を分けた鬼だな。俺の命に従わず、ここでなにをしている。意のままに動かぬ手足なら、ここで切り落とすが？」

「……っ、やっぱり鬼丸様は俺を手足としか思ってないんだな。雅とはまるで違う」

トラちゃんは踏ん切りをつけるように顔を上げて、キッと鬼丸を睨みつけた。

「俺はもう雅のものだ！　俺をトラというひとりの鬼として接してくれるこいつらのためにしか、動かないぞ！」

「まあいい、貴様に微塵も興味はないからな。して……朔、最高に楽しめたぞ。次はじわじわと、その女の心が消えていく様に苦しむ貴様を見物するとしよう」

それだけ言い残して、鬼丸は背後に現れた闇にどろりと溶けるように姿を消す。辺りには静けさが広がり、誰ひとりとして言葉を発する者はいなかった。


鬼丸の奇襲を受けた翌日。

「雅、歩き回るな。寝ていろ」

私は布団を抱えて廊下を歩いていたのだが、朔に追いかけ回されている。

「朔、布団を干しに行くだけだから、大丈夫だよ」

「今はなんともないようだが、お前は鬼丸の呪いを受けているのだぞ」

「ああ、心が消えていくってあれ？　大丈夫、呪いなんて気合ではね除けるから。それに、朔をびびらせる脅しだったのかもしれないし」

できるだけ明るく告げるけれど、朔の表情は晴れない。私も本当は怖かった。心が消えるなんて想像もつかなくて、いつなくなってしまうのか、もうなくなりつつあるのか、考えるだけで手足の先から身体が冷たくなっていくみたいだ。

だから不安を紛らわすために、私はなるべくぼーっとする時間ができないよう身体を動かすことにしていた。

「さ、仕事しないと！　布団を干したらご神木のところに行って、願いを叶えるお手伝いをしないとね」

「……ああ、だが、その布団は俺が持とう」

朔は私の手から布団を受け取ると、さっさと中庭に出て竿に干す。相当、心配をかけてしまっているみたいだ。

私たちは布団を干し終えたあと、本殿の最奥に向かった。いつものようにご神木の前に立ち、願いの化身である桜の花びらの声を聞く。

『おばあちゃんの病気がよくなりますように』

「そっか、おばあちゃんが病気なんだ……」

願いの主は小学生くらいの男の子だった。私は桜の花びらを両手で包み込むと、この子のための試練を考える。

でも、私が病気を治せるわけじゃない。どんな試練を与えたって、おばあちゃんを元気にできるのは結局お医者さんしかいないんじゃないか。とはいえ、そのお医者さんでも治せないから、この子は神頼みをしているわけで……。

私は桜の花びらがしわくちゃになるのも構わず、ぎゅっと握りしめる。

「こんなお願い、叶うわけないのに……え？」

自分でも信じられない言葉を口走っていた。慌てて口元を押さえる私に、朔も目を見張っている。

「わ、私……なんて、ことを……。この子がいるだけで、おばあちゃんは元気になれるのにね！」

「雅……？」

なにか言いたげな朔には気づかないふりをして、私は無理やり笑みを浮かべる。

「よし、この子はサッカーをやってるみたいだし、次の大会で優勝できるように頑張ってもらおう。そうすれば、きっとおばあちゃんも、もっとこの子の活躍が見たくて生きたいって、元気になれるはず！」

胸にわき上がる一抹の不安に蓋をして、私はとにかく明るく努める。そうして朔の仕事を手伝ったあと、そろそろ昼食の時間なので神楽殿の居間に向かった。

「雅様、たくさん食べてね！」

白くんは器からはみ出すほど盛られたお米と大量のから揚げに天ぷら、ブリのお刺身が載った箱膳を私の前に置く。

「わー……これ、どうしたの？」

胃もたれしそうな料理を前に顔を引きつらせていると、白くんが私の方へ身を乗り出してきた。

「たくさん食べて、呪いなんて吹き飛ばそうね！　絶対、絶対大丈夫……大丈夫、だから……っ」

うりゅりゅと泣き出す白くんに、私は息を吐きながら苦笑いする。

「ありがとう……ありがとう、白くん」

私は白くんを抱きしめて、感じる温もりを忘れないように心に刻みつける。ぽたぽたと肩に落ちてくる雫に胸が痛んで、白くんの背中を優しくさすっていると、黒もそばにやってきた。

「身体が怠かったり、どこか痛んだりはしないか？　ほら、たんと食え。腹が膨れれば、気分も晴れるだろ」

黒は私の口にエビの天ぷらを突っ込む。

「むーっ、んぐ……ぷはっ、急に口に入れな……あ、おいしいね」

「なら、こっちの刺身も食ってみろ」

私はなぜか黒にご飯を食べさせてもらう。

朔だけじゃない、みんなにも心配かけてる。もっとしっかりしないと。

そう気を引きしめたとき、ふらりとトラちゃんが居間を出ていくのが見えた。箱膳には食事がまだ半分も残っている。

食いしん坊のトラちゃんが珍しい。

「私、ちょっとお手洗いに行ってくるね」

それだけ言って席を立つと、廊下に出てトラちゃんを追いかける。あちこち探し回って、ようやく本堂に続く橋の欄干に腰かけているのを発見した。

「トラちゃん、食欲ないの？」

背中を丸めて憂い顔のまま俯いているトラちゃんに声をかける。そばに行くとトラちゃんは一瞬だけ私を見て、すぐに視線を逸らした。

「隣、いいかな？」

そう尋ねれば、トラちゃんは小さく頷いてくれた。欄干に肘をつくと、橋の下にある池の水面を風が揺らす音だけが耳に届いた。少しして、トラちゃんがぽつりと呟く。

「本当は怖いんだろ？」

それに返事をすることができなかったのは、なにを言ってもトラちゃんを追い詰めてしまいそうだったからだ。

「鬼丸様がかけた呪いは、嬉しいとか、悲しいとか、誰かを思いやったり好きになったりする感情を徐々に消していくものだ。雅は綺麗な心を持ってるのに、それなのにどうして……っ、俺の心配をするんだよ！」

「トラちゃん……」

声を荒らげたトラちゃんに、胸が痛む。

こういう感情も、いずれなくなってしまうのかな。

そう考えたら、恐ろしくて胸の前で両手を握りしめる。でも、指先は氷水に漬けていたのではないかと思うほど冷えていた。

「俺は鬼丸様の眷属だった。その鬼丸様が雅に……雅にっ」

「前の主が私を傷つけたからって、トラちゃんの罪にはならないよ」

私は小刻みに震えているトラちゃんの背中に手を添える。

「ううっ、ごめん……雅は俺を助けてくれたのにっ」

「自分を責めないで？　ほら、私はぴんぴんして……」

そうだ、私はあの鬼のせいで失うんだ。朔との約束が叶って幸せだと思ったことも、白くんや黒と過ごした日々を楽しいと思ったことも、トラちゃんと危機を乗り越えて仲間になれた喜びも、全部……。

「――あの鬼のせいで」

「み……やび？」

「トラちゃん、トラちゃんも、あの鬼の仲間だったね。私からこれ以上なにを奪うっていうの？　今までたくさん、我慢して生きてきたの……に……」

勝手に口が動いていた。私はさっと口元を手で押さえると、トラちゃんから距離をとるように後ろに下がる。

「ご、ごめんっ、私……なんて、こと……を……」

ダメだ。このままだとトラちゃんどころか、みんなを傷つける！

そう思った私はその場から逃げ出した。とにかく桜月神社から出なきゃ、とその一心で私は無我夢中で走り鳥居を潜る。

すると、本来なら自分の力だけで行けないはずなのに、私はなぜか現世の森にいた。

「ひどいことを言ってしまう前に、早く……っ」

あてもなく走っていると、背中から「雅？」と声をかけられる。足を止めて振り返れば、そこにはお母さんの姿があった。

「お母さん、どうしてこんなところに……」

「雅、あなた怪奇現象を起こして私たちを怯えさせるだけじゃ足りないのね。せっかくできたお友達まで傷つけて」

言葉のナイフが胸にグサリと突き刺さる。痛くて、息もできないほど苦しくて、なにも言い返すことができずに立ち尽くしていると、今度は背後から声が聞こえた。

「お友達といっても、あやかしやら神様やら、得体の知れないやつらだろう。まあ、化け物同士お似合いか」

ゆっくりと後ろを向くと、お父さんもいる。離れても意味がなかったのかもしれない。心に巣くっているふたりの存在は、いつだって私に孤独を思い出させた。

「でも、化け物なのに化け物ともうまくいかなかったみたいね」

お母さんは吐き捨てるようにそう言って、お父さんと一緒に私に近づいてくる。

「こ、来ないで……」

「化け物とすらうまくいかない化け物に、居場所なんてないんだ」

ふたりの声から逃れるように、私は両手で耳を塞いでしゃがみ込む。

聞きたくない、聞きたくないっ。

強く手を耳に押し当てているというのに、お母さんの言葉は簡単に鼓膜まで届く。

「疎まれるのはその魂のせいだって、あなたは思ってるのかもしれないけど、本当にそれだけかしら」

「そうだ、お前自身に問題があるんだ。愛されないことの言い訳にするな」

温度のない涙が目の縁からこぼれ落ちる。耳から手を離した私は心が空虚になるのを感じつつ、力なく腕を下ろすと地面をじっと見つめた。

「私が愛されないのは、私のせい……？」

胸の中で激しく暴れまわる悲しみと怒りに耐えきれなくなった私は、両親をキッと睨みつける。

「子供を愛さない親は悪くないの？　全部全部、私のせい？　あなたたちは少しも悪くないって言えるの⁉」

そう叫んですぐ、私ははっとする。

「やだっ、私……なんでさっきから、こんな……」

傷つける言葉ばっかりかけてしまうんだろう。お父さんとお母さんが私を恐れたのは、ふたりがあやかしや神様を認識できないからだ。だから、見えないものを見えると言う私が気味悪く思えた。それは仕方ないことだってわかっていたはずなのに、どうして……。私の中にはもう、怒りと悲しみの感情しかなくなってしまったのだろうか。自分の中にある負の感情を抑えきれず、恐怖に震えていると――。

「本当にそう思っていたのか？」

また別の声が聞こえた。俯いていた私の視界に、浅黒い肌の足と下駄がふたつ。視線を上げていけば、赤い瞳と目が合う。

「鬼丸……」

早く逃げなきゃ。

そう思うのに立ち上がる気力がわかない。鬼丸の瞳が冷ややかに私を見下ろしていて、心まで凍っていくようだ。

「あやかしや神が見えない親が自分を恐れるのは当然……か。それは貴様の本心を隠すための建前であろう？　さも相手の立場になって考えている風を装い、自分を傷つけた相手でさえ思いやるふりをする。偽善者だな」

皮肉な笑みを浮かべながら、鬼丸が冷たく言い放つ。聞きたくないはずなのに、私の口は勝手に動いていた。

「どういう、意味？」

「気づいているくせに、あえて尋ねるとは滑稽《こっけい》。ならば教えてやろう」

鬼丸は地面に膝をつき、私の顎を乱暴に掴む。その拍子に鬼丸の爪が掠り頬が切れて、血が流れた。だけど怪我よりもなによりも、目の前の男に私の黒い感情を探し当てられてしまうほうが怖かった。

「貴様は周りが言うほど、お人好しなどではない。本当は自分を愛さない親を心の中で罵り、憎んでいる」

「そんなっ、違……」

「違うと言い切れるのか？　貴様はさっき思っただろう。愛されないのは本当に自分のせいなのか？　こやつらは少しも悪くないのか、不公平だ……と」

否定しきれない。だって私は、鬼丸が口にしたことを実際に思ってしまったから。

黙り込んでいると、鬼丸はくっと笑って私の頬を流れる血を冷たい舌で舐めとる。

「人を責めることがつらいか？　ならば、心などすべてなくしてしまったほうが楽だと思うがな」

「なくす……そうしたら、楽になれる……？」

「ああ、なれるとも。わずらわしい心の痛みから解放される。その代わりに払う代償は、貴様が今感じている苦しみに比べたら些細なものだろう」

それが引き金だった。私の弱い心は鬼丸の甘言に浸食されていく。

私を化け物だと言う両親。怖がられるのは、私が普通じゃないからだって自分を責めてきたけど、本当は鬼丸の言う通り心の奥底で恨んでいたのかもしれない。

いい人ぶって、最低だ。こんな汚い感情、悲しみも、全部なくなってしまったほうがいい。誰かを傷つけたり、誰かに傷つけられたり、もうたくさん。

そうだよ、こんなにつらいなら——。

「心なんていらない……」

そう呟いた瞬間、バリンッと音を立ててなにかが砕け散る音がした。激痛が胸を襲い、私は蹲る。

「ぐうぅっ、う……」

痛い、痛い、いた……くない？

私はゆっくりと上半身を起こし、ぼんやりと鬼丸を見上げた。

「今感じたのは、心の痛みだ。それがなくなったということは、貴様はもう精神的な痛みには動じない。どうだ、嬉しいか？」

嬉しい？　どうだろう。傷つかなくてよくなったということはいいことなのだろうけれど、なにも感じない。

「……もうわからんか、心がないのだから。さて、朔はどんな顔をするのだろうな」

楽しげに笑った鬼丸は、お父さんやお母さんと一緒に煙のように消える。あれは私の見た幻覚だったのだろうか。

いや、そんなことはもうどうでもいい。

湿った土の上に座り込んでぼーっとしていると、アオーンッという鳴き声とともに複数の足音が聞こえてくる。

それに反応することなく、ただじっと地面を見つめていると強く肩を掴まれた。

「──雅、このようなところでなにをしている！」

顔を覗き込んできたのは朔だった。他にも私の周りには犬の姿になった白くんと黒、そしてトラちゃんの姿もある。

「雅、聞いているのか？　なぜ返事をしない？」

「…………」

なにも言わない私に、朔だけでなく様子を見守っていたみんなの顔が強ばる。

「……まさか、心が……」

目の前にいるはずの朔の呼びかけが遠く感じる。まるで殻越しに聞いているみたいだ。なにも鮮明に耳に届かないし、みんなの姿も視界に入っているはずなのに見えていないような感覚があった。

「雅……」

絶望に染まった朔の瞳と声がやけに耳に残った気がした。

森を彷徨った日から一週間が経った。

みんなは毎日、部屋にこもっている私のもとへ来てくれた。

でも、誰が来ても私はひとことも話せなかった。誰の言葉にも耳を傾ける気にはなれなくて、白くんや黒が腕によりをかけて用意してくれた料理を口にしてもなにも感じない。そんな風に空虚な日々を繰り返して、今日も空には月が昇る。

「……雅、食事もまともにとれていないと黒から聞いた」

明かりのついていない私の部屋に、寝間着姿の朔がやってきた。

朝起きてから変わらない定位置、窓際の壁に寄りかかるようにして座っている私のところへ朔が歩いてくる。

朔は隣に片膝を立てて座ると、私と同じように前を向いたままぽつりとこぼす。

「白もトラも泣いていた」

「………」

ふたりが泣いていた。その事実を聞かされても、心は動かない。風や虫、鳥の鳴き声となんら変わらない雑音のようにしか思わなかった。

「雅、俺はどうしたらいい」

「…………」

朔は下がった眉を寄せて、なにかに耐えるように私の方を見る。それでも言葉を発さない私に腕を伸ばした。私のうなじに回った朔の手に、軽く引き寄せられる。

「お前の心を守れなかった俺は、お前のためになにをしてやれる」

骨が軋むのではないかと錯覚するほど強く私を抱きしめたあと、少しだけ身体を離した朔は頬に手を添えてきた。

「雅、頼む……返事をしてくれ。声を……聞かせてくれ……」

朔の目から涙が静かにこぼれ落ち、頬を伝っていく。初めて彼が泣いている姿を見て、胸の奥でなにかが疼いた気がした。

けれど、私は目の前で震える肩を抱きしめ返すことすらできなかった。

朔の涙を見た夜から、また数日が経った。

朝起きてすぐ、私は白くんに手を引かれながら無理やり本殿の最奥に連れてこられた。そこには背を向けてご神木を見上げている朔と、両脇に控えている黒とトラちゃんがいた。

「……来たか」

朔は気配を感じ取ったのか、静かに振り返ると悲痛な面持ちで私を見た。

「白、黒、それからトラ。あとのことは任せたぞ」

「……っ、御意に」

息を詰まらせてその場に跪いた黒に対して、白くんは唇を噛みながら私の腕に強くしがみついてくる。トラちゃんは俯いていて顔は見えなかった。

そんな彼らの様子に朔が目を伏せたのは一瞬。すぐに顔を上げて、私のところまで歩いてくると手を差し伸べてくる。

「雅、こちらに来てくれ」

「………」

求められてもその手を取れない。取る必要性が感じられなかったのだ。見かねた朔は私の手を迎えに行くように握る。私たちの体温が触れ合った瞬間、朔はくしゃりと顔を歪めて、それから繋いだ手に力を込めた。

そのまま朔に促されて、ご神木の方へ足を進める。

「この先、お前のことは白や黒、トラが守る。お前はひとりではない、なにも恐れることはない。ここは、なにがあろうとお前の帰る場所なのだから」

朔はそう言って、ご神木の前で足を止めた。

「俺は神であることを今ほど喜んだことはない。そして、初めて叶える願いがお前のためであることも、心から幸せだと思える」

朔はいつかみたいに、私の左手をすくうように取る。

なぜか、止めなければと思った。それなのに身体は思うように動いてくれず、私はただじっと朔にされるがまま手を握られていた。

「さらばだ、俺の番い」

朔が私の手の甲に口づけた途端、ご神木の桜が今まで見たこともないほど花をつけ、色づき、一気に吹き荒れる。

朔の身体も頭の先から花びらに変わり、舞う桜の中に混じって消えていく。それを無心で眺めていたら、胸に熱が灯るのを感じた。

「……っ、うう……」

焼けるみたいに……熱いっ。

腰を折って前屈みになった私の耳に、花びら一枚一枚が運んでくるのは『雅を助けたい』『雅を守りたい』『雅を幸せにしたい』という朔の願いたち。

「あ……これ、これは……朔の……」

心に入り込んでくる朔の想いに、心の底からわき出てくるのは……。あったかい、胸がいっぱいで苦しい、痛いほどに愛しい。こんなに想われて、幸せ――。

朔の想いが色を失った私の心に彩りを取り戻していくのと同時に、頬を伝う涙。

「心がいらないなんて、間違ってた……」

どうして、今までなにも感じずにいられたんだろう。

確かに心は幸せばかりじゃなくて、悲しみや苦しみも連れてくる。心があるから、過ぎ去ったことも延々とぐるぐる悩んだりする。

でも、痛みを感じた分だけ、誰かの痛みにも気づける。人に優しくなれるんだ。

鬼丸は言った。『お前は周りが言うほど、お人好しなどではない。本当は自分を愛さない親を心の中で罵り、憎んでいる』と。

そうなのかもしれない。心では愛してくれなかった両親を責めたい気持ちがあったのかもしれない。でも、それと同時に両親を理解したい、嫌いになれない感情もまた、私の心にはあるのだ。それが偽善と言われても構わない。そう思えるようになったのは、朔が私に教えてくれたからだ。苦しみの先に、幸せもあるんだってことを、あなたが――。

失っていた感情が身体に戻ってくる幸福感。それを大切にしまい込むように胸に手を当てて、私は顔を上げる。

「朔っ、私、朔のおかげで心を取り戻せたみた……い……？」

朔の姿を真っ先に捜した。けれど、どこにもいない。あるのは舞い散る桜の花びらだけ。

「朔……？　朔、どこなの……？」

何度も視線を巡らせ、何度も身体の向きを変えて周囲を見回すけれど、朔はどこにもいない。それどころか朔や参拝者の願いを宿した桜の花は次々と萎れていき、ご神木も枯れ木のようになっていた。

その光景を呆然と眺めるしかない私に、黒が近づいてくる。

「雅様、朔様はもうこの世には存在しない」

「なに、それ……」

「神は人の世界に大きく干渉すると力を剥奪され、人の命を操作したり、自らの願いを叶えると消滅する」

消滅という単語が胸に重くのしかかる。頭が理解することを拒んでいる。つまり、朔は私を助け、守り、幸せにしたいという願いのために死んでしまったということ？

現実を受け止められずに後ろによろけたとき、誰かの腕が背中を支えてくれる。

「朔様は禁忌を犯して、呪いを受けた雅様を助けたんだよ。命に代えても雅様の心を取り戻したかったんだ」

振り返ることもできずに、呆然と白くんの声に耳を傾けていた。

『俺は神であることを今ほど喜んだことはない。そして、初めて叶える願いがお前のためであることも、心から幸せだと思える』

朔の言葉が頭の中で何度も繰り返し響く。

あのときの朔は、本当に迷いなどないという顔で優しく笑っていた。自分が消えるとわかっていたはずなのに、どこか清々しい表情で……。

そこまで、私のことを想ってくれてたんだ。でも、そんなことされたって私は幸せなんかじゃない。朔はバカだよっ、なにもわかってない。朔の初めて叶える願いが私のために消えることだなんて、悲しすぎる……っ。

この気持ちを吐き出したい。でも、ぶつけたい相手はもうどこにも、世界中を探したっていない。

「それだけじゃないぞ、朔は俺たちに雅のことを託したんだ。雅はその魂のせいであやかしや神に狙われやすいからな。俺の代わりに守れって……っ」

トラちゃんはそこまで言うと、ぽろぽろと涙をこぼして腕で目元を覆う。みんなの反応を見て、ようやく朔がもうこの世界にはいないのだと実感する。

「そんな……やっと私、約束を思い出したの」

朔が何年も私を忘れずにいてくれたこと、迎えに来てくれたこと、どれほど嬉しかったか、私はまだ伝えていない。

朔の願いに触れて、朔の思いに凍りついた心を溶かされて、ようやくわかった。私にとって朔は、かけがえのない存在なんだってこと。

「朔に出会えたから、厄介事ばっかり引き寄せるけど、この魂を持って生まれてよかったって思えるようになったの……っ」

それなのに、心を取り戻してすぐに感じるのが身を切るほどの痛みだなんて、あんまりだ。

私の番いはあなたしか考えられない。そう伝えたかったのに、どうしてっ。どうして、そばにいてくれないの、朔──。

「ううっ、朔っ、朔っ、朔……っ」

何度名前を呼んでも返事はない。それでも呼び続けることをやめられない私の背中を白くんが抱きしめてくれて、一緒に泣いてくれた。黒とトラちゃんは固く唇を引き結び、眉を寄せ、伏せた目から静かに涙をこぼして痛みに耐えている。

朔、私はこんな風に守られても全然嬉しくないよ。そもそも、私が『心なんていらない』なんて思ったりしたから、私の弱さが朔にあんな選択をさせたんだ……っ。

悔しくて情けなくて、守られてばかりの自分に嫌気が差して、私は白くんの背中にしがみつく。

「本当にもう……朔を助けられないのかな？」

どうしても、朔を取り戻したい。もう、諦めるなんて選択はしたくない。九十九パーセント望みがなくても、残りの一パーセントに私は賭けたい。

「なにか、方法はないのかな？　過去に……過去に戻れたらいいのに……っ」

そうしたら、私はもう二度と朔にあんな真似はさせないのに。

後悔ばかりが口をついた、そのとき、黒が「過去に……戻る……」と私の言葉を繰り返して、すぐに勢いよく顔を上げる。

「そうか、それができる神がひとりだけいる！」

「え……黒、それって……」

私たちの間にわずかな希望が差す。みんなが祈るような気持ちで黒を見上げた。黒もきっと、どこか縋るような気持ちで口にしたのだと思う。

「神世の創世時から存在する神……観音菩薩様だ」

観音様の名前を――。


「「いらっしゃいませ、雅様」」

牛車で宴以来の大神宮にやってくると、事前に約束もしていないのに炎蓮と水蓮が出迎えてくれる。

「私たち、観音様にどうしても会いたいのっ、案内してもらえる？」

「「雅様、すべて存じております」」

「え……」

じゃあ、私がなんのためにここに来たのか、観音様はわかっているということ？

私が目を丸くしているのに気づいたのか、炎蓮と水蓮はにっこりとよく似た笑顔を浮かべて頷く。

「観音様はこの世のすべてを見通しておいでです。さ、こちらへ」

ふたりに案内されて御宮にやってくると、部屋の入り口で炎蓮と水蓮が足を止める。

「ここから先は雅様おひとりでお入りください」

ふたりの言葉に、黒が不服そうな顔で私の前に出る。

「雅様のそばにいさせてもらえないだろうか。朔様がいない今、雅様を守ることが命に代えても守らなければならない俺たちの役目だ」

「お願い！　僕たち、もう大事な人を失いたくないんだ」

白くんが頭を下げると、炎蓮と水蓮は困ったように顔を見合わせている。それに痺れを切らしたトラちゃんは、襖に向かって叫んだ。

「おいっ、観音！　俺たちも中に入れろよ！」

「わわっ、おやめください！」

慌て出す炎蓮と水蓮に、私はトラちゃんの服の裾を引っ張る。

「大丈夫。みんなも、なにかあったら叫ぶから、ね？」

そう言えば渋々ではあるけれど、みんなは従ってくれた。

私は深呼吸をしてから、炎蓮と水蓮が開けてくれた襖の向こうに足を踏み入れる。

「こんにちは、雅さん」

部屋の最奥、一段上がった床の一角を仕切る御簾。そこに映った人影が動き、御簾の前に腰かけるのがわかった。

私は観音様の前まで歩いていって立ち止まると、畳の上に正座する。

「こんにちは、観音様。実は単刀直入に、お願いしたいことが――」

「大丈夫、あなたがここへ来た目的は存じています。門守の奉り神を救いたいのですね。そのために、過去に戻りたい」

「……っ、そうです！　あの、できるの？　過去に戻るなんて……」

汗の滲む手を膝の上で握りしめ、胃が絞られるようにキリキリと痛み出す中、私は観音様の答えを待つ。

「人の苦しみを聞き、救いを与えるのが私の役目。ですから、あなたの苦しみを知った今、救いを与えるのも私の役目。ですが、神世では命に干渉することは禁忌。それは私とて同じこと」

「そんな……じゃあ観音様でも私を過去に戻すことはできないってこと？」

唯一の希望を見失って目の前が真っ暗になる。打ちひしがれる私に、静かに救いの声がかかった。

「いいえ、過去には戻れます」

「本当ですか⁉」

「あなたはその魂を持つがゆえに、たくさんの苦しみと悲しみを味わった。歴代の奇跡の魂の持ち主たちも同じように、その人生は幸福なものばかりではなかったでしょう。だから私は、あなたを救いたい」

どうして、ここまで思ってくれるの？　観音様は奇跡の魂に、なにか思い入れがあるのだろうか。

「観音様、観音様は禁忌を犯しても大丈夫なのでしょうか？　朔みたいに、消滅してしまったりは……」

「運命を変えるには相応の対価が必要になります。ですから、私ひとりで払えば、消滅もありえるでしょう」

「それはダメ！　私に差し出せるものがあるなら、私も支払う！」

対価、そんなもの……いくらでも持っていけばいい。もし、私に払えるものがないのなら、それに見合うものを探してきて倍にして差し出す。朔を取り戻すためなら、なんでもする覚悟はできている。

「あなたなら、そう言う気がしていました」

観音様が御簾越しに微笑んだ気がした。

「雅さんには対価として、朔がいない時を生きるはずだったあなたが、受けたであろう悲しみに匹敵する数多の痛み、絶望、恐怖を知ってもらいます。そこであなたが神の慈悲を与えるに足る存在か否か、私も見極めたい。そのための試練を与えます」

「……わかりました。それを受ければ、私を過去に戻してくれますか？」

「ええ、約束します。あなた自身の力で困難を希望に変えてください。あなたの選択を私に示してください」

この言葉……聞いたことがある。いつ、どこでだっけ？

考えを巡らせていると、すぐに思い出す。

そうだ、前に鬼丸と朔が戦っていたときだ。身体の自由を封じられて動けなくなっていた私の頭の中で響いた声。その声の主が私を自由にしてくれた。

あれは、観音様だったの？

そう問いたかったけれど、今はやらなきゃいけないことがある。

「わかった、必ず示すよ。お願いします」

迷いなんて少しもない、試練の内容なんてどうでもいい。今度は私が過去だろうと地獄だろうと朔に会いに行く。

「では、始めましょう」

観音様の声とともに眩い光が私の身体を包み込み、浮遊感に襲われる。部屋全体が地震でも起きたみたいに大きく揺れ出した。

「「雅様！」」

「雅！」

そこへ異変を察知した白くんと黒、トラちゃんが飛び込んでくるのが見えた。どちらが天井で床なのかわからなくなっていた私は、無意識のうちに彼らに手を伸ばす。

「みんな……っ」

そう叫んだとき、ひと際強くなった光がみんなを巻き込んでいく。

なにも見えない。みんなは、どうなってしまったんだろう。

白い無重力世界を漂いながら、焦りが募る。しばらくして、誰かがスイッチを切ったみたいに重力が戻り、私はどすんっと尻餅をついた。

「いたた……なに？」

腰をさすりながら立ち上がると、私は殺伐とした物置小屋の中にいた。隣には白くんと黒、トラちゃんがいる。

「みんなも、私の試練に巻き込まれちゃったんだ。ごめんね、私が手を伸ばしたりした……か……ら……」

言いながら、私は白くんと黒が蒼い顔で立ち尽くしているのに気づく。声をかけるのをためらうくらい、ふたりは異常なほど震えていた。

「お、おい……どうしたんだ？」

トラちゃんが白くんと黒の着物を引っ張る。それにびくっと肩を震わせたふたりは食い入るように殺伐とした部屋の中を見つめて、呟いた。

「俺たちが現世の犬だった頃、人間に閉じ込められてた場所だ」

「……えっ」

黒の言葉に耳を疑った。

桜月神社の狛犬であるふたりは神様ではなく、人に飼われていた犬だったの？

言葉を失っていると、白くんは両手で自分の首を押さえて膝から崩れ落ちる。

「白くん！」

私は慌てて、その場に座り込んだ白くんの背に手を添えた。

「五百年前、僕たちはここで……鎖に繋がれて、多頭飼いされてたんだ……」

白くんの目は恐怖一色に染まっていて、私どころかなにも映していない。過去の仄暗い闇に囚われているように見えた。

五百年前……日本だったら戦国時代だよね？　その頃ふたりは朔の眷属ではなく、ごく普通の私の世界にもいるワンちゃんだったんだ。

そう頭では理解していても、まだどこか信じられずにいると、白くんと黒の身体が急に泡沫のようにパチンッと消える。

「え……白くん？　黒……っ」

「さっきまでここにいたのに、どこに行ったんだ！」

トラちゃんとふたりの姿を捜していたとき、ふいに複数の視線を感じた。はっとして周囲を見回すと、黒い獣が赤い目を輝かせて私たちを見ている。

「雅、下がっていろ。こいつら俺たちを殺す気だ」

「でも、ふたりを捜さないとっ」

もしかしたら、この中にいるかもしれない。

獣たちの顔を一匹一匹確認しているうちに、ふと部屋の奥に黒い毛と白い毛の大型犬が寄り添うようにしてこちらを見ているのに気づく。

ふたりとも、瞳が青い。黒い毛並みのほうは、少し目つきが鋭くて黒みたいだ。その後ろに隠れている白い毛並みのほうは、くりっとした目が白くんにそっくりだった。

たぶん、あの子たちは……。

「白くん、黒？」

私が知っているふたりの犬の姿とは、ずいぶん違う。鎖に繋がれた彼らはやせ細り、薄汚れていた。

出会ってから、そんなに長い時間をともに過ごしたわけじゃない。それでも、ふたりとは思い出をたくさん重ねた。時間にも勝る絆を築けた相手を見紛《みまが》うはずがない。

「ふたりとも、そんなところにいないで、私たちと一緒に帰ろう」

声をかけると、黒は嘲るようにはっと笑う。

「人間とか？　笑わせるな」

よく知っている黒の声で、彼は私を拒絶した。

黒に便乗するかのように、小屋にいる獣たちがいっせいに唸り出す。今まで感じたことのない激しい憎悪に、私はごくりと唾を飲み込んだ。

「人間は俺たちを弓術の練習をする的として扱っただけじゃなく、非常食として食ったんだぞ……っ」

「黒……」

感情的になっているからか、黒の目が獣のように鋭く光る。

「だが、俺たちはその順番が回る前に餓死した。わざと人間から与えられる餌に口をつけなかったんだ」

「そうやって恨みの中で死んだ僕たちは一度、あやかしに落ちた。けど、そこに朔様が現れて、桜月神社の狛犬に召し上げてくれたんだ。でももう、朔様はこの世にいない……っ」

ガツンと頭を鈍器で殴られた気分だった。

矢を受ける痛みを私は知らない。

食べ物として搾取されたことだってない。

でも、黒と白くんにとってはそれが日常だった。命を命として見られないことの恐怖を、痛みを、私は推し量ることができない。簡単に『つらかったね』『ひどいね』『理解できるよ』なんて口にできない。軽々しく、言っちゃいけない。所詮は全部、他人事なんだ。

だって、私が生きてきた世界とふたりが生きてきた世界はあまりにも違いすぎる。

許せない、傷ついてほしくない、私がそこにいたら全力で守ったのに！

そんな感情があふれて、胸が痛くて、目に涙がにじむ。

前に巨大な犬の姿になったふたりから、あやかしの気配がしたことがあった。あれは、神の眷属であるのと同時にあやかしでもあったからだったんだ。

「……っ、そんな……」

そんな壮絶な過去を抱えて、あの桜月神社で笑えるようになるまでに、いったいどれほどの時間がかかったのだろう。

『いいや、白と黒は特に人間への嫌悪感が強い。ゆえに無条件で心を許すことは、まずありえない』

朔は前にそんなことを言っていた。いまだに癒えない傷と闘いながら人間である私を守ると言ってくれたとき、どんな覚悟を持って私に向かい合ってくれていたんだろう。自分たちを救ってくれた主が消えてしまって、どれほど絶望しただろう——。

「……っ、う」

込み上げてくる感情に、嗚咽がこぼれる。

「身勝手な人間のせいで、ごめんね……っ、恨んで当然だ……っ」

私は手の甲でごしごしと涙で濡れた目元を拭い、ふたりに向かって足を踏み出した。

「待てっ、危険だ！」

引き留めるトラちゃんに、私は微笑みながら振り返る。

「危険なことなんてなにもない。私の大事な人たちだもの」

「雅……」

目を丸くするトラちゃんを安心させるべく、もう一度笑いかけて私は前に向き直った。ゆっくりとふたりに近づくと、白くんを庇うように立っている黒が牙を出しながら血走った目で威嚇してくる。

「怖がらないで、大丈夫、なんて……信じられないと思う。だから、私は敵じゃないってこと、ふたりに証明するチャンスをください」

ふたりは過去の闇に心を囚われている。だとしたら、連れ出してあげなくちゃ。ふたりは私にとっても、私の大切な人にとっても大事な家族だから。

「もう、こんな目には遭わせない。ふたりのこと、私が守るから！」

「来るなァァァッ！」

警戒心が強まったせいか、声が獣の咆哮に近づく。それでも私は足を止めることなく言葉を重ねる。どんな姿になっても、白くんと黒に変わりはない。

「それにね、ふたりにとって大事な人……朔のことも取り戻すよ。もう寂しい思いなんて、させないから」

白くんと黒の前で足を止めた私は腰を落として両腕を伸ばすと、ふたりの身体を抱きしめる。

「触るなァァ！」

黒が私の肩口に噛みついた。痛みで意識が飛びそうだったけれど、私はなんとか笑ってその場に踏ん張る。

「ぐっ……ごめん……ね、でも……それは聞けない」

「雅っ、もう限界だ！」

トラちゃんが駆け寄ろうとしたのが見えて、私は「平気だから！」とそれを制した。

「誰かの体温が必要なときも……ある、から……。優しくされること、大事にされること……愛されること……っ、少しずつでも知ってほしい……から……」

自分の温もりを分けるように、私はふたりの身体を腕の中に閉じ込める。

「どう……して……？　僕たちのこんな姿を見て、幻滅したでしょ」

白くんの揺れる瞳をしっかりと見つめて、私は告げる。

「しないよ。人間に踏みにじられないために命を絶って、心を守り続けたあなたたちを気高いと思う。でもね、ひとつわがままを言うなら……もっと早く、あなたたちに会いたかった」

今さら過去は変えられないってわかってるけど、それでも願ってしまう。

「こんな殺風景で風も感じられないような小屋の中で一生を終わらせる前に、この鎖を断ち切って自由にしてあげたかった……っ」

声を張り上げると同時にぶわっと涙がこぼれる。その瞬間、ふたりの身体が光を纏って、いつもの半獣の姿に戻っていくと——。

「「雅様……っ」」

ふたりが声を揃えて、私を抱きしめ返してくれる。

「……っ、傷つけて悪かった」

黒は私の肩口を見て苦悶の表情を浮かべた。

「気づいたら、心の中があの頃の怒りとか、憎しみでいっぱいになってて……。怖がらせてごめんねっ」

白くんはびええええんっと泣きながら私の膝に泣きつく。

戻ってきたんだ……。

ふたりの姿を見てそう思った私は、白くんと黒の頬に手を添えた。

「怖くなんてないよ。怖いわけないよ！　おかえりなさい、ふたりとも」

泣き笑いでそう言えば、白くんと黒の目から一筋の涙がこぼれる。

「「ありがとう」」

ふたりはそう言って強くしがみついてくると、しばらく離してくれなかった。

「ほんと、鬼騒がせなやつらだな」

トラちゃんは目元を腕でごしごしと拭いながら歩いてくる。すると、小屋の壁はパラパラと剥がれるように崩れていき、世界が崩壊していく。

――また、落ちる……！

胃の浮くような感覚に抗う術もなく、私はどこかへと落ちていく。やがて、どんっと背中から地面に落ちた。

「今度はなに……？」

いつの間にか強く瞑っていた目を開けると、曇り空が視界に広がった。ゆっくりと身体を起こすと、辺り一面が真っ赤に燃えている。そこで空は曇っているのではなく、黒煙に覆われていたのだと気づいた。

「なに……これ……」

火事だろうか、木造の平屋建ての家が瞬く間に炭や灰へと変わる。肌に熱風を感じながら呆然と座り込んでいると、少し先にトラちゃんが立ち尽くしているのが見えた。

「トラちゃん？　あれ、白くんと黒がいない……」

私とトラちゃんのそばにふたりの姿がないので、もしかしたら先ほどの崩壊でバラバラになってしまったのかもしれない。

「捜さないと……トラちゃん、白くんと黒を捜しに……」

トラちゃんの前に回り込んで声をかけた私は、すぐに口を噤む。黒煙の向こうにかすかに映る人影を、トラちゃんが悔しげに睨んでいたからだ。

かける言葉を探していると、「熱いよぉーっ」「助けてっ」という声が聞こえてくる。

「まさか、悲鳴……？　私たち以外に誰かいるの？」

「これは焼き打ちだ。人の世でひっそりと暮らしていた俺たち鬼の集落が人間の手によって焼かれてるんだ」

トラちゃんの視線の先には軍人の姿がある。銃で逃げ惑う鬼の子供や女性を撃っていて、私は口元を押さえた。

「なんてこと……を……」

「このとき、世界大戦中だった日本は大人の鬼を戦争の兵士として、みんな連れていっちまったんだ。この焼き討ちは戦えない女子供の鬼を始末するために行われた」

拳を握りしめるトラちゃん。その怒りに反応したトラちゃんの妖力が空気をビリビりと震わせる。

「あいつら軍人は逃げ場を塞ぐように集落の周りに火をつけて、中央にある広場に鬼が集まったところを容赦なく叩きやがった」

トラちゃんの妖力が膨れ上がり、凄まじい風が吹き荒れる。踏ん張っていても、足がずるずると後ろに下がっていった。

「トラちゃん、落ち着いて……っ」

「みんなみんなっ、あいつらは奪っていきやがった！」

叫んだトラちゃんの身体は、いつかのように黒い渦になってどこかへ飛んでいく。

「待って！」

急いでトラちゃんを追いかける。渦が集落の広場についたとき、トラちゃんはいつもより幼い六歳くらいの男の子の姿になった。

まさか、子供の頃のトラちゃん？

すぐに駆け寄ろうとしたのに、足が地面に縫いつけられたみたいに動かない。その間にトラちゃんは首に縄をつけられて、軍人たちに引きずられていく。

「どうして動かないの！　トラちゃん……っ」

助けに行きたいのに、なぜか指ひとつ動かせなかった。自由を奪われた私の前で、まるで映画を見ているかのように場面が切り変わる。

「ぐううっ、助けて……助けて……っ」

今度は護符がたくさん貼られた牢屋の中で、何度も鞭で叩かれているトラちゃんが見えた。あんなに小さな身体なのに傷だらけで、助けを乞うトラちゃんの姿から私は思わず目を逸らして唇を噛む。

お願いだから、やめてあげて……っ。

じわりと目に涙が滲んだとき、拷問をしていた軍人は手を止めた。ほっとしたのも束の間、軍人は感触を確かめるように鞭を引っ張り、にたりと笑う。

「生きたいか？　なら、お前自身が鬼を殺せ」

「……っ、そんなことできないっ。それに、今の鬼は昔と比べて血が薄まってる！　人に危害を加えられるほどの力はないんだ！　ただ、人間より怪我の治りが早かったり、身体能力が高いだけで……っ」

首を横に振るトラちゃんに、軍人は鞭を振り上げる。それに血相を変えたトラちゃんは泣き叫んだ。

「わかった……っ、わかったから叩かないで！」

トラちゃんが頭を抱えて懇願すると、また場面が変わり銃声が響く戦場になる。そこでトラちゃんは軍服を着て、鬼を狩る人間に弾を詰めた銃を手渡す仕事をしていた。

「悲鳴が聞こえる……ああ、俺のせいだっ、俺のせいで仲間が……」

　虚ろな目で呟いたトラちゃんは銃を渡しに行く途中で立ち止まり、その場に膝をつく。それからぼんやりと手の中にある銃を眺めたあと、自分の胸に当てた。

「許して……」

　ゆっくりと引き金を引こうとしたとき、誰かの手がトラちゃんの銃を上からがしっと掴んだ。

「人間どもの言いなりになったまま、ここで息絶えるなど惨めで愚かな所業だな」

　えっ、あれって……。

　トラちゃんの自殺を止めたのは軍服を纏った人間の中で異彩を放つ着物姿の鬼——鬼丸だった。

「お前は……鬼？　そうか、裏切り者の俺を殺すのか……」

　同族である鬼を見上げて、死を覚悟したような顔をするトラちゃんに、鬼丸は感情の読めない微笑を浮かべたまま告げる。

「虐げられ、誇りを踏みにじられた鬼の子よ、この戦を手助けしたのは、鬼の一族を滅ぼしたいがために人間を利用した神だ」

「え……どうしてだよ！　俺たちはただ平穏に暮らせれば……っ」

「理屈ではない。人間は異質なものを、神は常世の生き物を無条件で嫌う。生存競争に勝ちたければ力を得るしかないであろうな。子鬼、生き残りたければこの俺を愉しませてみよ。その対価に時代が流れるとともに弱まった鬼本来の力を与えてやろう」

その言葉で、トラちゃんの目に光が宿る。それは憎しみに染まり陰っていたけれど、トラちゃんの生きる糧になったことは確かだった。

「トラちゃん、だからあんなに鬼丸の命令に従おうとしてたんだ……」

でも、鬼丸が自分を助けたわけじゃないことはトラちゃんもわかっていたと思う。

鬼丸は自分の退屈を紛らわせるためだけに動いていた。

だけど、それでも生きるためには仕方なかったんだ。自らの考えは捨て、命令に従うことばかりにこだわっていた出会ったばかりの頃のトラちゃんを思い出していると、世界は暗闇に戻る。その中央で膝を抱えて座る子供の姿のトラちゃんを発見した。

「トラちゃん！」

すぐに駆け寄ろうとすると、今度は身体が動く。走り出した私はもう少しでトラちゃんに手が届くというところまで来た。そのとき、バシャンッと足元でなにかが跳ねて、足を止める。

「なに……？　水たまり……？」

下を見ると、袴に赤黒い染みがついている。ゆっくりと地面に視線を落とすと、辺り一面が血の海だった。

「今跳ねたのって……血？」

おびただしい血液の量に足が竦んでしまう。鉄錆《てっさび》の匂いに気分が悪くなって、吐き気を我慢していると、トラちゃんは私の方にゆっくりと顔を向けた。

「これは……俺の罪の分だけ流れた血だ。鬼、人間、神……もう何人、どれだけ手にかけたかわからない。俺が生きるために流した血……」

「後悔してるの？」

そんな風に聞こえたのだ。

トラちゃんは虚ろな瞳にわずかな恐れを宿して、血に染まった手のひらを震えながら見つめている。そんなトラちゃんを前にして、私は立ち止まったまま動けなかった。

心を踏みにじられ、自由を奪われたトラちゃん。本当は誰も傷つけたくなかったはずだ。それでも生きるため、手にかけるしかなかったトラちゃんになにを言えばいいのか、わからなかったのだ。

「生きるために傷つけても、鬼丸様は俺を咎めなかった。でも、雅は簡単に『殺す』なんて言うなって叱る。なら俺はどうやって生き残ればいい……？」

それはトラちゃんと出会って間もないとき、私がかけた言葉だ。

『殺す殺すって……』

『簡単に口にしていい言葉じゃないって、あなたの主の鬼丸に教わらなかったの!?』

そう叱ったのを覚えている。

「最初は仲間を殺したことを後悔した。けど、俺の周りの鬼も人間も神も、そうやって自分が生き残るために他人を蹴落としてた。やらなきゃ、やられる。だから仕方ないって……そう、思って……」

「トラちゃん……」

「雅といると、罪を正当化してきた自分に嫌でも気づいて、罪悪感でいっぱいになるんだ……っ」

私は、なんてことを言ってしまったんだろう。私の言葉が、存在が、トラちゃんを追いつめてしまっていたんだ。

「ごめん、トラちゃん。私……あなたがどういう風に生きてきたのかも知らないで、綺麗事ばかり並べてトラちゃんを傷つけた」

前に『私たちの間にある壁は、人かあやかしか、神様か……その違いだけでしょう?』なんて、軽々しく口にしてしまったことがあった。

私は自分の価値観をトラちゃんに押しつけていただけだ。トラちゃんからしたら、人と神様は憎むべき相手。それなのに私の言葉に耳を傾けてくれた。神様である朔のこと、白くんや黒のことも理解しようとしてくれた。

「トラちゃん、私にはあなたの罪を責める権利もないし、あなたの過去をわかった風に話す権利もないから、これだけ言わせて」

罪という名の血に濡れた地面をしっかりと踏みしめて、私はトラちゃんの前に腰を落とす。

「トラちゃんが生きるためになにかを犠牲にするような、そんな事態にはもう二度とさせない」

べっとり血がついて、滑り落ちそうになるトラちゃんの手をしっかり握った。

「離せっ、雅が汚れる」

トラちゃんは私の手を払おうとする。でも、私はトラちゃんの手を逃すまいと強く握った。

「その汚れも、一緒に背負うからいいよ。私になにができるかわからないけど、トラちゃんが望まない選択をしなくて済むように、一緒に考えるから」

「雅……」

トラちゃんの陰った紫色の瞳がわずかに輝いた気がして、私はその小さな身体を抱きしめる。

「命令に従うことを強いられて、考えることを無意識のうちに避けてるトラちゃんの心の枷を私がひとつずつ外してあげる。いつか、トラちゃんの望んだ未来を歩めるように」

「ああ、そうか……ようやくわかった……」

強張っていたトラちゃんの身体から、ふっと力が抜ける。次に瞬きをしたときには、トラちゃんは見慣れた十八歳の男の子の姿に戻っていた。

「雅の綺麗事を無視できなかったのは、俺が死にかけてても今まで誰ひとりとして差し伸べてくれなかった手を、差し伸べてくれたからだ」

「トラちゃん、トラちゃんが気づいてないだけで、手を差し伸べてくれる人はたくさんいるよ」

「ん、雅に出会ってそれはなんとなくわかった」

私にしがみついたまま、トラちゃんは小さく笑う。

「ずっと鬼、鬼って呼ばれて後ろ指を差されてきた俺に、トラって名前をくれた。俺は雅に名前を呼ばれるたびに、やっと自分を生きてるんだって実感できるようになったんだ」

「そんなの……っ、これからいくらでも呼ぶよ！　桜月神社の仲間も、この先出会う人たちも。だからトラちゃん、トラちゃんの世界の中に私や朔、白くんや黒……少しずつ誰かを入れてくれたら嬉しい」

私の言葉にトラちゃんは呆気にとられたあと、すぐにぶっと吹き出す。

「……はは、やっぱお人好しだな、雅は！」

涙をぽろぽろとこぼしながら笑みを浮かべたトラちゃんに、私も顔を綻ばせる。すると、眩い光がトラちゃんから放たれて、私はぎゅっと目を閉じる。

次第に瞼越しに感じる光が小さくなっていき目を開けると、私は桜月神社のある森の中にいた。

「トラちゃん……？」

さっきまで一緒にいたはずのトラちゃんの姿はなく、私は湿った土に膝をつけたまま辺りを見渡す。

もしかしたら、過去を乗り越えるとひとりずつ元の世界に帰るのかも。

「……ってことは、今度は私？」

ここにいると、心を失ったときのことが蘇ってくるから嫌になる。

なんとなく、観音様の試練の内容がわかったかもしれない。これは私たちの覚悟を試してるんだ。朔が消滅する前の時間に戻っても、あらかじめなにが起きるのかを知っていたのだとしても、過去を変えられる保証なんてない。もしかしたら、また私は朔を失うのかもしれない。そのとき、私は二度も大事な人を失うことになる。それでも、つらい過去を抱えて生きてきた白くんや黒、トラちゃんのように、命ある限り前に進まなきゃいけない。その覚悟を試されているのだと思う。

だから、次に現れるのはきっと――。

「過去の私だ……」

目の前に小学四年生の私が現れる。

「お姉ちゃん、お姉ちゃんはどうして過去に戻りたいの」

私を見上げてくる子供の頃自分に、ごくりと喉を鳴らしながら慎重に答える。

「朔を助けたいからだよ」

「本当に？　自分が楽になりたいからじゃないの？」

「どういう……意味？」

「傷つくのが嫌で、お姉ちゃんは心を捨てたよね？　その結果、朔は消えた。罪悪感だよ。お姉ちゃんは朔のためじゃなくて、自分のために助けに行きたいだけ」

罪悪感も少なからず心の中にはあった。だって、朔が消滅したのは私の弱さが原因だから。

「あなたの言う通りかもしれない。だけど私は、私のために命を懸けてくれたあの人を死なせたくないから――」

「偽善者」

その言葉を聞いた瞬間、息ができなくなりそうなほど苦しくなった。

自分自身の言葉が突き刺さる。目の前の少女はまるで心を映す鏡だ。取り繕った私の心をいとも簡単に暴いてしまう。

「また、朔のためって言う。それ、本当に心から出た言葉じゃない。まだ、自分の気持ちを偽るの？」

「それ、は……」

図星を指されて言葉に詰まる。

私を助けてくれたから、朔を助けたい。その建前の裏にある本音は、なんだろう。

いい子でいることに慣れすぎて、自分でも自分の本心がわからない。

「お姉ちゃんは……私は、いつもいい子ちゃんな答えばっかり。相手が自分を傷つけるのも、愛されないことにも、なにか理由があるのかもしれない。そうやって、自分を受け入れられない理由を探して守りたいものはなに？」

嫌われること、愛されないことに理由をつけたがったのは、私自身が必要とされていないことを認めたくなかったから。

「私がずっと守ってきたのは……」

――自分自身だ。

でも、口にできなかったのは、自分の弱さを受け入れたくなかったから。ああ、私はまた自分を偽ってる。弱い部分も汚い部分も私自身が認めてあげなかったら、きっと過去に戻って悲劇を変えられなくて、もう一度朔を失ったときに同じ過ちを繰り返す。そう、鬼丸にそそのかされて心を手放したみたいに。

それじゃ、いつまで経っても前に進めない。強くなれない。だったら、向き合わなくちゃ。受け入れよう、嫌いな自分も——。

「そうだね……私、周りが言うほど、お人好しなんかじゃない。本当は計算高くて、いつも化け物の自分が愛される方法を探してた」

「化け物扱いするお父さんとお母さんが許せなかった」

「うん、嫌いだな、ひどいなって思うこともあったかも」

私たちは顔を見合わせて、少しずつ歩み寄るとそっと手を取り合う。

「私ね、朔を助けたいから、過去に戻りたいって言ったけど、やっぱり取り消す。私があの人を取り戻したいから、過去を変えに行くの」

「うん」

「誰のためでもない、私は私のために朔に会いに行く。たとえ朔を失う運命を変えられなかったとしても、何度でも過去に戻って、私はあの人と生きる道を探すよ」

不思議……。この子と話してたら、心にかかっていた霧がさっと晴れたみたいに、見えなかった自分の気持ちがはっきりと見えた。

「ねえ、私。もう心のままに願っていいんだね」

「そうだね、私。もっと、わがままになっていいんだよ」

いい子でいなきゃいけなかった私と、わがままな私。ふたつの心がひとつになる。

「「もう大丈夫、心が決まったから」」

声が重なって、私たちの身体が光り出す。そのまま視界が真っ白になると、「雅様！」「雅っ」と名前を呼ばれる。声に導かれるように目を開ければ、白くんと黒、トラちゃんが涙目で抱き着いてきた。

「みんな……あれ？」

周りを見ると、さっきまで森の中にいたはずなのに私は御宮の床に座り込んでいた。戻ってきたんだ……。

人の世界で生きていた頃の白くんと黒の憎しみ、人間に利用されて、同族を殺さなければならなかったトラちゃんの罪と後悔。そして、もうひとりの私が教えてくれた弱さを認める強さ。なんだか、長い旅をしていたような気がする。

これで試練は終わったのかな？

ぼーっとそんなことを考えていると、白くんが私の肩を掴んで前後に揺らす。

「僕たちだけこっちに帰ってきちゃって、時間差でトラちゃんも戻ってきたんだけど、雅様の姿がどこにもないから心配してたんだよっ」

「お、落ち着いてっ。私はここにいるから、ね？」

ゆ、揺さぶられて気持ち悪い。

吐き気をもよおしていたら、黒が私から白くんをべりっとはがす。そこでようやくひと息ついた私は、立ち上がって観音様のいる御簾の前に立った。

「観音様、私は対価を払えたのでしょうか？　試練に合格できたのでしょうか？」

「本来、過去は変えられないもの。それを変えるのは簡単ではありません。あなたはもう一度、朔を失うかもしれない」

「うん、覚悟はできてる」

　これまで見てきたみんなと私自身の過去。どれも戻らない時間の中で起きた、今も消えない心の傷そのもの。

　過去に戻っても、私は朔を救えないかもしれない。大切な人を失う痛みを再び味わうのかもしれない。もしくは、過去を変える前よりももっと惨《むご》い形で朔を失って傷つくのかもしれない。それでも、過去に戻る以外の選択肢は私の中にはなかった。

「雅さん、あなたはさまざまな過去の傷に触れ、変えられない過去もあるのだという恐れを知り、それでもなお朔を救うことを選択した。今のあなたなら、どんな未来が待っていても大丈夫でしょう」

　観音様は望む未来にならなかったとしても、生きていく覚悟が私にはあると言ってくれている。

「ありがとうございます！　観音様、私、初めにここに来たときより、ずっと強い意志で旅立てる」

　頭を下げてお礼を言うと、観音様は御簾越しに微笑んでくれた気がした。

「戻るのは鬼丸があなたに呪いをかける日。あの出来事が朔の消滅に直結する運命の歯車です。ですから、あなたの呪いの回避が未来を変えるでしょう」

「わかりました」

「それから、過去に戻るのは、あなただけです」

それを聞いた白くんと黒、トラちゃんは顔色を変える。

「なっ、雅様ひとりだけを行かせるわけにはいかない！　どうにかできないのかっ」

観音様に詰め寄ろうとする黒の腕を水蓮と炎蓮が両側から掴んで止める。

「「それ以上、近づいてはダメですっ」」

「でも、僕たちも雅様を守りたいんだ」

白くんが必死に頼み込むと、水蓮と炎蓮は困ったように顔を見合わせた。

「そうだ！　あの日は鬼丸様が雅に呪いをかけに来るんだよ！　俺たちがそばにいてやらないと！」

トラちゃんまで……ありがとう、みんな。ひとりぼっちだった私に、こんなにも心配してくれる仲間がいる。たったそれだけで、無限に力がわいてくるみたい。

私はみんなの顔を見回して、目に焼きつける。弱音を吐きそうになったとき、みんなのことを思い出そう。そうしたら、何度でも前を向けるはずだから。

「戻った過去にもみんながいてくれる。だから、私はひとりじゃないよ。お願い、私を信じて送り出して。それで、朔がいる新しい未来で会おう」

本当は一緒に行きたいけど、私を信じる。そんな思いがこもったみんなの目が、静かに私に注がれている。

やがて、いつもは言い合ってばかりなのに揃いもそろって泣くのをこらえるような笑顔を浮かべた。

「「「いってらっしゃい」」」

それを耳にした瞬間、思わず泣きそうになったけれど目に力を入れてなんとかこらえた。改めて観音様に向き直ると、御簾越しに声が聞こえる。

「過去を変えれば当然、朔を失ってから今に至るまでの出来事はなかったことになります」

「うん、今の事態にならないよう、過去を変えに行くんだもんね」

一緒に試練を乗り越えたことをみんなが忘れてしまうのは悲しいけど、それでも過去を変えたい。

「そうです。今の時間軸の話は過去に戻ったらしてはいけませんよ。未来が予測不可能な方へ変わってしまう可能性があるので、仲間にも伏せたほうが得策です」

「観音様、助言してくれてありがとう。私、絶対に成功させるから！」

「ええ、あなたを見守っています。さあ、私の前へ」

私は観音様に言われた通り、御簾に近づく。

すると、私の両脇に白くんや黒、トラちゃんが並ぶように立つ。

そばで見送ってくれるみんなにじんと胸があたたかくなって、絶対に朔を助けようと心が前を向く。そのとき、観音様が静かに告げた。

「過去に飛ばします」

その瞬間、御簾から虹色の輝きが暁光《ぎょうこう》のように私に降り注ぐ。私たちは示し合わせたみたいに手を繋いだ。

真っ白に染まる視界の中で、観音様の声がまたこだまする。

「すべてが終わったら、私から贈り物を差し上げます」

贈り物？

不思議に思いながらも、私はふっと笑みをこぼす。

それは楽しみだな。でもまずは、朔を取り戻す。

これから向かう先は過去。不安はあるけれど、旅立つことに恐怖はない。だって、私は愛する人と生きる未来を諦めてはいないから——。

五の巻　いざ常世へ

はっと瞬きを繰り返すと、私の視界は白くんの顔に占領されていた。

「雅様？」

「……！　ごほっ、げほっ」

私は驚いた衝撃で、なにかを喉に詰まらせる。

「み、雅様っ、死んじゃダメーっ」

慌てた白くんが背中を叩いてくれる中、自分の手元を見ると箱膳の上に卵焼きが半分転がっていた。

あ、これって……あの日と同じだ。酒利さんに攫われてから、そんなに日は経っていなかったと思う。

「ご、ごめんね。もう大丈夫だよ」

私は苦笑いしながら、まずお茶を飲む。すると、あの日と同じようにお茶碗を手にしたまま黒が気遣うように私を見た。

「なんだ、飯を食いながら寝ているのか？　そういえば、ここ最近はこの調子だな。悩み事があるなら、食べ物を詰まらせる前に打ち明けろ」

「う、うん……心配かけてごめんね。でも、大丈夫だよ」

あのときは朔への想いに気づいたばかりで、朔とどう接していいかわからずに悩んでたんだっけ。

でも、今は別の悩みが私の胸を占めている。

「雅様の大丈夫は信じられん」

そう言って食事を再開する黒に「ははは……」と乾いた笑いを返して、すぐにこれからのことを考えた。

過去に戻る前のことは、仲間にも話さないほうがいいって観音様は言っていた。私もそうだと思う。あの日と同じ条件じゃなければ、鬼丸は桜月神社に来ないかもしれないから。そうなったら、そのあとのことは予測不可能。さらに最悪な事態になるかもしれないんだ。

過去は簡単には変えられない。つまり今日ここに鬼丸が現れなかったとしても、いつか別の方法で私に呪いをかけに来る。

観音様が言うに、私への呪いが朔の消滅に直結する運命の歯車らしいから、私はあの日と同じように鬼丸と対面して、呪いをなんとしても回避しなければならない。

「……って……これってかなり難しいよ」

頭を悩ませていると、目の前を空のお茶碗が飛んでいく。二度目だ、驚きはしない。

朔がトラちゃんの朝食を鬼の苦手なものに変えたせいで怒っているのだ。

そんなことより、鬼丸のことをなんとかしないと。

ガヤガヤうるさい居間の中で、私は卵焼きを睨みつけながら思考を巡らせる。

そもそも、鬼丸が私に呪いをかけたのはなんでだっけ。確か……楽しみが欲しいから、じゃなかった？

鬼丸の退屈を紛らわせられる相手が互角に戦える朔だから、その嫁である私を利用したということだろうか。あと、私の魂にも興味を示していた気がする。

「どうにか、戦わずに鬼丸を満足させられないかな」

口で言って説得できるような相手には思えないけれど、戦う以外の方法で満足してもらわないと。私がまた朔の足手まといになって、同じ悲劇を引き起こしかねない。

「うーん、そうなると朔には会わせられないな」

「俺がどうした」

いつの間にか真正面にいた朔と目が合い、私は後ろに飛び退く。

「うわっ」

「……もう少し、別の驚き方はできないのか。それに、さっきからぶつぶつと、なにをひとりで呟いている。最近、様子がおかしいようだが？」

「朔……」

本当に朔だ……。

喋って動いている朔を目の当たりにして、胸が詰まる。見開いた目からぽろっと涙がこぼれたけれど、それを拭うこともできずに私はただ朔の顔を凝視した。

「雅、なぜ泣いている」

「……あ、あれ、なんでだろうね？　ゴミが目に入ったからかも」

笑いながら目元をごしごしと拭っていると、朔に手首を掴まれた。

「それで俺をごまかせると思うな。どれだけお前を見てきたと思っている」

あ、朔……あのときと同じことを言ってる。不思議……朔がどんな気持ちで私に結婚を申し込んでくれたのかを知ってるから、ぶっきらぼうな言葉の裏にある優しさが手に取るようにわかる。

「うん……本当だね」

朔はずっと、私を見守ってくれていた。

泣き笑いで答えると、朔はそう返されるとは思っていなかったのか、固まった。

そんな彼の手を強く握って、私は誓う。

「朔。私、頑張るから」

「……？　なにをだ」

怪訝そうな顔をする朔に、私は「まあ、いろいろとだよ」と返した。最後にもう一度、朔の手の感触を忘れないように握って立ち上がると、いろいろ追及される前にトラちゃんに声をかける。

「トラちゃん、私の残りのご飯あげるから機嫌直して」

「本当か！　さっすが、雅っ」

トラちゃんはうきうきしながら私のところにやってくると、鮭にかぶりつく。それを見届けて、私は朔の視線を背中に感じつつ居間から出た。

その足で、あの日と同じように境内にやってくると、ホウキを手に鬼丸を待つ。

「……大丈夫。絶対に未来を変える」

自分に言い聞かせていると、ふいに空気が張り詰めた気がした。

――来た！

確信を持って恐る恐る振り返る。そこにはあの日と同じ、残虐さの滲んだ笑みを浮かべた鬼丸の姿があった。

「鬼、丸……」

「ほう、俺のことを知っているのか」

鬼丸が声を発するだけで、空気がピリピリとする。世界の音が遠ざかるほど、私は目の前の鬼に神経を集中させていた。

「時間がないので、単刀直入に聞きます」

震えるな、声。震えるな、足。鬼丸の威圧感に呑まれている間に、朔がここへ来てしまうかもしれない。

「あなたの目的は退屈を紛らわすために朔と戦うこと？」

あの日、鬼丸は言っていた。

『俺は退屈な時間と生き物が嫌いだ。だが、久しぶりに愉しめそうな玩具を見つけてな。それが千年に一度生まれる奇跡の魂を持つ貴様と、俺と対等に渡り合える朔だ』

チャンスはきっと、鬼丸とふたりきりでいる今だ。朔が来ないうちに、鬼丸の異様なまでの朔への興味を別のものに移すこと。その別のものになりえるのは千年に一度生まれる奇跡の魂の持ち主……私だ。

いきなり問い詰めたからか、鬼丸は訝しむように片眉を上げる。けれどすぐに楽しげに目を細めて、私をまじまじと観察してきた。

「だとしたら、貴様はどうする」

「……提案したいの。私があなたを楽しませるから朔とは戦わないで」

「つまらない答えだ。具体性がない」

興味を失ったのか、鬼丸は目を閉じてしまう。

時間がないのに……っ。このままじゃ朔が来ちゃう。そうなったら、鬼丸と朔は必ず戦うことになる。私が呪いを受けて、朔が犠牲になる運命をまた辿ってしまう！

なんとしても引き下がれない。私は一度、大きく息を吸って鬼丸に詰め寄った。

「それは当然でしょう！　だって私、あなたのことをなにも知らないから。だからまずは、あなたのことを知るところから始めさせて！」

私の勢いに鬼丸はわずかに目を見張る。

「この俺を前にして物怖じしないとは……」

ふっと笑みをこぼした鬼丸は、長い爪で私の頬を撫でる。その爪が皮膚を裂き、鋭い痛みが走った。

「いっつ……」

「いつまで俺の玩具として耐えられるか、見ものだな」

傷口からこぼれる血を舐めとるように、鬼丸の冷たい舌が私の頬を這う。それにぞっとして、全身鳥肌が立った。

鬼丸は、これでも力加減をしているんだろう。その気になれば、まだ顔に押し当てられている爪で、いつでも私を八つ裂きにできるはず。そんな凶器を突きつけられている私は気が気じゃなかった。

「俺とともに常世へ来るがいい」

「えっ、常世に？」

予想外の要求に、私はうろたえる。

私を常世に連れていってどうする気なの？　魂に引き寄せられたあやかしに食べられてしまうかもしれないのに……。

そこまで考えてはっとする。鬼丸は生きたまま私をあやかしに食べさせる気？　できるだけ惨い殺し方をして、楽しむ気なんじゃ……。

　想像しただけで血の気が失せる。そんな私に、鬼丸はくっと喉の奥で笑う。

「なんだ、怖気づいたか。俺に朔と戦うことを禁じたいのであれば、代わりに貴様が俺を愉しませろ。でなければ、貴様の要求を呑んだところで、この俺に得などないからな」

「怖気づいてなんて、ない」

「ほう、ますます面白いな、貴様という女は。まだ言い返す余裕があるのか」

　鬼丸の異様なまでの朔への興味は、幸か不幸か私に向いた。常世に行ったらもう二度と朔とは会えなくなるかもしれないけれど、それでも……。

　大切な人を失う痛みに比べたら安い代償だと、意を決して鬼丸の目を強く見据える。

「わかった、あなたと行く」

「そういうことらしい。構わないな、朔」

「え──」

　私は鬼丸に腰を引き寄せられて、後ろから抱きしめるような格好で拘束される。視線の先には、大概のことには動じない朔の珍しく動揺した表情があった。

「知っている気配がして来てみれば、お前だったか……鬼丸」

「さ、朔！」

今の聞いてたよね……。わかってる、この桜月神社からいなくなれば、遅かれ早かれ知られることだった。ただ、朔を傷つける覚悟ができていなかっただけ。

悲痛な面持ちの朔を目の当たりにして、胸が張り裂けそうになる。

「雅、鬼丸と常世へ行くと聞いたが？　なぜだ」

「……ちょ、ちょっと鬼丸と遊びに行ってくるだけだから！　ほら、常世なんて見たことないし、観光……に……」

朔の視線が痛い。しどろもどろになるたびに朔の眉間には深いしわが刻まれていき、私はいたたまれなくなって目を伏せる。

とっさに嘘をついちゃったけど、朔ならすぐに気づくはずだ。案の定、朔の咎める声が耳に届く。

「それは本心ではないな。お前は素直な人間だ。嘘偽りない思いを口にするときは、必ず相手の目を見て話す。だが、今はどうだ？」

あっ、私、無意識に目を伏せてた……？　ダメだ、簡単に見破られるような嘘は朔には通用しない。もっと突き放さなきゃ、きっと常世へは行かせてくれないだろう。

そうなったら朔と鬼丸は必ずここで戦うことになる。

私を追いかけたくなくなるような、ひどい嘘をつかなきゃ。

そう思ったとき、ひとつだけ思いついてしまった。私は唇を噛んで俯くと、すうっと息を吐いてから好きな人を傷つける覚悟を決める。

「……私、鬼丸と結婚したいの」

その瞬間、朔の纏う空気が凍りつき、すぐ後ろにいる鬼丸からはくっくっくっと楽しそうな笑い声が聞こえてきた。

「いいだろう、乗ってやる」

耳元で囁いた鬼丸を振り向けば、挑発するように朔を見ていた。

「千年に一度の魂、さぞかしうまいのだろうな」

「……雅になにかしてみろ、この場でお前の角を砕き、爪をはぎ、二度と鬼などと名乗れぬようにしてやるぞ」

刀を抜き放ち、朔は瞬きもせず鬼丸を睨みつける。

朔が本気で怒ってる。ひどい嘘をついて、傷つけてごめんね。本当にごめんね。でも、今だけは胸の痛みに気づかないふりをする。このままだと鬼丸の気が変わって、一戦交えてから……なんてことになりかねないからだ。

「鬼丸、早く行こう」

悲しみも、罪悪感も、全部押し込めたような声が出た。

「……そうだな、〝嫁〟が言うのならば従ってやろう」

鬼丸はわざと朔の神経を逆撫でするような物言いをして、視線を地面に落とす。すると、足元に底の見えない大きな穴が開いた。そこから禍々しい漆黒の球体がいくつも浮き上がっている。

「なにこれ……っ」

鬼丸の力なのか、穴が開いて足場がないというのに落ちずに宙に留まっている。恐る恐る下を覗き込めば、吹き上げるような冷たい風を感じた。

恐怖に身震いする私をちらりと見た鬼丸は、薄ら笑いを浮かべる。

「常世の入り口だ」

ここが、そうなんだ……。

私はごくりと唾を飲み込んだ。

もう、後戻りはできない。

「雅、行くな！」

朔がこちらに駆けてくるのと同時に、漆黒の球体が私と鬼丸の周りを勢いよく渦巻いた。朔の姿は、もう見えない。

「きゃあああっ」

私と鬼丸は、その渦に飲まれるようにして穴の中へと引きずり込まれた。暗闇の中を気を失いそうなほどものすごいスピードで、真っ逆さまに落ちていく。

どれくらい経っただろう。小さな光が見えたと思った瞬間、私は暗闇を抜け出していた。視界に広がったのは果てのない青空と、気味の悪い紫の海に浮かぶ島々。

「どうだ、常世に着いた感想は」

私は頭から真っ逆さまに落ちているというのに、すぐ隣にいる鬼丸は足元から地上に向かっている。ずるい、私は頭に血が上りそうなのに。

「悠長に尋ねてこないでっ、私たち落ちてるんですけど！　なんとかして！」

「騒がしい女だ」

煩わしそうにため息をついた鬼丸は、こちらに腕を伸ばしてくると、私を小脇に抱える。おかげさまで、頭から地面にズボンッというのは避けられそうだ。

私は改めて、これから降り立とうとしている常世を見渡す。日の光を乱反射させた川、その土手に連なるように咲く彼岸花、長屋と長屋に挟まれた大通りの先には大きな城がそびえ立っている。

「普通に町がある……」

「針山を延々と歩かされ、煮立った湯に生きたまま入れられ、閻魔大王に舌を引っこ抜かれるような地獄を想像したか？　だとしたら、それらはすべて人間の単純な思考の産物だ」

確かに、よく見るとお団子屋さんや呉服屋さんといった現世にもありそうなお店がちらほら見える。

あやかしも人や神様と同じような生活をしてるんだな。

新鮮な気持ちで常世を眺めていると、やがて鬼丸と一緒に地面に到着する。ジェットコースターから降りたあとのように、膝がかくかくと震えた。

「うう、まだ地に足がついていないみたい……」

「ついてこい」

鬼丸は私の状況などお構いなしに、すたすたとどこかへ歩き出す。よろめきながら急いで追いかけると、町のあやかしは鬼丸と私を見て「人間よ」「鬼丸様はなにを考えているんだ？」とひそひそ話していた。

鬼丸のことを見る他のあやかしたちの目には覚えがある。私が両親や学校の友達、会社の人たちから向けられていた畏怖の眼差しだ。

どうしてみんなは同じあやかしの鬼丸を怖がっているんだろう。いや、気味悪がっている、と言ったほうが近いかもしれない。

不思議に思って耳を澄ますと、信じられない言葉が飛び込んでくる。

「また、人間の女など連れ帰ってきて」

「え……」

またってなに？　鬼丸は前にも人間の女の人を常世に連れてきたことがあるの？

前を歩く鬼丸の背中を見つめるけれど、振り返る気配はない。鬼丸はあやかしたちの視線も噂話も慣れているのか、気にせず歩き続けている。

これからどこに行くのかも尋ねられないまま鬼丸に連れてこられたのは、水路と高い石垣に囲まれた城だった。

灯篭には青白い炎が灯っていて、侵入者を見張っているのか、大きな目玉がいくつも城の周りを巡回している。

天守閣まであるおどろおどろしい城を見上げていると、鬼丸は橋を渡って城門の方へ歩いていった。その後ろをついていけば、カラスの羽のようなものが生えたふたりの門番らしき男性が鬼丸を見て頭を下げた。

「おかえりなさいませ、鬼丸様」

「えっ」

鬼丸、このお城に住んでるの？　トラちゃんにも様付けで呼ばれてたし、常世では偉い人なのかも。

そんなことを考えていると、門番たちの視線が私に注がれているのに気づく。

「そのお連れの方は……どちら様ですか」

「人間のようですが……」

門番たちは戸惑っている様子だった。

鬼丸はちらりと私を見てから、「嫁だ」とからかうように笑って中に入っていった。

それを聞いた門番たちは顔を見合わせて「嫁!?」と叫ぶ。

困惑している門番たちに申し訳なく思いつつ、私は鬼丸の背を追いかけて抗議する。

「鬼丸！　いきなりあんなこと言ったら、門番さんびっくりするじゃない！　というか、こんなお城に住んでるって、あなた偉い人なの？」

「……常世では強さがすべてだ。力のあるあやかしが各領地を治めることになっている。そして、俺は——この鬼ヶ島の領主だ」

「お、鬼ヶ島……桃太郎とか出てきそうね。あと、キジとか犬とか、サルとか……」

日本昔話を思い出していると、鬼丸はひとつの部屋に入る。そのあとに続けば、そこは畳敷きの広間で、あやかしたちがずらりと並んでいた。

「……っ、なに……？」

「貴様をこの城に置くにあたって、面倒ではあるが家臣たちに知らせる必要がある。手違いで食われたりしたら、俺を愉しませるどころの話ではないからな」

残酷な笑みを唇にたたえた鬼丸に、背筋が凍る。

そうだ、私の血肉は力を求めるあやかしには特に狙われるんだった。気を抜いたら、ここにいるあやかしたちに食べられてしまうかもしれない。私は縋るように桜の痣を見る。

「あれ？」

信じられないことに、痣は完全に消えていた。動揺する私に気づいた鬼丸は、にやりと笑う。

「かすかだが、朔の神気を感じる。だが、そこにあった祝福の印。俺が貴様と会ったときから、消えていたぞ」

「どうして……」

「知らん。だが、考えられることとすれば、長い間、上書きされなかったか、朔が弱ったか、消滅したか、だ」

――消滅、たぶんそれだ。私は朔が消滅したあとの世界から来たから、痣も消えてしまった。つまり、もう朔のくれた痣には頼れない。自分の身は自分で守らないと。

私はごくりと唾を飲み込み、鬼丸と広間の上段に座る。

「この女は千年に一度現れる奇跡の魂の持ち主……俺の嫁になる」

そのひとことで広間は「やはり、どうりでうまそうな匂いがするわけだ」「あの女を食らえば、領主の座も奪えるやも……」とざわめき出した。

なにそれ、私を食べて鬼丸を蹴落とす気？　鬼丸って味方がいないの？

桜月神社と比べて、ここは殺伐としすぎている。鬼丸も家に帰ってきたというのに、気が休まっている感じがまったくない。

「ふっ、くれぐれも許可なく食らうな？　破れば……そうだな。即、この爪の餌食にしてやろう。皮をはぎ、じわじわと苦しめてから首を刎《は》ねる」

長く鋭い爪を舌で舐める鬼丸に、あやかしたちは黙る。それに興が削がれたのか、鬼丸はすっと笑みを消して立ち上がった。

「話は以上だ」

「あ……待って！」

用件だけ済ませて広間を出ていこうとする鬼丸を追いかける。

私、常世に来てから鬼丸を追いかけてばっかりだな。私がここに来た本来の目的は、鬼丸を楽しませることだったはずなんだけど……。そもそも、楽しませるってなにをすればいいんだろう。鬼丸が好きそうなことを想像しても、命がけで戦うとか、そんなろくなことしか思いつかない。

「……はあっ」

ため息が出る。悩んでいる私のことなんてお構いなしに、自由行動する鬼丸の背を恨めしく思いながら睨むと――。

「言いたいことがあるのなら言え」

こちらを振り向いてもいないのに、鬼丸が声をかけてきた。

背中にも目があるの？　この人……。

「くっ、貴様の考えていることが手に取るようにわかるぞ。俺の背には目などない」

「こ、心を読まないで」

そう強気に返したものの、鬼丸の残虐さのある瞳に捉えられると気圧される。

怖いけど、ここで怯えちゃダメな気がする。鬼丸は物怖じしない私を面白いと言って、常世に連れてきたんだから。

私は深呼吸をしたあと、平静を装って鬼丸を真っ向から見据える。すると、鬼丸が満足げに口端を吊り上げて、近づいてきた。

「それで、貴様はどう俺を愉しませるつもりだ？　よもや、忘れていたわけではなかろう？」

「う、うん。じゃあ……」

なるべく平和で、血なまぐさい展開にならない方法を死ぬ気で考えた結果――。

「一緒に町を歩くっていうのはどう？」

「面倒だ。わざわざ出歩く理由がない」

即、却下された。『今度つまらない提案をしてきたら八つ裂きにするぞ』、とでも言いたげな視線を向けられて怯んだものの、私はめげずに鬼丸を説得する。

「お城にこもってても楽しみなんて見つからないよ。気が滅入るよ。なら聞くけど、鬼丸はなにをしているときが充実してるなーって思うの？」

「酒に女、それよりも勝るのは殺し合いだ。手っ取り早く欲を満たせる」

「ダメな男の三原則ね……ともかく、どれも却下。今回は私があなたを楽しませるんだから、騙されたと思って付き合って」

強く言い切れば、鬼丸は一瞬動きを止めた。不思議に思って首を傾げると、すっと視線を外されてしまう。

なんだろう？

会ってからそう時間は経っていないけれど、鬼丸は相手を視線でも攻撃するかのようにあまり目を逸らさない印象だった。それなのに、この態度はなんだろう。

不自然に黙り込む鬼丸に戸惑っていると……。

「いいだろう」

感情の読めない顔をした鬼丸から、答えが返ってくる。

「え、いいの？」

また断られると思ってたのに……。

予期していなかった返答に驚きながらも、無言で歩き出す鬼丸を追いかける。こうして私たちは常世の町に赴くことになった。

町の大通りにやってくると、私は隣を歩く鬼丸に尋ねる。

「ねえ、鬼ヶ島ってさっき常世に来たときに見えた島全部がそうなの？」

「……いや、そのうちのひとつだ。他の常世の領地に行く際は船を使う」

「へえ、そうなんだ。あ、あれってなんの火？」

私は【地獄そば屋】という看板が立ったお店の前で足を止めると、ぶら下がっている提灯を見上げる。その明かりは青く明滅しており、少し不気味だった。

「狐火《きつねび》だ。ここは妖狐《ようこ》が営む店だからな」

「じゃ、ここでご飯を食べるのはどうかな？　そろそろお昼だし……って！　私、お金持ってきてない！　というか、そもそも現世のお金って使えるの？」

袴のポケットに手を突っ込んでひっくり返している私に、鬼丸は心底怠そうに『地獄そば屋』の引き戸を開ける。鬼丸に続いて暖簾を潜ると、赤いメッシュの入った白い髪に九本の尻尾、耳を持つ糸目の男性に出迎えられた。

目尻には個性的な赤い刺青が入っていて、着物の袖はたすきで縛って捲り上げられており、腰には白のエプロンが巻かれている。

「いらっしゃいませ！」

「これが地獄そば屋の店主、コンだ」

鬼丸はそう言うと、さっさと席に座ってしまう。

そば屋の店主、コンさんは鬼丸に置いていかれた私に気づいて、「おや？」と首を傾げた。

「お連れの方が人間だとは驚きました。それも、この匂い……普通の人間と違って、やけにおいしそうだ」

「……っ、食べてもおいしくないですよ」

「あ、これは失礼いたしました。お客様なら、どなたでも大歓迎ですよ。ですが、なぜ鬼丸様と一緒に？」

申し訳なさそうに笑って尋ねてくるコンさんに正直に話すわけにもいかず、私は「いろいろありまして」と曖昧に答えた。

「そうでしたか……」

コンさんの糸目が見開かれて、赤い瞳が露わになる。

「興味深いですね、あなたは」

ぞくりと背筋に冷たいものが走った気がして、私はコンさんから目を離せなくなる。

そんな私に助け舟を寄越したのは、意外にも鬼丸だった。

「それに手を出すのはやめておけ、コン。有象無象の神やあやかしを相手するより恐ろしい、鬼と神を敵に回す覚悟があるなら別だが」

鬼丸の瞳がいっそう冷酷さを増すと、コンさんの表情はコロッと営業スマイルに変わる。

「失礼いたしました。ささっ、席にどうぞ」

私はコンさんに案内されて鬼丸の前に腰かける。さっきよりもコンさんの纏う空気が柔らかくなり、安堵していると——。

「改めまして、私はこの地獄そば屋で店主をしております、コンです。あの、お名前を聞いても？」

「あっ、私は雅……芦屋雅です」

「雅さん、ですね。これからも、気が向きましたらぜひ当店にいらしてくださいね。あ、でも週に一回、不定期の営業なので、都合が合えばになりますが」

それって、ほとんど儲けがないような……。

心の中の声は伝えずに、私はにっこりと笑って「ぜひ」と答えた。それに満足そうに頷いたコンさんは、私と鬼丸の前にお品書きを置いてくれる。

「注文はなににいたしましょう？」

「好きに頼め」

鬼丸は興味なさげに頬杖をついて窓の外を眺めていた。私はお品書きに視線を落とすも、【化け猫の脳髄《のうずい》ダシぶっかけそば】【妖蚊《ようか》の絞りたて血つけそば】【砂かけばばあの指天ぷらそば】という想像だけで吐きそうな料理ばかりで口元を手で覆う。

「うっぷ……食欲がなくなった……」

「申し訳ありません、人間には刺激が強かったでしょうか？」

「ほ……本当にごめんなさい。でも、ちょっと、厳しい……」

店内を見ると、他のお客さんが食べているそばの器の中から足のようなものが飛び出していて、すうっと血の気が失せる。

すると、なにを勘違いしたのか、コンさんは私の視線の先にある他のお客さんのそばを見て、「あれが気になりますか？　あれは……」と料理の説明をし出す。

「妖怪小人の足――」

「言わないで大丈夫です！　そして、料理はコンさんにお任せします。できれば、具と血はなしで」

「そうですか？　承りました」

不思議そうな顔でコンさんはお辞儀をすると、店の奥へと入っていった。

コンさんには失礼だけど、常世ってこんな気味悪い食べ物しかないの？

私が机に突っ伏してぐったりしていると、頭上からくっと笑い声が降ってきた。ゆるゆると顔を上げれば、鬼丸がにやりと口端を吊り上げている。

「常世に来て一日ともたず、もう根を上げるのか？」

「いいえ、朔を諦めてもらうまではここにいますよ」

鬼丸のバカにしたような態度に、私もムキになって強気に出る。ここまで来たら意地だ。こっちはつらい試練を受けてまで過去に運命を変えに来ているのだ。それに、なにより朔をなんとしても死なせたくない。

朔がこの世界からいなくなる痛みに比べれば、常世の料理なんて屁でもない。

「俺が朔を永遠に諦めなければ、貴様も永遠にここにいる羽目になるな。それを聞いても気は変わらないのか」

試すような物言いをして、鬼丸は私の反応を窺っている。私が逃げ出すとでも思っているんだろう。それがわかって、私は堂々と答える。

「だとしても、私は朔を守りたいの」

みんなといられなくたっていい、桜月神社に帰れなくたっていい。ただ、朔が存在してくれてさえいれば、他にはなにも望まない。

「なにを犠牲にしても守りたい。そういう相手、鬼丸にはいないの？」

そこで鬼丸は黙り込んだ。すぐに「そんな者はいない」と否定されるのがおちだろうと思っていたから、少し驚く。

固く口を引き結んでいた鬼丸はなんの感情も映さず無表情なまま、長い長い沈黙のあとにようやく唇を動かした。

「……さあな」

なんだろう、この違和感。てっきり、享楽主義で冷酷暴君なあやかしだと思ってたのに、私が初めに抱いた印象とはだいぶかけ離れた反応だ。

なんとなく言葉を返せないでいる私のところへコンさんが料理を運んでくる。店内を見回すと他の従業員はいなそうだった。ここはコンさんがひとりで切り盛りしているようだ。

「お待たせしました。雅さんが食べられるように、いろいろ衝撃的な具や刺激的な汁は使わず作りました。ぶっかけそばです。内容は……言わずにおきますね」

「すみません、そうしてください」

コンさんに軽く頭を下げて、運ばれてきた料理を見る。一見、現世にもありそうな茶色い汁の具なしそばだ。私は覚悟を決めて、器を自分の方へ引き寄せる。

鬼丸とコンさんに見守られながら、まずは汁をすすると醤油よりも少し甘みのあるだし汁の味がした。続いてそばをすすれば、麺に弾力があって食べごたえがある。

「お、おいしい……おいしいです、コンさん！」

「ほんとですか！　それはよかったです。いやあ、人間の世界にある醤油に似せて作ったのですが、うまく調合できたようでなによりです」

材料は知りたくないけれど、空腹の私にはありがたいほどおいしい。私は夢中でそばをすすったあと、コンさんと鬼丸の顔を見比べてふと抱いた疑問を口にする。

「コンさんは、鬼丸と親しいんですか？」

なんというか、コンさんは城にいる家臣や常世に来たばかりのときに見た町のあやかしたちとは違って鬼丸を恐れている様子がないのだ。

「親しいだなんて恐れ多い。鬼丸様は領主様ですし、敬って――」

コンさんがそう言いかけたとき、鬼丸は言葉尻を捕らえるように口を開く。

「敬ってなどいないな。貴様は俺相手に物怖じしない希少なあやかしだ。なにが目的でこの地に店を開き、俺とさも親しげに話すのか……食えない男よ」

意味深な笑みを唇に滲ませる鬼丸に、コンさんも笑顔のまま肩をすくめる。

「そんな、ただのそば屋の店主に勘ぐりすぎですよ。疑ってばかりいたら、身がもちませんよ」

「貴様が疑われるような真似をしなければいいだけの話だ。なにかことを起こす際は十分に用心するがいい。その命を散らせたくなければな」

それだけ言って鬼丸はそばをすする。

なんともないように会話をしているけれど、ふたりとも目が笑っていない。お互い探り合っているようにも見える。私はふたりのただならぬ空気に、うっかりそばを詰まらせてご臨終しないよう食事に専念することにした。

「ありがとうございましたー」

コンさんに見送られてお店を出ると、私たちは適当にお店を見ながら歩く。ふいに、ぷちっという音がして足元を見れば、下駄の鼻緒が切れていた。

あー……、どうしよう。替えの下駄なんて持ってきてないのに。

私はため息をつき、その場にしゃがみ込む。応急処置ではあるが、髪ゴムで鼻緒を作っていると、ふいに手元が陰った。

「鬼丸？　ごめん、鼻緒が切れちゃったんだけど、もう大丈——」

そう言いかけながら顔を上げたとき、私の目と鼻の先に尖った歯と真っ赤で大きい舌があった。それが私を飲み込もうとしている口だとわかり、絶叫する。

「いやあああああっ」

強く目を瞑ったとき、頬にべちゃっと生暖かいなにかが付着した。恐る恐る瞼を持ち上げると、私を食べようとしていたあやかしの首がなくなっている。

「……え？」

放心状態のまま、開けた視界の先にいる鬼丸を見つめる。その鋭い爪からは、ぼたぼたと赤い液体——血が滴《したた》っていた。

もしかして、さっき頬に飛んできたのは……。

震える手で顔を拭う。そのまま手のひらを眼前に持ってくると、そこには私を食べようとしていたあやかしのものだろう、血がべっとりとついていた。

「なん……で……」

「なぜ、と問うか。許可なく俺の玩具を奪おうとした。それだけで、殺す理由にしては十分すぎると思うが？」

爪についた血を舌で舐めとり、そう答える鬼丸には少しも躊躇がなかった。同じ常世に住むあやかしを傷つけたことに、きっと罪悪感も抱いていない。

その場に腰を抜かしていた私は震える足に力を込めて立ち上がると、遠くに転がったあやかしの頭のそばに腰を落とす。

もう、間に合わないかもしれないけど……。

私は地面に転がっていたガラス片を拾って、加減しながら腕を切る。

「痛っ」

「貴様、なにをするつもりだ」

訝しんでいる鬼丸を無視して、私は傷口から滴る血をあやかしの口にたらした。

私の血は、あやかしや神様に力を与える。実際にトラちゃんにあげたときも力が増幅していたけれど、今回ばかりは手遅れの可能性が高い。どこまで効くかは運に賭けるしかない。

祈るように血を与えていたら、あやかしがカッと目を見開いた。それから瞬きをして、「むむむっ？」と首を傾げると――。頭部だけで地面を転がっていき、分断された身体とくっつく。

「……う、うまい……」

あやかしが私の血を味わうように何度も口を動かす。その表情はどこか恍惚として いて、全身にぞわっと悪寒が走った。

本能的に後ずさると、助けたあやかしが血走った目で私を捉える。それは紛れもな く、獲物を狙う目だった。

「あ……あ……」

壊れたロボットみたいに、それしか言えなくなる。恐怖で身体が竦んで、少しも動 けない。そんな私に、あやかしはじわじわと近づいてくる。

「よこせ……ヨコセェエエッ」

叫びながら襲いかかってくるあやかしに、私は強く目を瞑る。そのとき、ザシュッ となにかが切り裂かれるような音が聞こえて、恐る恐る瞼を持ち上げると……。

「鬼丸！」

私の前には鬼丸の背中があった。その手は真っ赤に染まっており、爪の先からぽた ぽたと血が滴り落ちている。

「低級のあやかしに、その血は毒だ。理性を保てなくなるほど酔い、あやかしだろう が人間だろうが、見境なしに襲いかかるようになるぞ」

「え……でも、トラちゃんは平気だったのに……」

「トラ？」

こちらを振り返った鬼丸が、誰だそれ？というように片眉を上げた。

「鬼丸に仕えてたでしょ？　その子鬼だよ」

鬼丸は少し考えたあと、腑に落ちたように「ああ」と呟いた。

「あれは、俺が力を分けてやった鬼だ。そこらのあやかしよりは使えるぞ」

つまり、トラちゃんは鬼丸の眷属だから私の血を吸っても理性を保てたってこと？　だとしたら、私は大変なことをしてしまったのかも。前に朔が注意してくれたのは、こういうことが起こるからだったんだ……。

私は鬼丸の爪に切り裂かれたあやかしに視線を移す。地面に転がったっきり、ぴくりともしない。

死んでしまったのだろうか。

私を食べようとしたあやかし。鬼丸が助けてくれなかったら、私は今頃あのあやかしのお腹の中だっただろう。だから、仕方ないことだって頭では理解できるけれど、心が追いつかない。もっと話をしたら、わかり合えたんじゃないか。そんな風に考えてしまう私の前に鬼丸が立つ。

「俺が怖いか」

その問いにどんな意味が込められているのか、私にはわからない。だけど、素直に首を縦に振った。

「怖い。だけど……あなたは私を助けてくれた。ありがとう、鬼丸」

お礼を伝えれば、鬼丸は驚いたように息を呑む。それから静かに私に背を向けると、

「ついて来い」とそれだけ言って歩き出した。

周りにいたあやかしたちが怯えた表情で鬼丸を遠巻きに見ている中、私は思う。

鬼丸も、孤独だったのかもしれない。化け物だと恐れられてきた自分と目の前の鬼丸の姿が重なり、どうしようもなく胸が苦しくなった。

「鬼丸、どこに行くの？」

先ほどまで空に浮かんでいた太陽が沈んで、夕焼けに染まる川のそばを歩きながらそう尋ねると、鬼丸は足を止める。

「着いたぞ。三途の川だ」

「ええっ、さ、三途の川？　本当にあるんだ……」

小舟に乗ったら最後、本当に死人になってしまう……なんてことにならないよう願いながら、船乗り場のような場所に歩いていく鬼丸を追う。

すると、死に装束を身に纏った老夫婦が私たちを出迎えた。腰がひどく曲がっていて、あまりの前傾姿勢に顔面から転んでしまいそうだ。老夫婦はぎょろっとした目玉

をこちらに向けると……。一瞬、鬼丸を見て顔を強張らせた。けれどすぐに不気味な笑みを浮かべて、私の方を向く。

「私らはここの係員だよ。人間のお嬢さん、六文銭はあるかい？」

老婆のほうが私に手を差し出す。

「ろくもん、せん……？」

「三途の川の渡り賃だよ。おや、ないのかい？」

顔を覗き込んできた老婆に「すみません、手持ちがなくて」と謝ると、着物の合わせ目の辺りをガシッと掴まれる。

「うわっ、なにするの！」

「銭がないなら、代わりにその服を剥ぎ取ることにしよう。ねえ、爺さん」

老婆は私の抗議なんて聞こえていないのか、老爺を振り返った。

「そうだなあ、婆さん。私はそれを枝にかけるでのう。罪が重ければ、罰としてその魂を食らってやろう」

――いやいやいやいや！

仲良く賛同し合って、私の服を脱がそうとする老夫婦。私は助けて！と静観していた鬼丸に目で訴えた。鬼丸はため息をついて、ふたりに五円玉のような銭を突き出す。

「懸衣爺《けんえおう》、奪衣婆《だつえば》。これで小舟を一艘《そう》、出せ」

「まいど」

老婆——奪衣婆は、私から手を放すと銭を受け取った。

「な、なんだったの、今のは……」

わけもわからず、服を脱がされそうになるわ、食べられそうになるわ……。

ぷるぷると震えていると、鬼丸は腕を組みながらちらりと私に視線を寄越す。

「常世は貴様たちの言う死者の世界と同義だからな。あやつらは稀に転生を待つ魂が迷い込んでくると、三途の川を渡らせようとそそのかしてくる」

「な、なんで？」

「魂を食らうためだ。六文銭を持たなければ奪衣婆が服を剥ぎ、その服を懸衣爺が枝にかける。その枝が大きく垂れれば生前に大きな罪を犯したとされ、川の最も流れが速い深瀬を歩いて渡るよう言われる」

「それ、溺れちゃうんじゃ……」

「溺れ、弱った魂を仲良く食べることに悦に入るあやかしだ。特に、罪深い魂は好物らしいからな。ああやって、罪の重さを量ってから食らう」

さーっと血の気が失せるのと同時に、老爺——懸衣爺が船と櫂《かい》をひとつ持ってくる。

ふたりで船に乗り込むと、鬼丸が櫂を手にして漕ぎ始めた。

鬼丸が漕いでくれるんだ。私が楽しませなきゃいけないのに、いいのかな？　というか、どうして私を三途の川に連れてきたんだろう。

会話もなくただ川の上を揺蕩《たゆた》っていると、鬼丸の視線が土手に咲く彼岸花に向けられているのに気づく。つられるように彼岸花を眺めると、夕日を反射した花弁が風に吹かれて、揺れるたびにキラキラと輝いて見えた。

「彼岸花……か。死人花とか、地獄花とか呼ばれてるよね。正直、怖いイメージしかなかったけど、実際は全然そんなことないんだね」

鬼丸はなにも言わなかったけれど、頬に視線を感じる。先ほどの、ためらいなくあやかしを傷つけた鬼丸の姿が頭をよぎって、前を向く勇気が出なかった。私は彼岸花を見つめたまま言葉を重ねる。

「夕日が彼岸花に当たって、光の海みたい……綺麗……」

心が洗われるような景色に自然と口元が緩んだ。

「なぜ……」

彼岸花が群生する土手を眺めていると、鬼丸の動揺したような声が耳に届く。隣を見ると、その赤い瞳がかすかに揺れていた。

「あ……鬼丸の瞳も、夕日が当たると、あの彼岸花の海みたいだね」

「――っ、貴様は……」

そう呟いた鬼丸は、今まで見たことのない表情をしていた。苦しげで、泣きそうで、その目に常に宿っていた残虐さも人を蔑むような軽薄な笑みもない。

「魂だけでなく、その心も藤姫《ふじひめ》に似ているというのか?」

絞り出したような鬼丸の言葉には、切なさと深い悲しみだけが孕《はら》んでいる。

「藤姫って?」

鬼丸の口から誰かの名前が飛び出すのは、朔以外ではその藤姫さんが二人目だ。自分で拾ったトラちゃんのことでさえ、忘れていたのに……。名前を覚えられている藤姫さんが、鬼丸にとってどんな存在なのかが気になる。

でも、鬼丸は目を伏せたまま、なにも言おうとしなかった。

そこでふと、『なにを犠牲にしても守りたい。そういう相手、鬼丸にはいないの?』と尋ねたときのことを思い出す。

あのとき、鬼丸はすぐに否定しなかった。『……さあな』と言って、今と同じように黙り込んで……。

そこで、はっとする。

「もしかして、藤姫さんは鬼丸にとって大切な人?」

行き着いた答えを口にすれば、鬼丸はふうーっと長い長い息を吐いて、ゆっくりと語り出す。

「……藤姫は貴様と同じ人間、千年前の奇跡の魂の持ち主だ」

「えっ……」

私と同じ、奇跡の魂を持った人？　そっか、あやかしや神様は長生きだから、千年前の奇跡の魂の持ち主を知っていたって、なんらおかしくはないんだ。朔も鬼丸のことを古い縁だと言っていたけれど、それって何百年、何千年も前からって意味だったのかもしれない。改めて、神様たちは途方もない時間を生きているんだなと思う。

「その頃、京の貴族の家に生まれた藤姫は、今の貴様のように力を欲したあやかしや神、人間から狙われていた」

「人間にも!?」

「そうだ。京には陰陽師《おんみょうじ》と呼ばれる人間の術師がいて、神やあやかしを術で縛り、無理やり従わせ、力を操るのに長けていてな。朝廷の連中はそんな陰陽師たちを重宝していた」

無理やり従わせるなんて……。神様にもあやかしにも意思があるのに、ひどい。もし、朔や白くん、黒やトラちゃんがそんな目に遭わせられたらと思うと、許せない気持ちになる。

「ある日、朝廷はその血肉を食らえば不老不死になり、魂を使えばどんなあやかしも神も凌駕する力を得られるという藤姫の存在に目をつけた」

「……っ、それで藤姫さんはどうなったの？」

先を聞くのは怖かった。鬼丸の話しぶりから嫌な予感しかしなかったから。だけど、鬼丸が私に聞いてほしいことなら、私は知らなくちゃ。それに、どうしても他人事には思えなかった。私と同じ奇跡の魂を持って生まれた藤姫さん。彼女に降りかかった出来事が私にも起こるかもしれないから。

「陰陽師は朝廷の命で藤姫を捕らえると、まずは身体の自由を奪い、抵抗すれば意思を奪い、傀儡《くぐつ》にする術をかけて藤姫の魂を糧に現世に住むあやかしを思いのままに操った」

「ひどい……っ、そんなことをして誰が得するのよ！」

「朝廷と陰陽師、どちらもだ。陰陽師が操るあやかしで京の町を襲わせ、事件を起こした陰陽師自身があやかしを倒し、民を守る。民は陰陽師に感謝し、陰陽師を雇っている朝廷は称賛される」

そこで鬼丸は、ふんっと皮肉な笑いを浮かべた。

「朝廷が威厳を保つための、言わば必要悪だ」

笑っているのに、鬼丸の握りしめている拳は怒りで震えている。そのアンバランスさが痛々しくて、どこか危うさを感じさせた。

「藤姫もあやかしも、人間が名誉と富を得るための人柱《ひとばしら》だった。だから俺は人間に利用されて死んだ藤姫の無念を晴らすため、あやかしを率いて朝廷の人間や陰陽師たちを殺した。京を滅ぼすつもりだった。朔と出会ったのも、その頃だったな」

「朔はその……鬼丸を倒しに来たってこと？」

「あれは人間のために、俺を止めに来たらしい」

そうか、朔は願いを叶える神様だから、助けを求める声が聞こえたのかもしれない。鬼丸が相手となれば、もう人の力でどうこうできる問題ではない。それで朔が直々に赴いたんだろう。

「俺は引き下がる気などなかったが、朔とは互角でな。俺はやむなく常世に逃げるしかなくなったというわけだ。傷を癒すまでの時間は……途方もなかった」

鬼丸はその途方もない時間を思い出しているのか、遠い目で空を見上げる。

「空虚で、目に映る景色すべてから彩《いろど》りが消えたようだった。藤姫のいない世界など、終わってしまえばいいとさえ考えていた」

「鬼丸は……藤姫さんのことが大好きだったんだね」

「……愛していた。恋仲だった。ずっとそばで守り続けるつもりだった。この力はそのためにあるのだと信じていた。だというのに、俺は鬼の力を復讐に使わねばならなくなった」

静かに淡々と話している鬼丸だったが、ときおり憤りや悲しみを表すように息を詰まらせていた。藤姫さんに対する深い愛情が私にも伝わってきて、胸が苦しくなる。

ようやく鬼丸の退屈を嫌う理由がわかった気がする。

「鬼丸、時間を持て余したくないのは、愛する人を失った悲しみや、愛する人と同じ人間を殺した罪悪感から逃れたかったからじゃない？」

「…………」

「じっとしていると嫌なことを考えてしまうから、戦っている間はそれが紛れるから、できるだけ長く戦える強い存在……朔に執着していた。違う？」

鬼丸は否定しなかった。それだけで、答えなんて出ているようなものだった。鬼丸は遠い誰か――藤姫さんに思いを馳せるようにただひたすらに空を仰ぐ。

「さっき、貴様は『騙されたと思って付き合って』と言ったな」

「え？　うん、言ったけど……」

鬼丸を散歩に誘ったときにかけた言葉を思い出しながら、頷く。

「藤姫はよく、なにに対しても興味を示さない俺に『絶対に楽しいから、騙されたと思って付き合って』と言って、俺をいろんなところに連れ回した」

あ……だから、私がその言葉を口にしたとき、鬼丸は固まったんだ。

態度がおかしかった理由を知って納得していると、鬼丸はなにかを思い出したようにふっと笑う。

「いつだったか、一度だけ藤姫にあやかしの世界が見てみたいとせがまれたことがあってな。常世に連れてきたことがある。そのときに藤姫にも俺の瞳は彼岸花の海みたいだと言われたんだが……貴様は藤姫の生まれ変わりではないのか？」

どこか縋るような物言いに、胸が痛みながらも私は首を横に振る。

「生まれ変わりかどうかは知らないけど、そうだったとしても今ここにいる私は芦屋雅であって藤姫さんじゃない」

きっぱりと告げたはずだったのだけれど、空から私に視線を移した鬼丸の表情は愛しさにあふれていた。

「いいや、貴様は藤姫だ」

彼岸花の赤い血のような花びらが私と鬼丸の間を吹き抜ける。目の前にある微笑みはどこか狂気じみていて、愛しそうに藤姫さんのことを話していた鬼丸とは全然違う。

「もう二度と、離しはしない」

甘い言葉とは対照的に、囁きは恐ろしく冷たく響いた。

「ここから出して！」

あのあと、三途の川から帰ると、鬼丸は有無を言わさず私を城の一室に幽閉した。牢屋ではないけれど、それと大差ない木製の赤い格子がある部屋。そこに閉じ込められてから、三日が経っていた。

「食事だ。今日も貴様が食えるように、現世の料理に近づけたものだ」

料理が載ったお盆を手に、鬼丸が現れる。

「私は藤姫さんじゃない、芦屋雅なの。お願いだから普通に過ごさせて！」

格子を握って叫ぶと、鬼丸はため息をついた。

「またそれか……記憶がないだけだろう。同じ奇跡の魂を持つ貴様は、間違いなく藤姫の生まれ変わりだ」

何度違うと言っても、鬼丸は私のことを藤姫さんだと妄信している。今日も私の言葉を否定し、食事を小窓から差し入れると、格子に寄りかかるようにして座った。

この三日間、鬼丸はなにを話すでもなく、格子の外ではあるけれど私のそばで過ごすことが多かった。

「もし魂が同じだったとしても私は私、藤姫さんは藤姫さん。別の人生を歩んでる別人なんだよ？」

「貴様はそう言い張るが、俺は確信している。藤姫と同じセリフを口にしたのが、なによりの証拠だ」

「そんなの偶然だよ……お願いだから、ここから出して」

「言ったであろう？　貴様を離さないと。そうだ、初めからこうして誰の目にも触れぬよう、閉じ込めておけばよかったのだ」

言葉が出なかった。鬼丸の目は冗談を言っているようには見えない。

本気で言ってるんだ……。

平気で私の自由を奪おうとしている鬼丸に、ぞくりとした。背中に嫌な汗が伝う。

口の中は緊張で渇いていた。

「俺がどんなに貴様を守りたいと思っていても、その清らかな魂を狙うものは多い。念には念を入れておく」

「鬼丸……」

このやりとり、何度目だろう。話が堂々巡りだ。このままじゃ死ぬまでここに閉じ込められて、会えるのは鬼丸だけ、なんてこともありえそうだ。

なんとかして、鬼丸に出してもらわないと……。

私は脱出の糸口を探すべく、格子に寄り鬼丸のそばに腰を下ろす。

「ねえ、藤姫さんってどんな人だったの？」

「……これを話せば、貴様も思い出すか……。藤姫は、ひとことで言うならば、おかしな女だった」

鬼丸はいつも、人を試すような本心の見えない物言いで相手を戸惑わせ、楽しんでいるところがある。なのに、藤姫さんのことを話すときの鬼丸の言葉は実直で、声音も優しい。それほどまでに藤姫さんを愛していたんだろう。

「鬼はもともと、常世ではなく人間の世界で正体を隠しながら生活していた。人間に追われるようになって常世へ逃げた者もいたが、俺の先祖は現世に留まり密かに山奥にある里でその血を繋いでいた」

トラちゃんの過去と同じだ。鬼丸も人間たちに迫害されながら生きてきたんだ。

「だが、俺は鬼の中でも力が強すぎた。それに気づいた親は現世で生まれてすぐ、俺を先祖が住んでいた場所から遠く離れた山に捨てた」

あやかしや神様が見えるからと、家族から愛されなかった私と似ている。生まれてすぐ捨てられて生きていられたのは、鬼丸があやかしだったからだろう。鬼丸の話を聞きながら、山に捨てられたり、食事を与えられなかったりと生きていくのに困るようなことがなかっただけ、私は恵まれているのかもしれないと思ってしまった。

「人から忌み嫌われ、ずっとひとりで生きてきた孤鬼《みなしおに》の俺の前に現れたのが、藤姫だ。あれは貴族の娘だというのに、俺が住んでいた険しい山に花を摘みに来て迷子になっていてな」

「お、お転婆だったのね、藤姫さんは」

「姫らしいおしとやかさはなかったな」

ああ、まただ。藤姫さんを思い出している鬼丸の目は柔らかで、残虐さなど微塵もない穏やかな表情をしている。

「最初は俺もあれの魂に惹かれて食らってやろうと思っていたが、迷子になったところに俺が現れたのが嬉しかったのか、ぺらぺらとお喋りを始めた。そのうちに俺が孤鬼であることを知った藤姫は、鬼である俺に自分の屋敷へ来るよう言いだしてな」

鬼丸は「怖いもの知らずにもほどがある女だった」と笑う。その笑顔は私を幽閉したときの狂気じみたものとは違って、愛しさを孕んでいた。

「鬼丸をほっておけなかったんだね……一緒に住むことにしたの？」

「そうだ。すぐに追い出されると思ってたんだがな、あれは俺に家族だと言った。神にもあやかしにもわけ隔てなく接する藤姫にまんまと絆《ほだ》された俺は、初めてできた居場所に初めて幸せだと思えるようになった」

親から捨てられて、人間にも嫌われて、ずっと孤独で生きてきた鬼丸にとって、藤姫さんは初めてできた帰る場所だったんだ。

藤姫さんは、私にとっての朔みたいな存在だったのかもしれない。

「だから俺は、もう二度と失うつもりはない。そのために貴様を手放さない」

「……鬼丸がどれだけ藤姫さんを愛していたのかはわかった。でも、私は藤姫さんじゃない。どうか解放して」

「覚えていないだけだ。すぐに前世の記憶を取り戻す術が使えるあやかしか神を連れてくる。それまで大人しく待っていろ」

立ち上がって戸口に歩いていく鬼丸の背中に「待って！」と声をかけたけれど、振り向かずに出ていってしまった。

「はあ……本当にどうしよう」

鬼丸の執着の対象は、朔から藤姫さんの生まれ変わりだと信じている私に移っている。そもそも、私が常世に来たのは朔に戦いを挑むのをやめてほしかったからだ。そういう意味では成功してるけど……。

「でも、だからって鬼丸をあのままにしておけない。あの人は過去に囚われてる」

藤姫さんを惨い方法で奪われて、狂わないほうがおかしい。それは理解できても、私を藤姫さんに重ねて心を保とうとする鬼丸を見過ごすことはできない。

鬼丸の愛した人は藤姫さんひとりしかいない。その気持ちまでごまかしてしまうなんて、悲しすぎる。

「ああ、いい考えが浮かんでこない！」

わしゃわしゃと頭を掻いて、悩んだ挙句ひとつの決意をする。

「とにかく、ここから出よう」

ここにいても、私は鬼丸のためになにもしてあげられない。鬼丸を説得できる方法を見つけるためにも、他のあやかしから話を聞きたい。

私は立ち上がって、まずは力ずくで格子の扉をガチャガチャと動かしてみる。当然といえば当然なのだが、びくともしなかった。

「鍵がダメなら……」

私は振り返って、障子窓の外に取りつけられている格子をどんどんと叩く。

「誰かーっ、誰かいない!?」

何度かそうやって叫んでいると、拳に血が滲む。強く叩きすぎたせいで、皮膚が擦り切れていた。

「いたた……」

ひりひりとする手にふうっと息を吹きかけていると、障子窓の向こうから羽音が聞こえて顔を上げる。

「血の匂いを辿って来てみれば……なぜこのような場所に人間がいる」

格子の向こうにいるのは、黒い翼を生やした紺色の髪と瞳の男性。頭には黒く小さな十二角形の帽子を被っており、えんじ色の上下に分かれた衣服を身に纏っている。また、肩から白く丸い装飾がついた袈裟をかけていて、手には錫杖《しゃくじょう》、帯には扇が差さっていた。まるで天狗のような出で立ちの男性の肩には、ペットなのか一羽のカラスが乗っている。

「あ……あの、私をここから出してほしいんです！」

藁《わら》にも縋る思いで、私は目の前の男性に頼み込む。男性は訝しげに眉をぴくりと動かし、私に近づいてきた。

「状況による。お前はなぜ、ここに捕らわれている」

疑わしそうに問いただしてくる男性の声は、どこか厳しい。

「それは……鬼丸に昔の恋人と間違われて、それでここに」

ここに捕らわれたのは、奇跡の魂を持っているせいでもあるけれど、町であやかしに襲われたみたいにいきなり食べられてしまう可能性もあるので黙っていた。

でも、それがいけなかった。私がなにかを隠していると気づいたのか、男性の眉間には深いしわが刻まれる。その様相に萎縮しながらも、私は考える。

もうこの際、奇跡の魂のことを打ち明けて血を分けてあげる代わりに力になってもらう？　でも、この前のあやかしみたいに理性を失わせてしまったら……。

協力を得る方法をあれこれ模索していると、男性は腕を組んで非難を含んだ眼差しを向けてきた。

「お前からは、あやかしを惹きつける甘い香りがする。それと、幽閉されていることに、なにか関係があるんじゃないのか」

ダメだ、隠し通せない。とにかく、鬼丸がこの部屋に戻ってくる前に、なんとしても脱出しないと。危ない橋を渡ることには変わりないけど、もうあとには引けない。

「私、千年に一度生まれるっていう奇跡の魂を持ってるんです」

相手の反応を見ながら話せば、男性は興味を示したように格子に顔を近づけてきた。

「なるほど、そういうことか。捕らわれた理由はわかった」

「ですから、助けてください。その代わり、全部は厳しいけど私の血をあなたにあげます」

それを聞いた男性は一瞬、黙り込んで考える素振りを見せたが、静かに格子から距離をとった。

「……いいだろう。下がっていろ」

「はい！」

言われた通り私が窓から離れると、男性は錫杖を格子に翳しカシャンと振った。

その瞬間、ブウォッと錫杖から火が噴き出して格子を焼く。呆気にとられながら穴が開いた格子を眺めていると、その向こうから男性が手を差し伸べてきた。

「俺は天狗の松明丸《たいまつまる》だ。お前には利用価値がありそうだからな、助けてやる」

……松明丸さん。みんなに紹介すると言って鬼丸に広間へ連れていかれたときには、いなかったような気がする。どうしてここにいるのか、なぜ手を貸してくれる気になったのか、怪しいことには変わりないけれど、今はここから出ることを最優先にしないと。

「私は芦屋雅。理由はなんにせよ、力を貸してもらえるならなんでもいいです」

切羽詰まっていた私は迷わず目の前の手を取る。そのまま手を引かれて、私の身体は松明丸さんの胸におさまった。そこでようやく、足が宙に浮いていることに気づく。

「う、わっ……」

下を見ると、門番のあやかしが豆粒に見えるほど地上が遠い。

——た、高っ！

私は真っ青になりながら松明丸さんを見上げる。視線に気づいた松明丸さんは、私を抱え直すとどこかへ向かって飛行し始めた。

「とりあえず、お前を匿《かくま》えそうな場所へ連れていく」

「あ……はい、ありがとうございます」

ずいぶん、親切なんだな。私の魂が利用できるから？　でも、この際なんでもいい。あの部屋に戻らずに済むなら、とことんこの魂を盾に動こう。

そう思っていると、視線を感じて松明丸さんの肩を見る。そこに止まっているカラスが、私をじっと見つめていた。

「あの、このカラスさんはペットかなんかですか？」

「くるぽ、俺の眷属だ。天狗はカラスを操れるからな」

「そうなんですね……でも、なんでくるぽ？」

首を傾げている私に、くるぽは「くるっぽー」と鳴く。

「カーッ」じゃないんだ。カラスなのに。

「この通りだ。カラスなのに鳩みたいに鳴くから、くるぽ。ちなみに名付けたのは、本業そっちのけで趣味の料理に明け暮れている胡散臭い狐だ」

疲れた顔で忌々しそうに言う松明丸さん。相当その料理オタクで胡散臭い狐さんに振り回されているようだ。

そうこうしているうちに目的地に着いたらしい。松明丸さんは地面に降り立った。

「ここだ」

そう言って松明丸さんが見上げたのは、【地獄そば屋】の看板。

え？　ここって……。

呆然と立ち尽くしている私に気づいていない松明丸さんは、ガラガラッと引き戸を開けると、暖簾を手の甲で持ち上げる。

「コン、入るぞ」

「お、お邪魔しまーす……」

松明丸さんのあとに続いて中に入ると、厨房からコンさんが出てきた。

「やあ、松明丸……と、雅さん？」

腰に巻いているエプロンで手を拭きながら、コンさんは近づいてくる。

「こいつと知り合いだったのか？」

松明丸さんが目を丸くしながら私を振り返った。

「あ……はい！　前に鬼丸とここに食べに来たんです」

「無駄に繁盛しやがって……」

松明丸さんはコンさんを見て、ため息をついている。もしかして……。

「あの、さっき松明丸さんの言ってた本業そっちのけで趣味の料理に明け暮れている胡散臭い狐って……」

「そうだ、こいつのことだ」

松明丸さんが指差した先には、コンさんがいる。

「ええっ」

コンさんの知り合いだったんだ。常世って広いようで狭いのかも、なんて考えていると、松明丸さんに「雅」と呼ばれる。

「俺のことは松明丸でいい、敬語も不要だ」

「あ、はい……」

私を利用する気でいるわりには、フレンドリーだ。松明丸さ――松明丸は根がいいあやかしなのかも。なんて思っていると、コンさんがやれやれというような顔をした。

「ひどいですねえ、松明丸は。あ、雅さん、私のこともコンと呼び捨てに――」

「それは周りの者に示しがつかないから、却下だ」

「それをあなたが言いますか。松明丸はいつも私をこいつだの胡散臭い狐だのと、貶しているじゃないですか。今さら体裁を気にしても……」

「だったら、もっと敬われる主になるんだな」

松明丸は、ぴしゃりと言い捨てた。でも、コンさんはさほど気にしていないのか、変わらず笑っている。

周りの者に示しがつかないって、コンさんは何者なんだろう。ただのそば屋の店主じゃないってこと？

「すみません、松明丸の主がコンさんって言うのは……」

「詳しくは話せないんですが、私はそれなりにお金のある家の主でして、松明丸はそこでお付きをしてくれているんですよ──ぐえっ」

人差し指を立てながら親切に教えてくれるコンさんに、松明丸は恐ろしい形相でヘッドロックをかます。

「そういうわけだ。こいつは家の仕事を放り出して、趣味のそば屋に熱中していてな。決められた滞在日数を超えても帰ってこなかったら、俺が連れ戻しに来ることになっている」

「なるほど……」

だから地獄そば屋は週に一回の営業なんだ。

「でも松明丸、どうして城にいたの？　コンさんを迎えに来たなら、地獄そば屋に行くでしょう？」

「ああ、さっきも言った通り、コンは常世で名の知れてる家の主だからな。いつか、ここの領主である鬼丸と会うこともあるだろう。だから顔を見ておきたくてな。まあ結局、それは叶わなかったが」

「ごめんなさい。それ、私を助けたからだよね……」

　肩をすぼめて謝っていると、話を聞いていたコンさんが思い出したかのようにぽんっと拳で手のひらを打つ。

「そういえば、どうしてふたりは一緒にここに？」

「あっ、それは……私が鬼丸に閉じ込められているところを松明丸が助けてくれたんです」

「穏やかでない話ですね。よろしければ、食事でもしながら話を聞かせてもらえませんか？　今日は、お店はお休みなんです。新作の料理を考案してまして……」

　コンさんの言葉が不自然に途切れたのは、『本業そっちのけでそんなことしてたのか』という松明丸の刺すような視線に気づいたからだろう。コンさんは「あっ」という顔をして、すぐに――。

「もちろん、雅さんの言えるところまでで構いませんから」

いろいろなかったことにして、話を軌道修正した。

コンさんの厚意に甘えて席についてから、数分後。鬼丸とここを訪れた際に作ってもらったぶっかけそばがコトンと私の前に置かれた。それを見て松明丸は眉を顰める。

「なんだ、その質素なそばは……」

「松明丸の食べてるようなお蕎麦は、ちょっと……」

【化け猫の脳髄ダシぶっかけそば】を頼んだ松明丸の器には、尻尾らしきものが飛び出ていて、見ているだけで吐き気がした。

「難儀な生き物だな、人間というのは」

――そっちがね！

心の中で突っ込みつつ、コンさんが松明丸の隣に座るのに合わせて私は本題に入る。

「どうも、鬼丸が昔愛した人が私と同じ奇跡の魂の持ち主だったみたいで……。私のことを藤姫さんの……その、鬼丸の好きな人の生まれ変わりだと信じているんです」

「そうでしたか……それで、あなたを誰にも奪わせないように閉じ込めた、と」

考え込む仕草をするコンさんに、「はい……」と小声で返す。

「私は過去に囚われている鬼丸を解放したい。藤姫さんだって、私と重ねられるなんてつらいはずだから、その方法を探しているんです。でも、具体的な方法が思いつかなくて……」

そこまで話して、ふたりが面食らった顔をしているのに気づく。

「あの？」

なにか、まずいことでも言っただろうか。少し不安になってふたりを見ると、コンさんが不思議そうに口を開く。

「あなたは自分を幽閉した鬼丸様のために牢を出てきたのですか？　ただ、逃げたいからではなく？」

「え？　はい、あそこにいても私が鬼丸にしてあげられることはないですから」

それを聞いた松明丸は箸を置いて眉間を揉み始めた。

「甘い、そんな甘ちゃんでよく今まで生きてこられたな」

「も、もちろん鬼丸のためだけじゃないよ。私もずっとあそこに閉じ込められるのは嫌だったから。でも、鬼丸を説得しないことには、なにも解決しないでしょう？」

お人好しって松明丸は言いたいんだろうけど、違うのにな。

私の心を映したように、器の中で揺れるそばの汁に視線を落とす。

鬼丸は朔を消滅に追いやったひどい人だ。だけど、同じあやかしから恐れられ、孤独に生きてきたという一面もある。そして、ようやく手に入れた藤姫さんという居場所を失った。その痛みを理解できてしまったから、鬼丸の悲しみを見て見ぬふりはできない。ただ、それだけ。

「……ということは今頃、鬼丸様は雅さんを血眼になって捜しているでしょうね」

深刻そうな顔つきで、コンさんは言う。途端に強い緊張感が押し寄せてきて、目線を落とす私に「しっかりしろ」と活を入れてきたのは松明丸だった。

「やると決めたことは、なにがなんでもやれ。恐れている暇などないだろう」

「あ……そうだよね。うん、なにがなんでも鬼丸を説得して、みんなが今より幸せな未来を掴める方法も見つける！」

私はそのために過去に戻ってきたんだから――。

気を抜いた瞬間に顔を出す弱い自分を叱咤していると、コンさんがふふっと笑みをこぼす。

「その根性論とお人好しなところ……ふたりは似ていますね。松明丸は強面なので、周囲のあやかしに怖がられてしまいがちですが、正義感が強く隠れ熱血漢ですから」

コンさんに言われて松明丸を見ると、目が合った。

確かに、利用すると言っているわりには励ましてくれている。それが私のためを思って、かどうかはわからないけれど……。素性のわからない私に『やると決めたことは、なにがなんでもやれ』と言ってくれた松明丸は、まっすぐな人であることは違いない。

「似てるかどうかはわからないけど、見ず知らずの私を助けてくれた松明丸の優しさは身に染みてます」

「だそうですよ、松明丸」

隣に視線を向けると、松明丸はゴホンッと咳払いをしてそばをする。褒められるのは照れ臭いみたいだ。私はコンさんと顔を見合わせて、くすっと笑った。

「ひとつだけ案があるとすれば……藤姫の魂に会うことかもしれませんね」

「コンさん、でも……藤姫さんは千年前に死んでます」

「ええ、でもここは常世。あやかしの住む世界であると同時に、死者の魂を預かり転生させる場所でもある。その役割を担っているのが常世の管理者である閻魔大王様です。もし、藤姫がまだ転生していなければ、あの方に頼んで藤姫の魂と対話させてもらえるかもしれません」

コンさんの言葉を聞いた松明丸は、ぶほっとそばを吹き出す。

「人間を閻魔大王様に会わせる……だと？　なにを考えているんだ。閻魔大王様は情に訴えかけてどうにかなる方ではない。むしろ、その魂を奪われかねないぞ」

「ええ、あの方は大の人間嫌いですからね。どうしますか、雅さん。なにかを得るには対価が必要です。望みを叶えるために、その魂を奪われる可能性もあります」

コンさんの赤い瞳が私を試すように見開かれる。

相応の対価、それは朔を取り戻すために支払ったから骨身に染みている。

初めは朔を助けるために、鬼丸の退屈を紛らわそうと思った。でも、私は過去に囚われている鬼丸というあやかしを知ってしまったから……。

「この魂を簡単にあげることはできません。私が死んだら、悲しむ人たちがいますから。でも、できることをしたい」

そのためなら人間嫌いだろうが、閻魔大王様だろうが、いくらでも対峙する。

「だから、行きます。閻魔大王様のところへ案内してください！」


空飛ぶ火車に乗ってコンさんと松明丸に連れてきてもらったのは、常世の中央に位置する塔——通称『摩天楼《まてんろう》』。亡くなった人間の魂を一旦預かり、生前の行いを確認したあと、転生か贖罪《しょくざい》か閻魔大王様が判決を下す裁判所のような場所だという。

「これはこれはコン様に松明丸様、遠路はるばるよくお越しくださいました」

摩天楼に入ると、身体は人間なのに頭は馬という半人半獣の姿をしたあやかしが、喋るたびに火を吹きながら私たちを出迎えてくれる。

閻魔大王様って、この常世でいちばん偉いあやかし……なんだよね？　そんな閻魔大王様に簡単に会えて、しかも仕えてる従者にこんなに丁寧な接遇を受けるコンさんって、本当にいい家柄のあやかしなのかも……。

そば屋の店主のイメージが強かっただけにコンさんを少しだけ遠く感じていると、塔のエレベーターに乗せられる。数分ほどで最上階に到着した私たちは、巨大な鏡がある間にやってきた。

「あれは？」

雲の形をした黄金の装飾が施された鏡を見つめながら尋ねれば、隣にいた松明丸が教えてくれる。

「浄玻璃《じょうはり》の鏡だ。死者の生前の行いを映し、それをもとに罪が認められれば裁かれ、無実なら転生させる」

「ふたりとも、閻魔大王様の御前です。私語はほどほどに」

咎めるコンさんの視線の先には、黒曜石のように妖しく輝く球体が宙に浮かんでいる。閻魔大王様って、まさか――。

思わず息を呑むと、その答えはコンさんがくれた。

「閻魔大王様、拝謁《はいえつ》が叶い光栄です」

「あ、あれが閻魔大王様……」

もっと末恐ろしい鬼のような形相を想像していた私は、ただ唖然とした。そんな私にコンさんが耳打ちしてくる。

「閻魔大王様は実態のない魂だけの存在なんです。ただ、必要時は思念体ではありますが、男女どちらかの姿を見せることもありますね」

「そうなんですね……」

相槌を打つと、黒い球体が強く輝いて威厳ある男性の声が広間に響き渡る。

「コンよ、人間を連れてくるとは何事だ」

「ええ、単刀直入に言いますと、実は――」

コンさんは私が地獄そば屋で話したことを代わりに伝えてくれる。それを黙って聞いていた閻魔大王様は、すぐに「私の業務外だ。帰れ」と突っぱねた。

「私は幾度となく人間の罪を裁いてきた。なんの罪も犯さずに転生できた者はほとんどいない。そんな強欲で傲慢で汚らしい人間の願いなど、聞きたくもないわ。即刻、私の前から去れ」

コンさんたちが言っていたように、本当に人間嫌いなんだな。

言葉の端々に感じる刺々しさから、嫌でも伝わってくる。

確かに白くんや黒を薄汚れた小屋に繋いで、非常食や弓術の的として扱ったり、トラちゃんのように同じ鬼の仲間を殺すよう強要したり。人間は欲深くて心を踏みにじる傲慢な生き物だと思う。だけど、みんながみんな、そうなわけじゃない。

「閻魔大王様、人間が嫌いなのは構いません。でも、今は私自身を見てくださいませんか？　私の言葉に耳を傾けてほしいんです！」

「それ以上なにか言えば、その魂ごと噛み砕くぞ！」

威圧するように言った閻魔大王様の球体が禍々しく光り、漆黒の虎の姿になる。これが思念体というやつだろうか。自分の背丈を悠々と超える虎に、さすがに膝が震えた。そんな私に追い打ちをかけるように、閻魔大王様は言う。

「わかったら、早く去──」

「去りません！」

帰ってなんて、やるもんですか！

閻魔大王様の言葉を遮って、私はその場に正座する。怖くないわけじゃない。だけど、ここで帰ってもなにも変わらない。

そんな私を唖然としながら見守っていたコンさんはぷっと吹き出し、松明丸は額に手を当てていた。

「図々しいやつめ……」

「誰かのために必死になることが図々しいのですか？　閻魔大王様こそ、ろくに相手を知ろうともせず、人間だからという理由だけで悪だと決めつけるひどい人です！」

「なっ、なんなのだ、お前は！」

動揺しているのか、目の前の虎がぐらりと揺れる。コンさんは私たちに背を向けると、腰を曲げてくすくすと笑っていた。

「この閻魔大王に盾突いた人間は、お前が初めてだぞ……」

疲れた様子で球体に戻った閻魔大王様。ほんの少し、申し訳なく思わなくもない。

とはいえ、ここで引き下がるわけにはいかないので私は座り続けた。

「藤姫の魂に会ってどうするつもりなのだ。会って話をしたところで、あの鬼丸を止められるとは限らんだろう」

心底面倒くさい、という閻魔大王様の気持ちが投げやりな声から伝わってくる。

「鬼丸の心を動かす言葉を……藤姫さんに教えてもらいたいんです。鬼丸を説得できるのは、私ではなく愛し合っていた藤姫さんだと思うから」

「自分を傷つけたあやかしのために、なぜ心を砕く。助かりたいだけなら、そばにいるあやかしやこれまでともにいた神に縋ればよかろう」

理解できないと言いたげな閻魔大王様に、先ほどもコンさんや松明丸から同じ反応をされたな、と笑う。それに、〝これまでともにいた神〟って……閻魔大王様は朔のことを知ってるんだ。すべてを見通しているみたいなところ、少し観音様に似てるかもしれない。そんなことを考えつつ、私は鬼丸を助けたいわけを話す。

「私と鬼丸は少し似ているんです」

「どこがだ。あの血の気の多い鬼とは、似ても似つかんだろう」

「いいえ、私たちはまるで合わせ鏡みたいです。私もこの魂のせいで家族や周囲の人たちから気味悪がられて、ずっと孤独でした。そんなとき、私は朔と出会った。誰からも芦屋雅という存在を望まれなかったのに……朔は私のそばにいたいと願ってくれた。それも、神様である朔の初めての願いが私とまた会いたい、だったんです」

あの幼い頃の記憶を思い出すだけで、胸がぽかぽかとあたたかくなるのを感じる。誰かに必要とされる幸せを教えてくれたのは朔だった。

「私にとって朔は居場所をくれた人。そして、冷え切っていた私の心を温めてくれた人。そんな人を突然、それもひどい形で奪われた……。その痛みを思うと、想像だけで死にたくなるほど悲しくて、悔しくて、怒りがわきました……っ」

鬼丸の感情が心に流れ込んでくるみたい。言い表せないほどの苦しみが胸の中にあふれて、私の声も感情的になる。それを見守っていたコンさんや松明丸が息を呑んでいるのがわかった。

「手に取るように鬼丸の痛みがわかってしまった。それだけで、私があの人に手を差し伸べたいと思う理由には十分です」

気づいたときには、私の声だけが響いていた。声の余韻が消えると、少しの沈黙が降りて、やがて閻魔大王様が息をつく。

「いいだろう」

「え……？」

閻魔大王様の言葉を理解するのに少し時間がかかった。思考が追いつかず黙っている私に、閻魔大王様は痺れを切らしたのだろう。

「藤姫と対話させてやると言っている」

今度ははっきり、ゆっくり、大きな声で告げた。

「本当に、いいのですか？」

あれだけ邪険にされていたので、つい尋ねてしまう私に閻魔大王様は「くどい」とひとこと。

「お前が言い出したことだというのに、おかしなことを言う。そこまで鬼丸を思い、藤姫と同じ奇跡の魂を持って生まれたお前なら、あやつらを理解してやれるだろうと判断したまでだ」

「閻魔大王様、ありがとうございます」

「礼はいい。それよりも藤姫のことだ。……昔、鬼丸も藤姫の魂と対話させてほしいと頼んできたことがあった。ただ、そうできない理由があった。藤姫の魂は千年前に食い荒らされてしまっていて、ほとんど残っていないのだ。もちろん対話をするだけの力もない」

「それって、陰陽師に傀儡にされたせい……ですか？」

魂を食い荒らされた。その事実に頭を殴られたような衝撃を受ける。私は傀儡にされる、という意味をちゃんと理解できていなかったんだ。

「そうだ。ゆえに二度と転生は叶わず、消滅の時を待つしかない。藤姫は自分が消えるところを鬼丸には見せたくないと言っていた。だから鬼丸との対話を断り、その時がくるまで、私があやかしや神に食われぬよう封印している」

「藤姫さんは……本当に鬼丸が大切なんだ……」

最後の時までそばにいたかったはずなのに、鬼丸に二度も失う痛みを味わわせたくなかったから、孤独の中で消えることを選んだ藤姫さん。想っているからこそ遠ざけて、なんだか私と朔みたいだ。

朔を助けたくて常世に来たけれど、きっと今頃置いていかれたことに傷ついている。相談してくれなかったこと、頼ってくれなかったことに怒っているはずだ。

朔の死という運命を変えるためには、詳しいことは話せない。でも、鬼丸の退屈を紛らわす方法なら、ふたりで考えられた。ひとりでじゃなく、一緒に運命に立ち向かうべきだったんだ。

「誰かが犠牲になったり、本当は一緒にいたいのに心を押し殺したり、そんなの誰も幸せになれないよ。一緒に乗り越えなきゃ、ふたりで幸せにならなきゃ、なにも救えたことにはならない」

朔を遠ざけて傷つけた痛みが、今になって自分に降りかかってくる。涙がじわりと目に滲んだけれど、私はしっかり閻魔大王様を見据えた。

「藤姫さんと会わせてください。私、鬼丸と藤姫さんがふたりで幸せになれる方法、一生懸命考えるから！」

「……では、どう転ぶかは私にもわからないが、預かった消滅寸前のこの魂――お前に託すとしよう」

閻魔大王様の中から白銀に輝く小さな光が出てくる。それは私の前まで来ると、みるみる人型を象った。その瞬間、辺りは真っ暗な闇に包まれて周囲に私と彼女以外の誰もいなくなる。

『はじめまして、私と同じ奇跡の魂を持つ、芦屋雅さん』

「あなたは……藤姫さん？」

白く輝く髪が揺れている。彼女は私と同じくらいの背丈で、十二単のようなものを身に着けているのがシルエットでわかった。

『藤姫、でいいわ。話は閻魔大王様の中から聞かせていただきました。ですが、私は鬼丸には会えません』

「そんなっ、どうして……」

『姿を具現化するほどの力も、私の魂には残されておりません。ですから、鬼丸ともう一度会えたとしても、私たちはすぐに別れの時を迎えることになるからです』

「藤姫さ……藤姫、だとしても、きちんとお別れをせずにあなたが消滅してしまったら、鬼丸はあなたを失った千年前からずっと時が止まったまま、動き出せなくなっちゃうんだよ？」

藤姫の光るシルエットが戸惑うように左右に揺れる。酷なことだと思うけれど、ふたりの気持ちがばらばらになったまま離れてしまうなんて、やっぱり悲しい。

「鬼丸はずっとあなたの面影を探して、悲しみから逃れるように戦いで退屈を紛らわしてる。それでもいいの？」

『そんなの……よくないに決まってるわっ、でも……私はもう、あの人をひとりぼっちにする痛みを味わわせたくないのよ』

藤姫の敬語が崩れて、言葉がダイレクトに会いたいのに会えない苦しみを伝えてくる。それに私の心にも燃えるような感情が込み上げてきて、噴火した。

「大好きな人との別れだもの、痛くて当然でしょ！」

怒鳴るように言ってから、藤姫の手を握ろうとした。けれども、彼女には触れられない。でも、どうしても踏み出すことを怖がっている藤姫を励ましたい。私は、光の思念体でしかないその手に自分の手を重ねた。

「痛いけど、痛くても生きていかなくちゃいけないの。だから、あなたがいなくても、鬼丸が前を向いて生きていけるように助けてあげて！　鬼丸の未来を照らせるのは、あなただけなの！」

『鬼丸の……未来……』

藤姫の声が震えている。きっと泣いているのだと思う。重なった手から藤姫の迷いと切実な鬼丸への想いがひしひしと伝わってきて、私の目からも涙がこぼれ落ちる。

「藤姫、こんなところに閉じこもってないで一緒に行こう。それで、あなたが鬼丸を救って」

『雅……あの人に守られてばかりだった私に、鬼丸が救えるかしら？』

縋るような話しぶりに私は笑顔を返す。

「できるか、じゃなくて絶対できる！って自分に言い聞かせるの。その決意が揺らがないように、まずは自分が強くならなくちゃ」

『……不思議ね。雅は心に光を差し込んでくれるみたい』

くすっと笑う藤姫に、私は首を横に振る。

「なに言ってるの。藤姫だって鬼丸の心に光を灯してきたでしょ？　こんな真っ暗な場所に閉じこもっていたせいで、自分の輝きを忘れてしまったんじゃない？　鬼丸から聞いたあなたは、相当なじゃじゃ馬らしかったから」

『もう、鬼丸ったらそんな風に私のことを話したのね。確かに、私らしくなかったかもしれないわ』

だんだんと藤姫の声に覇気が戻ってきて、これがこの人の本当の姿なのだと知る。

『雅、聞いて』

「うん」

『私――鬼丸を助ける。だから力を貸して』

藤姫は強気で、簡単には手折れぬ花のように凛とした女性だった。私は彼女を眩しく思いながら、強く頷く。

「もちろん、私にできることならなんでもする」

『ありがとう。この魂は転生も叶わないほど脆く弱い。だから、私という存在の最後の一欠片は、あの人にあげたいの。あの人の一部になって、少しでも力になりたい。今度は自分の意思で、愛する人のために、この特別な魂を捧げたいの』

藤姫のまっすぐな想いに胸が詰まった。

〝今度は〟が指すのは、陰陽師たちにその魂を悪用されてきた過去に対してだろう。でも今は違う。揺るがない藤姫の願いを叶えない理由などない。私は朔のように神力で願いを叶えるお手伝いはできないけれど、それでも藤姫の力になりたい。

「残りの時間を縮めてまでも愛する人を守りたいと思う藤姫の願い、私も叶えたい。手伝わせて！」

『ありがとう。あなたも知っていると思うけど、私たちはただそばにいるだけで神やあやかしに力を与えてる。でも、私の魂は壊れる寸前。封印の外に出た瞬間、無条件で私の力はそばにいるあやかしたちに流れ、欠片しかない魂は消えてしまう。だから鬼丸のところへ行くまででいいわ。私をあなたの魂の中に置いてほしいの』

「私はどうしたらいい？」

『あとは私に任せて』

そう言うと同時に藤姫の身体が眩い光を放つ。思わず目を瞑ったけれど、光が消えていく気配が瞼越しに伝わってきた。恐る恐る目を開けると——。

「えっ……」

そこは先ほどまで閻魔大王様たちといた広間だった。だが、天井も壁も破壊されていて、空が丸見えになっている。

「……っ、ギリギリのところで戻ってきたか」

足元から声が聞こえた。視線を落とすと、うつ伏せに倒れている松明丸が私を見上げていた。その身体は爪で裂かれたようにボロボロで、一瞬、思考が停止する。

「お前が藤姫との対話を始めてすぐ、あいつが乗り込んできてな。とっさに閻魔大王様がお前たちの周りに結界を張った。今はコンが相手しているが、そろそろ限界だろう……」

結界……だから暗闇に私と藤姫しかいなかったんだ。苦しげに顔を歪めながら状況を説明してくれる松明丸に、ようやく理解が追いつく。

「松明丸っ」

私はその場に膝をついて、すぐに松明丸を仰向けにした。

「……っ、ひどい傷……」

腹部には縦に大きい裂傷があり、そこからどくどくと脈打つように血液がこぼれ出ている。すぐに血を分けようとして腕をまくったとき、松明丸が私の手首を掴んだ。

「このくらい……少し休めば癒える。だから、あいつを止めてくれ。コンを……俺の主を頼……む……」

すっと目を閉じた松明丸の胸に慌てて耳を寄せると、かすかな鼓動と呼吸音が聞こえる。私は安堵しながら涙交じりの吐息をこぼした。

「よかった……松明丸、ありがとう。ここまでついてきてくれて。コンさんのことは任せて。絶対に守るから」

しっかりと松明丸の願いを心に留めて、私は立ち上がる。そこでようやく、摩天楼を襲撃した彼の姿を捉える。

「鬼丸」

「……捜したぞ、なぜ俺から逃げた」

憎悪を宿した鬼丸の赤い瞳は、底のない飢えにぎらついている。そして、その爪から滴る血は――。

「ぐっ、さすがは鬼丸様。足止めも……そろそろ限界が近づいてきたようですね」

肩を押さえながら膝をつく、コンさんのものだろう。私はすぐに彼のもとに走り、コンさんの前に立つと両手を広げる。

そんな私に忠告したのは、閻魔大王様だった。

「やめておけ、芦屋雅。今の鬼丸は正気ではない。むやみに近づけば、お前の命など簡単に散るぞ」

頭上から声が聞こえて顔を上げれば、閻魔大王様がいた。鬼丸から放たれる妖力の波動を外に出さないように、摩天楼の周囲には黒く薄いベールのようなものが張られている。おそらく私と藤姫を包んでいたものと同じ、結界だ。

「鬼丸も、よく聞くのだ。あのときは藤姫に頼まれていたから言えなかったが、藤姫の魂は転生できないほど弱っていた」

鬼丸の眉がぴくりと跳ねる。

「……なにが言いたい」

「奇跡の魂の持ち主には違いないが、芦屋雅は藤姫の生まれ変わりではない。観音も何度繰り返すつもりだか知らないが、特別な魂を持つ者の末路はこれまで例外なく悲惨なものだった。魂が壊れることなく転生できた例はない。藤姫も同様に、な」

観音様？　奇跡の魂が生まれる原因には、観音様がなにか絡んでいるの？

だけど、その疑問を口にする余裕はどうやらなさそうだ。目の前の鬼丸からは妖力が猛《たけ》り狂うように吹き荒れており、ときどきビリビリと電流が走っているのが見える。その場にいた誰もが気圧されたように息を呑んだ。そんな中、コンさんが私の手を後ろから弱々しく引く。

「下がって……ください。人間ではこの妖力に耐えられません。風に当たっただけで消し炭になってしまいますよ」

「いいえ、どこにいてもきっと安全な場所なんてないんです。だったら逃げても意味がない。コンさん、巻き込んでごめんなさい。私をここまで連れてきてくれて、本当にありがとうございます」

「なに……を……なさるつもり……ですか……」

苦しげに目を見張るコンさん。私はその問いには答えず笑みだけを返し、鬼丸をまっすぐ見据える。

「私には妖力なんてないし、すぐに傷が癒える身体も持ち合わせてないけど、私には私の戦い方がある」

先ほどから胸に感じる熱、そこに、私の魂の中に藤姫はいる。私は、彼女をなにがなんでも鬼丸のところまで届けなければならない。

不安も恐怖も捨て去って、私は妖力の嵐の中を進む。ときどきかまいたちのようなものが私の袴や肌を切り裂くけれど、構わず足を前に出した。

「うっ……重い……っ」

鬼丸に近づくごとに、頭上から強い重力に押しつけられているような圧迫感に襲われた。ついに膝から崩れ落ちてしまった私に、鬼丸は冷ややかな眼差しを向ける。

「今度は二度と出られぬよう両足の腱を切ってやろう。その目が希望を映さぬように目玉を抉り取り、自由など口にできぬよう舌を抜いてやる」

なにかに憑りつかれたように恐ろしい言葉を吐きながら、私のところまで歩いてくる鬼丸。やがて私の目の前で足を止めると、深淵を覗いているような、なんの感情も宿していない瞳で見下ろしてくる。

「閻魔大王がなんと言おうと、貴様は藤姫だ。なんとしても取り返す」

そう言って、私に手を翳す。おそらく、さっき言っていたように私の両足の腱を切って、目玉を抉り取り、舌を抜くつもりなのだろう。

圧倒的な力を前に、その場から動けずにいた。そのとき――。

「え……」

ひらりと目の前をよぎる桜の花びら。それは次第に押し寄せる波のごとく吹き荒れ、私の視界を薄桃色に染める。

「勝手にいなくなるどころか、他所《よそ》の男と堂々と浮気をするとは……あとで仕置きが必要だな、雅？」

この、声……は……。

幻聴なのではないか、そんな考えが頭をよぎる。それでも彼の姿を探さずにはいられない。桜に抱かれながら、膨れ上がる期待を胸に辺りを見回すと――。

天からふわりと花びらが舞い降りるように、彼は現れる。

「無事でよかった」

「……っ、どうしてここに……？」

そう問いかければ、彼の長い雪のような銀髪がなびく。優しく輝く金色の瞳をこちらに向け、彼は呆然としている私の前で膝を折ると、目線を合わせてきた。

「自分の嫁を取り戻しに来た」

その愛しさに満ちた声を聞き、滅多に見せない無防備な微笑みを見たら、もうダメだった。込み上げてきた涙がぶわっとあふれて、目の縁からこぼれ落ちていく。

――来てくれた。会いたかった。どうしようもなく、この人が愛しいと思う。

「私、鬼丸と結婚したいなんて言っちゃったのに、それでもまだ嫁だって言ってくれるの？」

「手遅れだ、もう俺はお前を逃がしてなどやれん」

二度と朔のもとへは帰れないかもしれない。そう覚悟だってしていたのに、信じられない。涙でぼやける視界の中、必死に彼の姿を映そうとすると、そっと抱きしめられた。

「お前がどんなに俺から離れたいと願おうとも、手放せない。お前が噛みついてこようと、嫌がろうと、この腕の中に閉じ込めておく」

彼は親指の腹で私の濡れた下瞼を拭い、そのまま指を滑らせて頬に手を添えてくる。

「帰るぞ、雅」

「……うんっ、朔！」

「いい返事だ」

強く頷き返せば朔は満足げに微笑み、私を抱えたまま立ち上がる。

私、またこの人のそばにいられるんだ。

服越しに伝わる朔の体温に、ずっと見ないふりをしていた寂しさが喜びの声をあげている。

「さて、暴走しているあれをどうにかしなくてはならんな」

朔は余裕の笑みを口元にたたえたまま、妖力を爆発させている鬼丸を見る。その姿はまさに鬼そのもの。二本の角はいつも以上に額から太く飛び出ていて、蛇のような赤い刺青が身体中に浮き上がっていた。瞳も白目を浸食するほど赤く、放たれている禍々しいオーラに肌がぞわっと粟立《あわだ》つ。

「朔、私に考えがあるの。だから鬼丸のところに行かせて！」

「危険だ。人の身では鬼丸の周りに吹き荒れている妖力に耐え切れん。近づく前に八つ裂きにされるぞ。お前は俺の後ろにいろ」

「ううん、私じゃないとダメなの」

私は藤姫がいる胸を押さえて、朔をまっすぐ見つめた。

「私の中には藤姫の魂の欠片がある。それを鬼丸に届けたい」

「藤姫の……ああ、言われてみればかすかに感じる。だが、俺はもうお前を失いたくない。常世に落ちていったお前を、どんな気持ちで俺が見送ったと思っている」

朔の顔は悲痛に歪んでいた。私がいなくなったあと、朔はずっとこんな表情をして、桜月神社で過ごしていたんだろうか。

「朔……」

そう思ったら、胸がえぐられるようだった。

「身を引き裂かれるかと思ったぞ」

強く、息もできないほどきつく、朔は私を抱きしめる。そんな彼の銀髪に手を伸ばして、優しく撫でながら私は言う。

「朔、力を貸して。私たちが一緒に乗り越えなきゃいけないことだから。すべてが終わったら、桜月神社に……私たちの家に帰ろう」

　安心させるように、私は笑う。

　出会ったばかりの頃、私はあなたに守られてばかりだった。つらいときに狙ったみたいに現れて、その腕の中に私を閉じ込めると、怖いものから守ってくれた。

　でも、守られるだけじゃなくて一緒に困難に立ち向かいたい。この気持ちを伝えたくて目の前の瞳を強く見つめていると、朔は困ったように笑う。

「いいだろう。お前たちも聞いていたな？」

　朔が視線を横にずらすと、いつの間にかそばには大きな犬の姿になった白くんや黒、金棒を肩に担いで不敵に笑うトラちゃんの姿があった。

「みんな……っ」

　ああ、ダメだ。これからだっていうのにみんなの姿を見た途端、涙はさっきよりももっと滝のように目から流れていく。

「なんの相談もなしにいなくなるなど、言語道断。主といえど、あとでみっちり説教させてもらう」

　黒……。

「僕たちのこと、もっともっと頼っていいんだよ！」

　白くん……。

「なにがあったのか知らないけどな、まあ……ひとりで常世に来るなんてすごいじゃんか。さすが、鬼に名をつけただけのことはある……と思うぞ！」

トラちゃん……。

心配だからこその叱責、大切に思うからこそのお願い、認めてくれているからこその称賛、そのすべてに激しく心を打たれる。

朔は腰の鞘から刀を引き抜くと、切っ先を鬼丸に向けて構えた。

「すべきことを成せ」

その一声でトラちゃんが金棒を天に翳す。空はみるみるうちに曇り、ゴロゴロと雷鳴が轟くと金棒に稲妻が落ちた。

「鬼丸様、あのとき俺に道を示してくれたこと、感謝してる。でも、鬼丸様以上に仕えたい人ができたんだ。だから……悪いな」

トラちゃんが離れた距離から勢いよく鬼丸に向かって金棒を振り下ろした。雷が放たれて、吹き荒れる鬼丸の妖力に穴を開ける。

「白、黒！」

トラちゃんが叫ぶと同時に、その両脇から白くんと黒が弾丸のごとく飛び出した。ふたりは鬼丸の両腕に噛みついて動きを封じると、私たちに視線で合図を寄越した。

「行くぞ、雅」

私は朔に手を引かれて、みんなが作ってくれた鬼丸への道を全力疾走する。無我夢中で足を動かしながら、私は胸に手を当てた。

——藤姫、心の準備はいい？

私の声に応えるように胸が熱くなり、小さくも眩い光が浮き出てくる。それをちらりと見た朔は、わずかに目を見張る。

「それが藤姫か」

「うん、鬼丸に会わせたい人」

そう答えたとき、鬼丸の妖力が巨大な爪を象って私たちに襲いかかる。朔はとっさに私の前に躍り出て、刀で受け止めた。

「——ぐっ、走れ！」

「朔、ありがとう！」

私は朔の横をすり抜けて、鬼丸の懐に飛び込む。鬼丸は私を見て、怒り狂ったように「グアアアアアッ」と割れた声で叫び始めた。

そのとき、鬼丸に駆け寄ろうとするかのように、藤姫の魂が私の胸から飛び出していく。それを両手で包み込んで、正気を失っている鬼丸に差し出した。

「鬼丸、藤姫ならここにいる」

「アアアアアッ」

その咆哮は意思のあるあやかしのものとは思えないほど、化け物じみていた。

「藤姫を身勝手なあやかしや人間に奪われて、許せないよね。だけどね、私に藤姫を重ねても、なにも変わらない。虚しさが募るだけ――」

「黙れえええ！」

空気が震えて、鬼丸の妖力が胎動の如く脈打つ。それを前にして、松明丸を抱き起していたコンさんが呟く。

「これが千年前、京の都を恐怖に慄《おのの》かせた悪鬼《あっき》……」

摩天楼がグラグラと揺れている。このままでは、ここで働く無関係なあやかしたちも怪我をしてしまうかもしれない。そう思った私は、鬼丸に声をかけ続ける。

「鬼丸の愛した人は藤姫でしょう！　どんなに悲しくても、死にたいくらい苦しくても、その気持ちを私の存在でごまかさないで！」

「……っ、うう……」

咆哮が弱まり、鬼丸の目にわずかに正気が戻った。それを見逃さなかった私は、藤姫の魂を鬼丸に近づける。

『鬼丸……私の声が聞こえる？』

藤姫の問いかけにびくりと身体を震わせた鬼丸は、迷子の子供のように瞳を揺らす。

「……その声、藤姫……なのか？」

『よかった、会いに来るのが遅くなってごめんなさい』

鬼丸を取り巻くように吹き荒れていた妖力の風がやむ。みんなが遠巻きに私たちを見つめる中、鬼丸は放心したように藤姫の魂をじっと見つめる。

「な、ぜ……」

鬼丸は声に動揺を滲ませながら、藤姫の魂を壊れ物を扱うようにそっと両手で包み込んだ。

「もう……消滅したのかと……思っていた」

『今の私は魂の欠片……二度と転生は叶わず、消滅の時を待つしかない身。こうしてあなたに会えたけど、すぐに消えてしまう』

「なぜ……それならなぜっ、なぜ……最後の時までそばにいると言わなかった！」

目を潤ませながら悲痛な叫びをあげる鬼丸。藤姫の光はふよふよと浮かび上がると、なぐさめるようにその頬を撫で、鬼丸に寄り添った。

『私は、あなたに自分が消えるところを見せたくなかった。だから、その時がくるまで閻魔大王様に封印していただいていたの。でも……本当にごめんなさい。私が間違っていたわ。これは私のただの自己満足で、あなたの心を置き去りにしていたんだって気づいたの。だから、これから先はずっとあなたとともにいる。ひとりにしないって約束します』

「それはどういう……」

事態を呑み込めていない鬼丸に、私は助け舟を出す。

「藤姫は、鬼丸に魂をもらってほしいんだよ」

「……！　俺に藤姫を食らえというのか？」

「うん、急いで。閻魔大王様の封印の外に出ると、力があやかしや神様たちに吸い取られて、藤姫の魂は消滅しちゃうから。あまり時間はない」

本当は急かしたくなんかない。もっと、ふたりの時間を作ってあげたい。でも、できないから……。

鬼丸の目が彷徨うように藤姫に向く。鬼丸の動揺を察した藤姫は、なんとなく微笑んだように見えた。

『鬼丸、私の欠片をあなたの中に置いて？　そして、時が経つうちに私があなたの一部となってひとつに溶けたら……そのときは、また誰かを愛して幸せになって』

「藤姫……っ、残酷なことを言う。貴様以外、愛せぬというのに……」

『ええ、だからあなたが前を向けるまではそばにいるわ。でも、その日は遠くないと思うの。だって……』

ふいに、藤姫が私の方を向いたような気がした。

『あなたは自らの過去を話せる相手を見つけたでしょう。そうやって、自分を知ってほしいと思えるような存在がきっと現れる。それまでは、あなたの心を私が守るわ』

「……勝手な女だ。いつも自分で決めて、俺を光ある方へと導こうとする。孤独だった俺を山で拾い、家族にしたように」

鬼丸の表情に柔らかさが戻る。すると消える寸前とは思えないほど、藤姫の魂もキラキラと輝きを増した。まるで喜んでいるみたいだ。

「藤姫、貴様は俺の血肉となり、魂となり、俺の中で生き続けろ」

『ええ、嬉しい――』

鬼丸はもう大丈夫。そう悟ったのかもしれない。藤姫の魂は光る水に変わって鬼丸の両手の中におさまった。

「貴様の欠片は、この鬼丸が生涯をかけて守りきる」

『私もあなたの心を守るわ』

「礼を言う。空っぽだった俺に、愛を教えてくれたことも、全部――」

鬼丸は目尻から涙をひと雫こぼして手のひらに口をつけると、藤姫の魂を飲み込んだ。藤姫の声は、もう聞こえない。

「……くっ、うう……」

片手で顔を覆った鬼丸が肩を揺らしながら声を押し殺して泣き出す。私たちはただ見守るしかなかった。大切な人を失った痛みは、きっと自分自身で乗り越えるしかないから。

やがてひとしきり涙をこぼしたあと、鬼丸は私たちに背を向けたまま青く澄んだ天を仰いだ。

「どれだけの時間が経とうと、藤姫を奪った陰陽師の連中も、朝廷のやつらも、あいつの魂を食らった神やあやかしも許せはしない。だが、しばらくは藤姫と穏やかに過ごす」

消えない闇を抱えながらも、心は少しだけ晴れたみたいだ。それが佇まいから伝わってきて、私はじっと彼の背を見つめる。

すると空を見上げていた鬼丸が私を振り返って、今まで目にしたことのない優しい笑みを浮かべた。

「だから……貴様にもう用はない、芦屋雅」

「……鬼丸！　うん、わかった」

鬼丸はもう、私を『藤姫』とは呼ばないだろう。彼は私の目を見て、『芦屋雅』と呼んでくれたから。

「朔と、神世でも現世でもどこへでも、帰るがいい」

それだけ言って鬼丸は壁に開いた穴の向こうへと消えていく。

「神騒がせなやつだな」

人騒がせならぬ、神騒がせ。そんなげんなりとした声が聞こえて振り返れば、松明丸が地面に胡坐をかいていた。私は彼が目覚めたことが嬉しくて、「松明丸！」と叫びながら駆け寄る。

「もう大丈夫なの？」

そばに腰を落とした私に、松明丸は苦笑いした。

「ああ、だいぶ傷は癒えた」

「私たちはあやかしですからね、人間に比べて傷の治りも早い。この程度ならすぐに塞がりますよ。それより、雅さんは勇敢ですね。鬼丸様を相手にしながら、この私のことも守ろうとしました」

松明丸の隣に立っているコンさんが、ふふふっと笑う。私はなんだか恥ずかしくなって熱くなる顔を俯けた。

「怖いとか、考えてる余裕がなかったんです」

「ますます、興味深い」

「え？」

今、ちょっとコンさんの声のトーンが下がったような……気のせい？

不思議に思って顔を上げると、変わらず笑みを浮かべるコンさんと目が合う。

そんな私たちを見ていた朔は、ズカズカと私のところまで歩いてきて——。

「帰るぞ、雅」

「あっ」

朔に腕を引っ張られて、私は立ち上がる。そのまま強く抱き寄せられて、桜の香りがするその胸におさまった。

すると、私の前には大きな犬の姿をした白くんと黒が立つ。朔はさっさと私を白くんの背中に乗せて、その後ろに跨った。白くんが宙に浮かび上がると隣にトラちゃんを乗せた黒も並び、私は改めて常世のみんなを見下ろした。

「みんな、助けてくれてありがとう」

手を振ると、コンさんも振り返してくれる。

「また地獄そば屋に来てくださいね」

「ほいほい常世に来るのは感心しないが、こっちに来ることがあれば護衛をしてやらないこともない」

かすかに笑みを口元に滲ませる松明丸に、コンさんはため息をつく。

「松明丸は素直じゃありませんね。こう言ってはいますが、また来てほしいという意味ですから、気兼ねなくいらしてくださいね」

「勝手に訳すな」

コンさんと松明丸って、いいコンビだな。

ふたりを眺めながらつい吹き出していると、閻魔大王様が私の目の前にやってくる。

「嫌いなことには変わりないが、お前は他の欲深い人間とは違うようだ。その魂の行く末が私も少し楽しみに思えてきたぞ」

「閻魔大王様、私と藤姫を会わせてくれてありがとうございます。そうだ、人間嫌いなのに、どうして藤姫を封印して守っていたんですか？」

「……多くのものを背負わされ、憐れだと思ったからかもしれないな」

少しの沈黙のあと、閻魔大王様はそう答えた。どことなく、その声は切なさを帯びている気がする。

「閻魔大王様？」

心配になって声をかければ、閻魔大王様はふんっと鼻を鳴らす。

「用が済んだのなら、さっさと帰るがいい。常世には死んでから来るんだな」

「そっけないですね、閻魔大王様は。あ、最後にひとこと。この調子で、人間嫌いが治るといいですね！」

「……余計なお世話だ。治す気はない。ただ、芦屋雅に対する見方を変えると言ったまでだ」

それだけ言って戻っていく閻魔大王様に顔を綻ばせていると、朔が私の耳元で憂いを含んだため息をつく。

「あやかしとも神とも、すぐに打ち解けるな……お前は」

「違うよ、みんなが私を受け入れてくれてるの」

「自分で気づいていないだけだ。お前のその親しみやすさや心を砕いて寄り添える姿勢が、頑なな神やあやかしの心を開かせる。あの鬼丸でさえ絆されたのだ、もっと誇っていい」

振り返った先にあるのは、おぼろげな月の輝きに似た朔の微笑。それを目にしただけで、ぬくもりに包まれたような心地がして、私は口角を上げる。

「ありがとう……」

それだけ伝えるのが精一杯だった。

何年も私を待ってくれていたこの人を失わなくてよかった。この人のところに帰ってこられて、本当によかった。

心の底からそう思っていると、白くんが空に向かって飛ぶ。

「出発進行ーっ」

白くんの声が常世の空に響き、どこからか吹き上げてきた彼岸花の花びらが私たちに『さよなら』を告げているように思えた。

向かうは神世の桜月神社、私の帰る場所だ――。

終章　桜舞う月の下で

戻ってきた神世の地はすっかり日が沈んでいて、月と星の柔らかな光にのみ照らされている、そんな穏やかな夜。桜月神社に帰還してから数秒でそれは起こった。

『お疲れ様でした。約束通り、これは私からの贈り物です』

頭の中で観音様の声が響いた途端、私以外の全員が境内の地面に膝をつく。頭が痛むのか、額を押さえていた。

「みんな！　大丈夫⁉」

焦って、その場で右に左にうろうろしてしまう。そんな私をみんなが一斉に見て、その目からぽろっと涙をこぼすと——。

「雅様あああっ」

「雅いいいいっ」

白くんとトラちゃんが同時に飛びついてきて、びえええんんっと泣き出す。ふたりを受け止めようとしたものの、踏ん張りきれずに後ろに倒れそうになったとき、私はぽすんっと誰かの腕の中におさまった。

「なにを乗り越えてこの未来に辿り着いたのか、ちゃんと思い出したからな。たったひとりで、よく朔様を消滅の運命から救ってくれた……っ」

震える声の主は黒だ。

記憶、戻ったんだ。

そう悟った私は泣いているところなんて見られたくないだろうから、振り返らずに黒の胸に頭を預ける。

「ひとりじゃなかったよ。過去に戻るとき、みんなが私の手を握って送り出してくれたでしょ？　だから、みんなの心を持ってここまで来れた。本当にありがとう」

時を超えて叶った再会を喜んでいると、朔が近づいてきて三人が左右に分かれるように離れていく。

「夕飯の支度があるからな。俺たちは先に戻る」

黒はそう言って、トラちゃんと白くんを脇に抱えた。

「は、離せーっ」

暴れているトラちゃんとは対照的に、白くんは手を振ってくれる。

「朔様と、ゆっくりお話ししてきてね！」

そうやって騒がしく去っていくみんなの姿を見ていたら、ようやく実感した。

帰ってきたんだな、私……。

込み上げてくる涙の粒を人差し指で拭っていると、朔が私の前に立つ。

「お前のためなら、消滅しても構わないと……あのときは本気でそう思っていた。だが、今は心底お前をひとりにした自分を殴りたい気分だ」

「朔、私は……私の弱さのせいで、朔を追い詰めてしまった自分が許せなかった。朔が私に相談もなく、勝手に消滅したことも悲しかった。でもね、今はどの過去も否定しない。なくていい瞬間はひとつもないってわかったから」

無責任に奪われた白くんと黒の自由、トラちゃんが受けた一方的な暴力と屈辱。朔が私のために消滅したことも、すべては今に繋がっている。

「私たちが傷つかなかったら、鬼丸と藤姫は前に進めなかった。出会えない人たちもいた。ほら、後悔する必要なんてない」

「昔も今も、雅は雅だな」

ふっと微笑んだ朔と一緒に、神宮に続く橋を渡る。私は少し前を歩く朔の背中を見つめながら、「朔もね」と返した。

すると、弾かれたように朔が振り返る。

「…………」

朔は無言のままだが、『今のはどういう意味だ』と言いたげな眼差しをしていた。

そんな彼に手を差し出した私は、顔をくしゃくしゃにして満面の笑みを向ける。

「瀬を早み、岩にせかるる滝川の……われても末に逢はむとぞ思ふ。こうしてまた再会できたんだから、もう『さらばだ』なんて言わないで」

驚いているのか、言葉が出てこない様子の朔に月明かりが優しく降り注いでいる。

桜月神社に攫われたばかりの頃、朔は言っていた。

『結婚のことを言っているのなら、本当にひどいのはどちらか考えてほしいものだが。一度した約束をすぐに忘れてしまうのは人間の性質か？　それともお前の頭に問題があるのか、どちらだ』

あの言葉の意味が今ならわかる。本当にひどいのは私だった。その代わりといってはなんだけど、もう朔に寂しい思いはさせない。

「私があなたの願いを叶えられるように、そばにいさせて」

「……ああ。その願い、叶えよう」

朔はあの日のように優雅な仕草で腰を落とし、片膝を立てた状態で私の左手を取る。

「その代わり、その命の灯が消える最後の瞬間まで俺の隣にいろ。なにがあろうとも、離れるな。これが俺の願いだ」

「はい、叶えます」

私は少しも迷わずに返事をする。

嬉しそうに顔を綻ばせる朔の表情は少し幼い。これが私の夫の笑顔なのだとしみじみ思った。私はまた新たに知った愛する人の表情を目に焼きつけながら、手の甲にそっと触れた唇の感触に胸を高鳴らせる。

「ともに生きよう、俺の番い」

END

あとがき

こんにちは、涙鳴です。本作、『このたび不本意ながら、神様の花嫁になりました』をお手に取ってくださり、ありがとうございました。

今作は『あやかし嫁入り』がテーマでした。現実に疲れたとき、他に居場所があったらなー、素敵な旦那様が（人間じゃないけど）いたらなーという願望の塊をこの一冊に詰め込みました。

朔は普段偉そうですが、雅が傷ついているとき、心を失ったときは本気で心配して、たくさん悩んでくれる旦那様です。最終的には雅の尻に敷かれてそうだな、と思いながら、ふたりのやりとりを書いていました。読者の皆様にも、朔と雅の恋にドキドキしてもらえたらいいなあと思います。

そして、実際は忙しくてなかなか旅行に行けていない人も、あやかしの世界や神様の世界を雅と一緒に旅をしている気分で読んでくれたら嬉しいです。

もともと、ファンタジーが大好きでしたので、この作品は最後まで楽しく書かせていただきました。

作品の中にはたくさんキャラクターも出てくるので、推しキャラを読者様にも見つけていただけたら嬉しいです。個人的には鬼丸が好きなので、いつか鬼丸のお話も書けたらいいなあと思っています。

最後になりますが、今作を書籍化するにあたり尽力くださった担当編集の後藤様、編集協力の藤田様、校閲様、デザイナー様、販売部の皆様、スターツ出版の皆様。今作にイラストで命を吹き込んでくださったイラストレーターのななミツ様、なにより読者の皆様に心から感謝申し上げます！

二〇一九年一一月　涙鳴

この物語はフィクションです。実在の人物、団体等とは一切関係がありません。

涙鳴先生へのファンレターのあて先
〒104-0031　東京都中央区京橋1-3-1　八重洲口大栄ビル7F
スターツ出版（株）書籍編集部 気付
涙鳴先生

このたび不本意ながら、神様の花嫁になりました

2019年11月28日　初版第１刷発行
2020年７月９日　　　第３刷発行

著　者　　涙鳴　© Ruina2019

発 行 人　菊地修一
デザイン　カバー　おおの蛍（ムシカゴグラフィクス）
　　　　　フォーマット　西村弘美
発 行 所　スターツ出版株式会社
　　　　　〒104-0031
　　　　　東京都中央区京橋1-3-1　八重洲口大栄ビル7F
　　　　　出版マーケティンググループ　TEL 03-6202-0386
　　　　　（ご注文等に関するお問い合わせ）
　　　　　URL　https://starts-pub.jp/
印 刷 所　大日本印刷株式会社

Printed in Japan

ISBN　978-4-8137-0793-6　C0193

スターツ出版文庫　好評発売中!!

『お嫁さま！～不本意ですがお見合い結婚しました～』西《にし》ナナヲ・著

恋に奥手な25歳の桃子。叔父のすすめで５つ年上の久人と見合いをするが、その席で彼から「嫁として不足なければ誰でも良かった」とまさかの衝撃発言を受ける。しかし、無礼だけど正直な態度に、逆に魅力を感じた桃子は、彼との結婚を決意。大人で包容力がある久人との新婚生活は意外と順風満帆で、やがて桃子は彼に惹かれていくが、彼が結婚するに至ったある秘密が明らかになり…⁉　“お見合い結婚”で結ばれたふたりは、真の夫婦になれるのか…⁉

ISBN978-4-8137-0777-6 ／ 定価：本体600円＋税

『探し屋・安倍保明の妖しい事件簿』真山《まやま》 空《そら》・著

ひっそりと佇む茶房『春夏冬《あきなし》』。アルバイトの稲成小太郎は、ひょんなことから謎の常連客・安倍保明が営む“探し屋”という妖しい仕事を手伝わされることに。しかし、角が生えていたり、顔を失くしていたり、依頼主も探し物も普通じゃなくて⁉　なにより普通じゃない、傍若無人でひねくれ者の安倍に振り回される小太郎だったが、ある日、安倍に秘密を知られてしまい…。「君はウソツキだな」――相容れない凸凹コンビが繰り広げる探し物ミステリー、捜査開始！

ISBN978-4-8137-0775-2 ／ 定価：本体610円＋税

『そういふものに わたしはなりたい』櫻《さくら》いいよ・著

優等生で人気者・澄香が入水自殺⁉　衝撃の噂が週明けクラスに広まった。昏睡状態の彼女の秘密を握るのは５名の同級生。空気を読んで立ち回る佳織、注目を浴びようともがく小森、派手な化粧で武装する知里、正直でマイペースな高田。優しいと有名な澄香の恋人・友。澄香の事故は自殺だったのか。各々が知る澄香の本性と、次々に明かされていく彼らの本音に胸が掴まれて…。青春の眩さと痛みをリアルに描き出す。櫻いいよ渾身の書き下ろし最新作！

ISBN978-4-8137-0774-5 ／ 定価：本体630円＋税

『君が残した青をあつめて』　夜野《よるの》せせり・著

同じ団地に住む、果歩、苑子、晴海の三人は幼馴染。十三歳の時、苑子と晴海が付き合いだしたことに嫉妬した果歩は、苑子を傷つけてしまう。その直後、苑子は交通事故で突然この世を去り……。抱えきれない後悔を背負った果歩と晴海。高校生になったふたりは、前を向いて歩もうとするが、苑子があつめていた身の回りの「青」の品々が残像となって甦る。晴海に惹かれる心を止められない果歩。やがて、過去を乗り越えたふたりに訪れる、希望の光とは？

ISBN978-4-8137-0776-9 ／ 定価：本体590円＋税